마오마오 는 입을 꾹 다물었다. 남자가 마오마오의 목에 곡도를 들이밀었다.

약사의 혼잣말

12

휴우가 나츠

일러스트
시노 토우코

"꼭 나여야만
하는 것인가?"

페이룽 이 미안한 표정으로 말하는 데 반해

리쿠손 은 싱글싱글 웃고 있었다.

진시 가 어떻게 반응할지 기대하는 것 같아
보이기도 했다.

취에 는
예배당 한가운데에
주저앉아 무어라 혼자
중얼거리기 시작했다.

바료 는 모른다.
하지만 아무것도 할 수가 없다.
왼손을 만져 보았다.
손끝이 차가웠다.

"…으음."

못된 악동이 샤오홍 의
머리카락을 잡아 뜯고 있었다.

" 교쿠쥰 !
뭐 하는 거니!"

마오마오 는 묘하게 안심이 되었다.

털이 긴 융단의 촉감이 편안해서일까.

아니면 밀착한 체온이 기분 좋아서일까.

"…그렇군요."

뿌리치고 싶어도 뿌리칠 수 없었다.

마오마오의 숨결이 차츰 규칙적으로 변했다.

진시 의 숨결도 거기에 겹쳐졌다.

약사의 혼잣말

INTRODUCTION

취에의 진실

마오마오 일행은 어쩔 수 없이 서도의 집안 소동에 말려듭니다.
교쿠오의 세 아들들을 후계자로 육성해 달라는 부탁을 받은 데다
시쿄의 아들 교쿠쥰은 중앙에서 온 마오마오 일행을
눈엣가시로 생각하며 계속 방해하죠.
누가 서도를 이어받을 것인가… 다양한 생각들이 교차하는 가운데,
마오마오의 곁으로 사건이 굴러옵니다.
교쿠오의 손주들 사이의 불화.
양조장에서 일어난 식중독.
수수께끼의 병을 호소하는 외국 소녀.
그리고 평소 이상으로 기묘하게 행동하는 취에.
취에의 진정한 목적은 대체 무엇일까요?
드디어 취에의 진짜 얼굴이 밝혀지는데….
마오마오는 무사히 중앙으로 돌아갈 수 있을까요?
그리고 진시와의 관계를 확실히 할 때가 올까요?

약사의 혼잣말

12

휴우가 나츠 지음
시노 토우코 일러스트

Carnival

약사의 혼잣말

KUSURIYA NO HITORIGOTO 12

©Natsu Hyuuga 2022
Originally published in Japan by Shufunotomo Infos Co., Ltd.
Translation rights arranged with Shufunotomo Infos Co., Ltd.
Through Shufunotomo Co., Ltd.
Korean Translation rights©2023 by HAKSAN PUBLISHING CO., LTD.

마오마오⋯⋯본래는 유곽의 약사. 후궁과 궁정 근무를 거쳐, 현재는 서도에서 의관 보조 관녀 일을 하고 있다. 약도 독도 술도 좋아하지만, 서도에 온 후로는 그리 먹지 못하고 있다. 주위에 휩쓸리며 항상 자신의 위치를 고민하고 있다. 20세.

진시⋯⋯왕제. 천녀 같은 미모를 지닌 청년. 교쿠오가 사망하며 온갖 골치 아픈 일들이 집중되는 중. 특히 리쿠손이 떠넘기는 일이 많아, 조만간 보복해야겠다고 생각하고 있다. 자기 평가가 낮지만 평온한 세상에서는 훌륭한 위정자가 될 수 있는 그릇의 소유자. 본명, 카즈이게츠. 21세.

바센⋯⋯진시의 종자, 가오슌의 아들. 남들보다 통각에 둔한 체질이기 때문에 인간의 한계를 넘어서는 힘을 발휘할 수 있다. 서도에 온 후로 아버지 가오슌과 함께 일할 때가 많은데, 부모가 나란히 있는 모습을 거의 보지 못 해 가끔 두 사람이 함께 있으면 왠지 긴장된다. 집오리 죠후의 보호자. 21세.

취에······가오슌의 아들인 바료의 처. 주변을 개의치 않고 자신의 길을 나아가는, 까불까불한 성격이며 수수께끼가 많은 광대 같은 존재. 진시의 시녀지만 달리 모시는 주인이 있는 듯하다.

리하쿠······무관. 마오마오의 호위로 동행하고 있다. 대형견처럼 붙임성 좋은 남자지만 필요할 때는 잔혹한 행위도 서슴지 않는다.

라한네 형······라칸의 양자인 라한의 형. 사실은 꽤나 유능하지만 본인에게 자각이 없기 때문에 늘 손해만 보는 성격. 슬슬 본명이 밝혀질 때가 온 것 같다.

돌팔이 의관······환관. 후궁 의관이지만 실력이 없고 대체로 행운에 기대어 살아가고 있다. 주위 사람들의 독기를 빼는 데 능하다. '라 일족'에 대항할 수 있는 최종병기.

가오슌……바료와 바센의 아버지. 탄탄한 체격의 무인이며 원래는 진시의 감시 담당. 진시가 서도로 가게 되어, 호위로 따라왔다. 처인 타오메이도 진시 직속이기 때문에 함께 있는 일이 많아, 아들 둘이 가끔 거북하게 느낄 때가 있다.

라칸……마오마오의 친아버지이자 뤄먼의 조카. 외알 안경을 낀 괴짜. 마오마오를 귀여워하지만 하는 행동마다 망가지는 사람. 0 아니면 100밖에 없는 인물로, 사용 방법을 실수하면 무슨 짓을 저지를지 모른다.

리쿠손……원래는 라칸의 부관. 현재 서도에서 일하고 있다. 사람 얼굴을 한 번 보면 잊어버리지 않는 특기를 가졌다. 정체는 멸족당한 '이 일족'의 생존자로, 가족의 원수를 비밀리에 갚았다. 인생의 목표를 달성했기 때문인지 팽팽하던 실이 느슨해져, 지금의 취미는 왕제 괴롭히기.

교쿠엔……교쿠요 황후의 친아버지. 서도를 다스리고 있었으나 딸이 황후가 된 일로 도성을 찾아왔다. 서도의 영주 대행을 교쿠오에게 맡기고, 그 보좌로 중앙에서 일하던 리쿠손을 서도에 보냈다.

교쿠오……교쿠엔의 장남. 교쿠요 황후의 이복오빠. 아버지를 대신해 서도를 다스리고 있었다. 서도에서 절대적인 지지를 얻었지만 여러 가지로 진시를 소홀히 대했다. 외국인에 대한 개인적 원한을 정치에 결부시키는 바람에 살해당했다.

스이렌……진시의 시녀이자 옛 유모. 나이가 들었지만 진시를 위해 서도로 동행한다.

바료……가오슌의 아들, 바센의 형. 대인 관계가 서툴러 위장에 자주 탈이 난다. 집오리와 사이가 좋다.

루 시랑……예부의 차관. 진시와 함께 서도에 왔다. 마오마오의 동료인 야오의 숙부.

죠후……부리에 검은 점이 있는 하얀 집오리. 리슈가 부화시킨 새끼 오리지만, 바센을 처음 본 순간부터 잘 따라서 결국 서도까지 따라왔다. 처세술에 능숙하고, 어디서든 나타나 먹이를 찾아 먹는다.

교쿠요 황후……황제의 정실. 빨간 머리와 녹색 눈을 지닌 이방의 공주. 서도 출신이지만 이복오빠에게 복잡한 감정을 품고 있다. 22세.

다하이……교쿠엔의 셋째 아들. 서도의 해운을 담당한다.

시쿄……교쿠오의 첫째 아들. 25세.

인싱……교쿠오의 첫째 딸. 24세.

페이롱……교쿠오의 둘째 아들. 문관형 남자. 23세.

후랑……교쿠오의 셋째 아들. 항상 저자세. 18세.

샤오훙……교쿠오의 손녀. 인싱의 딸. 머리카락을 먹는 습관이 있어 장폐색을 일으켰으나 티엔요우와 마오마오의 외과 수술로 적출해 냈다.

교쿠쥰……교쿠오의 손자. 시쿄의 아들. 못된 악동 녀석.

약사의 혼잣말

서 장

가치 있는 무언가가 되고 싶었다.

아버지에게 어머니와 자신이 최고의 보물이었듯이, 누군가의 둘도 없이 특별한 존재가 되고 싶었다.

어머니는 사라졌다. 자식으로서 귀여움을 받았다고 생각했던 것은 환상일 뿐이었고, 사실은 한때의 안녕을 얻기 위한 수단에 불과했다.

아버지와 자신에게 최고의 가족이었던 어머니. 하지만 어머니에게 자신들은 얼마든지 다른 누군가로 바꿀 수 있는 도구에 불과했다.

그런 어머니를 너무나 믿은 바람에 아버지는 사라졌다. 아마 아무도 못 보는 곳에서 죽었으리라.

손 안의 옥구슬처럼 아껴 주던 아버지가 사라지니 자신에게는 정말로 아무런 가치도 남지 않았다.

어떻게 해야 좋을까.

가치가 없다면 아무 도움도 될 수 없다. 무엇을 해야 좋을지조차 모르겠다.

그래서 어머니를 찾아다녔다.

반드시 도움이 되리라, 되어 보이리라.

그렇게 생각하며 쫓으면서도….

아무 가치도 없는 자신이 있어도 되는 장소가 어딘가 있지 않을까, 하는 희망을 품고 있었다.

1 화 ⋮ 본 저택의 말썽쟁이 도련님

교쿠오의 죽음 이후 열흘이 흘렀다.

높으신 분이 돌아가시면 여러모로 바빠진다. 하지만 마오마오가 할 일은 변함이 없었다. 그저 약을 짓고, 다친 사람과 병에 걸린 사람을 돌보고 약을 처방한다.

'전문직이라 할 일이 늘 똑같다는 건 의외로 편하기도 하네.'

일하는 양이 늘어날지언정 일의 종류는 달라지지 않는다.

하지만 관리직은 그렇지 못하다. 전혀 모르는 부하의 일까지 전부 굽어 살펴야만 한다. 문제에는 신속한 판단이 요구되지만, 답을 쉽게 내놓을 수도 없다.

그러니 성실한 관리직은 건강을 해치고 정신에 병이 생긴다.

따라서 진시는 평소와 마찬가지로 과로 때문에 쇠약해진 채업무를 해내고 있었다.

'숨 돌리는 방법도 좀 배워야 할 텐데.'

늘 돌아오는 진료 시간까지도 문관이 서류를 들고 아직 방 앞에 서 있었다. 마오마오는 어이가 없었다.

"오늘은 이만 끝이다."

이쯤 되니 가오슌이 지친 얼굴로 서류를 들고 온 문관을 쫓아냈다. 그리고 돌팔이 의관과 함께 진료하러 온 마오마오와 눈이 마주치자 무표정한 얼굴로 고개를 숙였다. 얼핏 엄숙한 대응 같지만 그 옆에서는 집오리 죠후가 먹이를 달라는 듯 가오슌의 옷자락을 물어 당기고 있었다.

'후궁에서는 고양이를 먹이로 길들였었지.'

서도에서는 집오리를 먹이로 길들인 모양이었다.

"괜찮으신가요, 달의 귀인께서는?"

돌팔이 의관이 문관을 시선으로 쫓으며 물었다. 후궁 시절부터 얼굴을 알고 지낸 사이여서인지 가오슌에게는 비교적 편한 태도였다.

"많이 지치신 것 같지만 금방 기운을 되찾으실 겁니다."

가오슌은 마오마오를 빤히 바라보다가 방으로 들여보내 주었다.

늘 그렇듯 형식적인 문진을 끝낸 돌팔이 의관을 먼저 돌려보내고, 마오마오만 남는다.

"그럼, 아가씨, 뒷일을 좀 부탁해."

돌팔이 의관이 돌아가자 교대하듯 마오마오가 진시의 침실로 들어갔다.

'우와~'

진시는 침대에 큰대자로 누워 있었다. 돌팔이 의관을 대응하느라 오늘 남은 붙임성을 이미 다 써 버린 모양이었다. 아무 의욕도 없는 분위기와 함께 영문 모를 증오가 느껴졌다.

"리쿠손, 절대 용서 못 해…."

진시가 혼자 무어라 중얼거리고 있었다. 그 표표한 인물이 진시에게 또 일을 떠맡겼나 보다.

"고생이 많으십니다."

"정말 고생했어."

"그럼, 바로 끝내겠으니 상처 자리를 보여 주십시오."

"……."

진시는 어린애처럼 토라진 얼굴로 일어나, 웃옷을 벗고 배에 감은 붕대를 풀었다.

'사실 이젠 붕대를 감을 필요는 없는데.'

시커멓게 타들어 가 탄화되었던 상처는 이미 피부가 다 재생되어 새빨간 꽃 모양으로 변했다. 이것이 인간의 피부가 아니었다면 아름답다고 생각할 수도 있겠지만, 고귀한 분의 옆구리이다 보니 그럴 수도 없다. 붕대를 감는 것은 상처 치료보다는 화상 흉터를 감추기 위한 처치였다.

'그리고 만약 배에 칼을 맞을 경우 내장이 튀어나오는 것을

막아 줄 수도 있고.'

연고도 필요 없다고 생각하면서도 일단은 건조 방지 연고를 바르고 다시 붕대를 감았다. 직접 감으라고 여러 번 말했건만, 진시는 늘 이렇게 마오마오에게 시키곤 했다.

"자, 이제 끝입니다."

"붕대가 살짝 비뚤어지지 않았나?"

"비뚤어지지 않았는데요."

"아니, 다시 한번 잘 감아야 하지 않겠어?"

마오마오가 감아 놓은 붕대에까지 트집을 잡는 진시. 이럴 때는 대부분 조금 더 이야기를 하고 싶을 때다.

마오마오는 귀찮지만 받아 주기로 했다. 바로 방을 나가 버리면 가오슌이 슬픈 얼굴로 쳐다보기 때문이었다.

"무슨 일 있으신가요?"

"…그게 말이야."

진시의 이야기는 조금 길어질 듯했다. 체력을 회복하려면 자는 편이 낫겠다고 생각했지만 지금 힘든 것은 정신적 피폐 때문인 모양이었다.

진시의 곁에는 다양한 사람들이 찾아온다. 서류를 살펴보는 틈틈이 그런 사람들 대응도 일일이 해야만 한다.

특히 요 며칠 사이 자주 찾아오는 사람들은 도성에서 왔다는 높은 분 한 명과 교쿠오의 이복형제들이었다.

그 높으신 분, 루 시랑에 대해서 마오마오는 아주 조금밖에 모른다. 예부 사람이라고 했던 것 같다. 놀랍게도 마오마오의 동료이며 지금은 도성에 있는 야오의 숙부라고 한다. 우연히 취에에게 들은 이야기였다.

'저 사람이 그 숙부….'

야오를 계속 시집보내려는 숙부다. 전에 스쳐 지나갈 때 마오마오를 묘한 눈빛으로 쳐다보던 기억이 났다. 야오의 동료이니 마오마오가 마음에 들지 않는지도 모른다.

"그 루 시랑이 시끄러운가 보네요."

마오마오는 의자에 앉아 포도주를 홀짝홀짝 마셨다. 진시의 상처 치료는 끝났으니 불평을 들어 주는 값으로 이 정도는 마셔도 되겠지.

"음. 빨리 도성으로 돌아가자고 야단이다."

"돌아가죠, 지금 당장."

마오마오는 솔직하게 말했다. 원래는 서도에 남아 있을 필요가 없다.

"지금 당장 돌아갈 수가 있어야지."

하지만 진시가 통 돌아가려 하지 않는 게 문제다. 아무 뒷정리도 하지 않고 돌아갈 수는 없다. 끝까지 책임지려 하는, 손해 보는 성격이다. 그래서 리쿠손도 일을 떠넘겼겠지.

'책임감이 강한 사람일수록 마음의 병이 생기는 법.'

마오마오는 알고 있다. 선량한 사람에게 늘 좋은 일만 생긴다고 할 수는 없다.

"서도에는 교쿠오 님을 대신할 분이 많이 계신다고 생각하는데요. 교쿠엔 님도 건재하시고. 혹시 아들 일로 뭐라고 하지는 않던가요?"

보통 자신이 없는 사이 아들이 죽었다면 당황해서 허둥지둥할 것이다. 하지만 교쿠엔은 고령이라는 핑계로 서도에 돌아올 기색을 보이지 않았다.

'돌아오면 또 돌아오는 대로 난리가 나겠지만.'

교쿠엔이 서도로 돌아오면 이번에는 중앙에서 난리가 날 가능성이 있다. 교쿠요 황후는 정실이 되었지만 그 혈통을 혐오하는 자도 많다. 새 동궁이 된 교쿠요 황후의 큰아들은 어머니를 닮아 빨간 머리에 푸른 눈동자다. 마오마오는 동궁이 아직 색소가 옅은 갓난아기 시절에 만났지만 나이를 먹음에 따라 점점 짙은 색이 드러나리라. 리국 사람답지 않은 머리카락과 눈동자 빛깔에 사람들이 난색을 표하는 것도 이해가 된다.

또한 술서주를 시골 오지라고 야유하는 사람들도 있다.

몇 달 차이로 리화 비도 사내아이를 낳았으니, 무슨 핑계만 생기면 동궁을 바꿔치기하려 하는 자도 많으리라.

'음, 정치는 귀찮아.'

마오마오는 술안주로 사기마를 먹었다. 밀가루 과자의 일종인데 바삭바삭한 식감이 특징이다. 진시의 안주로는 너무 소박한 느낌도 들지만, 식량 보급이 아직 불안한 상황이니 충분히 사치스럽다고 할 수 있으리라.

"교쿠엔 공은 교쿠오 공의 직계가 서도를 다스려 주었으면 한다더군. 전갈에 그리 쓰여 있었다. 구체적인 이름을 언급해 주었다면 좋았을 텐데."

그것이 교쿠오의 이복형제들이 서도를 다스리겠다고 손을 들고 나서지 못하는 이유였다. 그 일 때문에 형제들이 진시를 찾아오는 모양이었다.

"그러니까, 교쿠엔 님의 둘째 아들과 셋째 아들이 자주 오죠? 그분들에게 맡기면 안 되나요? 그 얘기를 하러 오는 것인 줄 알았는데요."

둘째의 이름은 들은 적 없지만 셋째 아들은 다하이라고 했다.

다하이는 30대 중반의 덩치 큰 남자로, 술서주의 항구를 지배하는 자라고 들었다.

오늘 별저에 찾아온 손님 중 한 사람은 다하이였다.

"다하이 공은 내게 부탁할 게 있어서 찾아왔던 것이야."

"귀찮은 일인가요?"

진시의 부루퉁한 표정으로 미루어 볼 때 좋은 이야기는 아니었다.

"다하이 공이 거점을 옮기지 않겠느냐더군."

"거점?"

그게 무슨 말일까, 하고 마오마오는 고개를 갸웃했다.

"뭐, 별로 대단한 일은 아니다. 별저에서 본 저택으로 이동하지 않겠느냐는 말이었지."

"그렇군요."

"별것 아니겠지?"

"별것 아니라고 진시 님이 말씀하지 않으셨나요?"

별저와 본 저택 사이의 거리는 콧노래를 부르며 걸어갈 수 있을 정도다.

"본 저택으로 들어가면 바로 옆이 공소니까, 여러 가지로 일을 추가하기 쉬워지기 때문일까요?"

"그렇겠지."

"그리고 느닷없이 공소로 끌고 가면 경계할 테니까 단계적으로 익숙해지게 만들기 위해서가 아닐까 싶네요."

"내가 무슨 주워 온 고양이냐?"

진시도 긴장이 풀린 상태였다. 아니, 피곤해서 체면 차리기도 포기한 모양이다.

"그리로 쉽게 옮겨 버리면 중앙으로 돌아가는 일이 또 멀어질 것 같아서 말이지."

자기 입으로는 돌아가기 싫다고 해 놓고서, 돌아가는 일이 멀어질 것 같다니.

한쪽에서는 진시를 중앙으로 돌려보내고 싶어 하고, 또 한쪽에서는 서도에 붙잡아 두고 싶어 한다. 가운데에 낀 상황인 듯했다.

"그럼, 거점 이동을 거절하면 되지 않을까요?"

"나도 거절하고 싶은 마음이 굴뚝같지만…. 지금 왕제가 서도에서 무슨 소리를 듣는지 알고는 있느냐?"

"…아름다운 외모로 여자들을 꺅꺅거리게 만드는 한편, 교쿠오 님을 암살했다는 음모론이 나돌고 있죠."

마오마오는 솔직히 대답했다.

"음."

"암살하셨나요?"

"안 했어!"

'그렇겠죠….'

진시는 암살 등의 뒷공작에 그리 능하지 않아 보인다. 또한 연애 역시 환관 시절에는 수단 방법을 가리지 않는 듯했으나, 최근 들어서는 유아로 돌아가지 않았나 싶을 정도로 퇴화해 버렸다.

"그런 연유로 서도를 탈취하기 위해 찾아온 것 아니냐는 말을 듣고 있는 중이다."

"이렇게 건조한 땅까지 올 바에야 중앙에서 소소하게 해 먹는 편이 이익은 훨씬 클 텐데 말이에요. 곡물을 독점해서 고가로

팔아 치워 교묘하게 뒷주머니를 채운다거나."

"인정사정없는 말을 하는군."

"이거, 취에 씨가 한 말이에요."

취에는 수다스러운 시녀다. 때때로 마오마오 곁에 놀러와 농땡이를 피우곤 한다.

"아무튼 본 저택으로 들어가면 탈취 의혹이 더욱 짙어지지 않을까요?"

"본 저택에는 교쿠오 공의 형제와 자식들이 있지. 경비 면을 고려하면 갈라져서 별저에 있는 것보다는 본 저택이 더 안전하리라는 의견이다."

"형 또는 아버지의 원수를 갚겠다며 칼을 들고 와서 찌르지 않을까요?"

"…그럴 가능성은 없다고 생각하고 싶군. 아니, 그렇게까지 감정적이었다면 이미 자객을 보냈겠지."

앞으로 공소에 오갈 일을 생각하면 본 저택으로 이동하는 편이 훨씬 편할 터였다. 마오마오 일행도 진시를 따라다니게 될 것이고.

'그건 싫은데.'

자신의 주위에 이상한 아저씨가 어슬렁거릴 것 같아 무섭다. 그쪽에는 괴짜 군사가 머물고 있을 것이다. 그래서 마오마오는 현상 유지를 원했다.

"진시 님께 그렇게 이익이 될 것 같지도 않으니, 딱 잘라 거절해도 문제는 없지 않을까요? 이야기를 듣다 보니 묘하게 망설이시는 것 같은데요."

"네 말도 일리가 있지만 그렇다고 내 쪽에서 다가가지 않으면 이야기가 진행되지 않을 테니 말이지."

'이런 점이 문제란 말이야.'

너무 솔직한 나머지 이용당하고 손해 보는 성격. 마오마오는 좋게 볼 때도 있고, 짜증이 날 때도 있다.

'단호하게 거절하라고 해야 해.'

마오마오가 막 입을 열려던 찰나였다.

"아, 그리고 본 저택에는 '그것'이 있지."

"그것?"

'그것'이 뭘까, 하고 마오마오는 고개를 갸웃했다.

"온실 말이다. 전에 왔을 때 보지 않았나?"

"오, 온실?!"

마오마오는 저도 모르게 눈을 빛냈다. 작년에 본 저택에서 지낼 때 선인장을 심어 놓은 모습은 보았는데, 온실까지 있었단 말인가.

"본 저택에 오면 생약 재배에 이용해도 된다고 하던데…."

진시가 마오마오를 흘끔 쳐다보더니 미소를 지었다.

"마오마오는 그냥 별저에 남아 있어도 상관없다만?"

"무, 무슨 말씀이세요, 진시 님? 저도 반드시 따라갈 테니 안심하세요."

마오마오는 자신의 가슴을 두들기다 힘이 지나친 나머지 기침을 하고 말았다.

본 저택으로 이사하는 과정은 막힘없이 진행되었다. 있든 없든 크게 달라질 바는 없지만 돌팔이 의관도 함께 옮기기로 했다.

하지만 별저에 남는 자도 있었다.

"온실이라, 그건 내 전문 영역 밖이라서. 그리 멀지도 않으니 난 그냥 별저에 남을래."

라한네 형에게서 뜻밖의 말이 날아왔다. 그의 머리 위에는 집오리가, 옆에는 염소가 있었다.

"라한네 형이라면 '작물은 전문가인 나한테 맡겨 둬'라고 할 줄 알았는데요."

"누가 전문가야! 뭐, 못할 건 없지만 나는 내가 책임을 질 수 있는 범위 내에서만 일하고 싶거든. 내가 할 수 있는 건 어디까지나 배운 걸 더듬어 따라가는 데까지뿐이야."

못하는 것을 못한다고 말할 수 있는 점도 전문가답다고 마오마오는 생각했지만 입 다물기로 했다. 괜히 어설프게 아는 척하는 자보다는 훨씬 의지가 된다.

"애당초 내 전문 분야는 곡물이야. 생약 같은 건 네가 훨씬 잘 알잖아."

"그것도 그러네요."

'자기 입으로 전문이라고 하네.'

라한네 형의 말을 못 들은 척해 주는 마오마오는 상냥한 인간
이다.

"뭐, 어차피 가까우니까 무슨 일이 생기면 불러."

"네, 그때는 잘 부탁드릴게요."

마오마오는 라한네 형에게 고개를 숙였다. 굳이 그런 말을 해
주지 않아도 더러 부를 일이 생길 터였다.

본 저택은 별저보다 훨씬 크고, 마오마오 일행이 안내된 의무
실도 넓었다.

'리 의관에게 맡겨졌던 장소였지, 분명.'

도성에서 파견된 의관들 중 진지하고 까다로워 보이는 사람
을 말한다. 지난번에 만났을 때, 그 인상에 '고생할 체질'이 추
가되었다.

'아직도 거리 진료소에 있나 보네.'

약 종류는 대부분 그쪽 진료소로 가져간 모양이었지만 약 서
랍은 쓰기 편하게 질서가 잡혀 있었다. 침대와 의자도 깔끔하
게 놓여 있다. 마오마오 일행이 가져온 도구는 그리 많지 않았
기에 금세 정리할 수 있을 듯했다.

"아가씨 방, 내가 같이 정리해 줄까?"

돌팔이 의관은 어째서인지 눈을 반짝반짝 빛내며 말했다. 손에는 자수가 들어간 장막이 들려 있었다.

"아뇨, 제 일은 제가 알아서 할 테니 의관님은 의관님 방을 정리하세요."

마오마오는 그 하늘하늘 팔랑팔랑한 악취미 방에 또 묵을 생각이라고는 추호도 없었다. 다음에 붕대가 부족할 경우 저 장막을 찢어서 붕대로 쓸까 하는 생각까지 든다.

"어이, 아가씨."

덩치 큰 무관이 다가왔다.

"왜 그러세요, 리하쿠 님?"

"측간에 좀 다녀오고 싶은데, 자리를 비워도 괜찮을까?"

"별문제 없지 않을까요?"

리하쿠는 생김새와 다르게 근면한 사람이다. 새 의무실 앞에는 호위가 또 한 명 서 있으니 문제없을 터였다.

"미안하군. 휴식 중에 소변보러 가질 못해서."

"아뇨, 괜찮아요."

무관은 중간중간 휴식을 취한다고는 해도 길 때는 한나절 가까이 계속 서 있어야 하는 입장이다. 한가해서 부럽다고 비아냥거리는 문관도 있지만, 이것 또한 만만치 않은 일이다.

리하쿠는 또 한 명의 무관에게 자리를 부탁한 뒤 측간을 찾으러 갔다. 낯선 장소다 보니 찾는 데 시간이 걸릴 듯했다.

마오마오는 일단 열심히 도구를 나르고, 마지막 짐을 가져다 놓았다.

"좋아, 이걸로 끝."

크게 기지개를 켜던 그때였다.

"아야얏!"

의무실 밖에서 돌팔이 의관의 목소리가 들렸다.

무슨 일인가 싶어 마오마오는 밖으로 나갔다. 의무실 앞에 넘어진 채 정강이를 문지르는 돌팔이 의관과 연습용 목검을 든 어린애가 있었다.

호위는 의무실의 마오마오를 보고 있었기에 돌팔이 의관에게까지는 눈이 닿지 못했던 모양이었다.

"정벌했다, 이 방해꾼 자식!"

아이는 여덟, 아홉 살 정도로 보이는 소년이었다. 깔끔한 옷을 입고 머리도 정갈하게 다듬은 것을 보니 좋은 집 도련님인 모양이었지만, 그런 것은 아무 상관없었다.

마오마오는 쪼그리고 앉아 돌팔이 의관의 정강이를 들여다보았다. 아무리 어린애라 해도 있는 힘껏 목검으로 때렸다면 멍이 남을 것이다.

마오마오는 아이를 노려보았다.

"무슨 짓이야!"

마오마오가 소리를 지르자 소년은 순간 움찔했으나 허세를 부리듯 앞으로 나섰다.

"죄인을 처벌했을 뿐이다."

'죄인은 무슨?'

마오마오가 꿀밤을 한 대 먹여 주기 위해 다가가려던 때였다.

"도련님, 그러시면 안 돼요!"

고용인 여자 하나가 다급히 소년을 붙잡았다.

"죄송합니다, 죄송합니다!"

고용인은 소년을 안아 들고 고개를 꾸벅꾸벅 숙였다.

마오마오는 주먹을 꽉 부르쥐고 건방진 어린애를 노려보았다.

"이거 놔! 저놈들 전부 다 죽여 버릴 거야!"

"도련님, 안 돼요. 그러지 마세요. 죄송합니다."

고용인은 고개를 숙인 채 소년을 끌고 갔다.

마오마오는 부르쥔 주먹을 펴는 수밖에 없었다.

고용인이 재빨리 물러났기에 망정이지, 그러지 않았으면 마오마오는 상대가 어린아이라 하더라도 사정없이 주먹을 내리쳤을 것이다.

사리분별 못 하는 어린애에게는 사정 봐주지 않는다.

"죄송합니다."

호위의 얼굴이 새파래졌다. 리하쿠가 맡기고 간 상황에서 돌

팔이 의관이 부상을 입은 것은 이 호위의 실책이었다.

"사과는 됐으니까 의관님을 옮겨 주세요."

"아, 아파…."

마오마오가 정강이를 건드리자 돌팔이 의관이 과할 정도로 반응했다. 뼈가 부러지지는 않았으나 며칠은 걷지 못할 듯했다.

'그 차림새와 고용인의 태도를 보니….'

교쿠엔의 친족임이 틀림없으리라.

벌써부터 귀찮은 일이 벌어질 것 같은 예감이 들었다.

마오마오는 돌팔이 의관의 다리에 찜질을 해 주었다. 말썽꾸러기에게 맞은 정강이는 다음 날 퉁퉁 부어올랐다.

"2, 3일은 안정을 취해야 해요."

마오마오는 돌팔이 의관이 일을 쉬고 자기 방 침대에 누워 잤으면 했다. 하지만 본인이 일을 하겠다고 나서는 이상 의무실에서 내쫓을 수도 없었다.

'있든 없든 별문제 없을 텐데.'

하지만 그 말을 입 밖으로 내뱉을 만큼 마오마오는 돌팔이 의관에게 차갑지 않았다.

"으윽, 아파."

"미안해, 아저씨."

리하쿠가 고개를 숙였다. 소년은 아주 잠깐 리하쿠가 자리를 비운 틈에 찾아왔었다.

호위의 부주의는 정말로 한순간이었다.

상대가 어린아이였던 탓도 있으리라. 그래도 호위의 눈을 피해 소년이 돌팔이 의관에게 폭력을 휘두를 수 있었던 데에는 이유가 따로 있었다.

'나를 호위하고 있었기 때문일까?'

겉으로는 의관의 호위다. 그러니 원래는 돌팔이 의관을 지켜야 하는 입장이었다. 하지만 남은 호위는 마오마오 곁에 붙어 있었다.

마오마오의 앞에서는 눈에 띄게 특별 취급하지 않는다. 아마도 진시의 배려겠지만, 마오마오가 누구인지는 암묵적으로 알고 있는 모양이었다.

'그 괴짜의 딸로 알려지는 건 싫은데.'

그래서 마오마오도 상대가 그 말을 꺼내지 않는 한 일개 의관 보조로서 행동한다. 그러는 수밖에 없다.

하지만 그 결과, 돌팔이 의관이 위험에 처하고 말았으니 난처한 일이다.

어제의 호위는 아직 요인 경호에 익숙지 않은 무관이었다고 한다. 리하쿠가 미안한 얼굴로 측간에 갔던 이유도 그것 때문이었던가 보다.

의무실 경비는 리하쿠가 고정으로 서고, 다른 호위들은 순서

대로 돌아가며 오는데 최근 새로 보는 얼굴이 많았다.

"똑똑똑~ 실례합니다~"

의무실 문을 두드리는 시늉을 하며 들어온 사람은 취에였다.

"돌팔이 씨~ 병문안 왔어요~"

취에는 과일을 가져왔다. 서도에서는 흔한 포도다.

"취에 씨, 고마워라."

'아니, 아니, 잠깐.'

자연스럽게 '돌팔이'라고 불린 건 신경이 안 쓰이나?

"마오마오 씨, 어제 돌팔이 씨를 습격한 몹쓸 놈이 누구인지 알고 싶어요?"

"누구예요? 이 저택에 있는 걸 보니 교쿠엔 님의 손자나 증손 자일 것 같긴 한데."

"정답이에요. 교쿠오 님 장남의 아들이죠."

'역시.'

교쿠오는 교쿠요 황후와 부모자식만큼 나이 차이가 난다고 들었으니, 그 정도 또래의 손자가 있어도 이상하지 않다.

"이름은 교쿠쥰玉隼이라고 한대요."

취에가 손가락으로 글씨를 썼다. 교쿠오도 그렇고, 자식들에 게는 새 이름을 붙여 주는 모양이다.[*]

※교쿠쥰(玉隼)의 이름 한자는 隼(매 준).

40

"그리고 그 교쿠준이 사과하고 싶다면서 어머니와 함께 지금 의무실 앞에 와 있는데, 어떻게 할래요?"

"그 얘길 먼저 했어야죠."

마오마오는 돌팔이 의관을 돌아보았다. 돌팔이 의관은 승낙 대신 빙긋 웃었다.

"아직 어린애잖아. 나쁜 짓을 했다는 걸 깨닫고 사과하러 왔다면 받아 줘야지."

'진짜 호인이라니까.'

마오마오는 그렇게 생각했지만 피해자는 돌팔이 의관이었으므로 그 말에 따르기로 했다.

"들어오세요."

마오마오는 불쾌한 얼굴로 의무실 문을 열었다.

그러자 마찬가지로 불쾌한 표정을 지은 교쿠준이라는 이름의 악동과 어쩔 줄 몰라 하는 얼굴의 여성이 서 있었다.

"저희 아들이 못된 짓을 저질러서, 정말 죄송합니다."

여성은 깊이 고개를 숙이고, 건방진 악동의 머리를 꾹 누르며 사과를 시키려 했다.

"나, 나는 사과 안 해!"

"사과해!"

"싫어, 안 해!"

교쿠준이 떼를 썼다.

어머니는 짜증이 치민 얼굴로 손을 높이 쳐들었다. 그리고 짜악 소리가 울려 퍼짐과 동시에 교쿠준이 쓰러졌다.

따귀는 흉터가 남지 않으나 소리가 요란하다. 아마 다치지는 않았겠지만 아직 몸집 작은 어린아이이니 충격을 견디지 못했으리라.

"어서 사과해!"

어머니는 울음을 터뜨릴 것 같은 표정이었다. 아이를 키우느라 마음이 불안했거나, 여러모로 쌓인 게 많았던 모양이었다.

교쿠준은 코를 훌쩍이며 입을 꾹 다물었다. 울고 싶지만 참는 얼굴이었다.

"죄, 죄송합니다."

그야말로 형식적인 사과였다.

그 모습을 보니 또 사고를 칠 것 같은 느낌이 들었지만, 돌팔이 의관은 어쩔 줄 몰라 하며 어머니를 바라보았다.

"이제 그만 됐어요. 나는 신경 안 쓰니까, 괜찮으니 고개를 들어요."

"죄송합니다."

어머니는 못을 박듯 다시 한번 고개를 숙였다. 고개를 든 교쿠준은 원망스러운 얼굴로 돌팔이 의관을 노려보았다.

'반성의 빛, 없음.'

모자가 돌아가니 피로가 와르르 밀려왔다.

"괜찮을지 모르겠네. 저렇게 있는 힘껏 따귀를 맞았는데….""

돌팔이 의관은 반성의 빛이 없었던 어린애를 걱정했다.

"부모한테 꿀밤 좀 맞는 일이야 흔하잖아, 아저씨. 남자라면 기절할 때까지 검술 연습도 하는 법인데."

"맞아요. 그쯤이야 별것 아니잖아요? 몽둥이찜질을 당하지 않은 것만 해도 다행이죠."

"따귀라면 문제없어요. 하지만 밖에서 보이지 않는 위치에 상처가 있다면 문제가 되겠죠. 관자놀이 같은 부위는 굉장히 아프지만 표시는 안 나요."

리하쿠, 취에, 마오마오가 차례대로 감상을 늘어놓았다.

"다들 대체 어떤 환경에서 자란 거야?"

돌팔이 의관은 조금 기겁한 눈치였다. 환관이지만 좋은 집 출신이었으니 부모에게 철권제재를 받아 본 적이 없는 모양이었다.

그러나 돌팔이 의관의 걱정도 이해는 되었다.

"그 어머니, 왠지 굉장히 조마조마한 눈치였어요. 왕제 직속 의관님을 다치게 했으니 큰 문제이긴 하지만요."

큰 문제임은 분명하다. 그러나 어머니가 그토록 초조해하는 데에는 그 이상의 이유가 있어 보였다.

"그 부분은 취에 씨가 설명해 드릴까요?"

취에가 검지로 천장을 가리키는 자세를 취했다.

"무슨 이유가 있는 건가?"

돌팔이 의관이 냉큼 물었다. 리하쿠도 흥미가 있어 보였다. 마오마오도 궁금하기는 했지만 어디까지나 다른 사람들과 함께 이야기를 들어 보자는 태도였다.

"교쿠오 님이 돌아가셨잖아요. 그래서 현재 서도를 누가 중심이 되어 통치할지를 두고 아주 큰 난리가 났나 봐요. 교쿠엔 님의 다른 자녀분들과 중앙에서 온 리쿠손 씨, 심지어 달의 귀인 이름까지 오르는 판국이에요."

"네, 들었어요."

주로 진시의 불평을 통해서.

"하지만 본래 가장 중요한 위치에 있어야 할 상대가 무대에 없다는 걸 알고 계세요?"

"…원래는 교쿠오 님의 아들이 물려받아야 한다고 생각하겠지. 황족도 보통 그렇잖아?"

리하쿠의 말이 맞다. 그러나….

"네, 하지만 그 아드님은 아직 먼 미래의 일이라며 정치 문제에는 전혀 관여하지 않았죠. 너무 무지한 바람에 오히려 제외되었다는 설명을 듣고 왔답니다. 이 부분, 이상하다고 생각하지 않으세요?"

"그렇구면. 보통은 조금이라도 공부를 시킬 텐데."

돌팔이 의관이 말했다.

"여기까지 말하면 아마 마오마오 씨 같은 분은 이미 상상이 될 거라고 생각해요. 사실 교쿠오 님의 큰아들은 구제 불능 파락호였답니다!"

취에가 양손을 팔랑팔랑 흔들어 종이 꽃보라를 뿌렸다.

"전에는 정식 후계자 교육을 받았다는데, 비뚤어져 버렸대요."

"비뚤어지다니?"

"반항기가 늦게 찾아온 거죠~ 그 즈음 이미 부모가 정한 약혼자와 결혼해서 아이까지 있었는데. 관례도 안 치른 풋내기도 아니고 글쎄, 말을 훔쳐서 타고 나가는 소란까지 피웠다지 뭐예요."

마오마오는 아까 유난히 벌벌 떨던 아이 어머니를 떠올렸다.

"친척들이 후계자 취급도 안 해 주고, 전혀 혈연관계도 아닌 엉뚱한 사람을 우두머리로 치켜세우는 상황이라니, 정말 심각하게 방탕한 인간이라는 뜻이군?"

리하쿠가 팔짱을 꼈다.

"맞아요~ 큰아들은 올해 25세. 몇 년 전 이미 처자식을 내버려두고 집을 나가서, 뭐~ 별별 일을 다 저지르고 다닌다나 봐요."

'그래서 애 엄마가 그렇게 비굴한 태도였군.'

마오마오는 납득했다. 친척들이 '남편 단속을 똑바로 못 했으니까 그렇지'라는 등의 트집을 잡아 댔을 것이 분명했다.

"어떤 짓을 저지르고 다녔는데요?"

"교쿠엔 님의 자식들 중 밑에서 두 번째, 그러니까 일곱째 아들에 해당하는 분이 동갑인 25세인데 사이가 나빠서 늘 싸운대요. 한 번은 진검을 들고 결투 소동을 벌인 적도 있다고 해요. 둘 다 실력이 있는 만큼, 아무도 말리지 못해서 일이 커졌다나 봐요."

'흐음, 흐음.'

"그리고 밀조주를 빚다가, 남의 양조장에서 술병을 슬쩍해 와 그 품질 조악한 걸 내다 팔았대요. 병을 도둑맞은 양조장은 신용이 와장창 떨어졌죠. 그게 심지어 교쿠엔 님의 셋째 딸이 경영하는 양조장이래요."

'으응?'

"또 예전에 마오마오 씨랑 같이 농촌에 갔을 때 도적을 만난 적이 있었잖아요? 아무래도 그 사건과도 조금 관련이 있는 것 같아요."

'으으응?'

마오마오는 잠깐 기다리라는 뜻으로, 손을 들어 취에의 말을 제지했다.

"왜 그러세요, 마오마오 씨?"

"교쿠오 님에게서 용케 의절을 안 당했네요?"

"아마 큰아들이라 그랬을 거예요. 교쿠오 님은 묘한 고집이 있는지 둘째, 셋째 아들에게는 정치 교육을 일절 시키지 않았다나 봐요. 무엇보다 비뚤어지기 전에는 제법 괜찮은 아들이었기 때문에 금방 원래대로 돌아갈 거라고 생각했던 모양이에요. 싸움 실력도 있고 지도력을 발휘할 줄 아는 성격이어서, 술서주에서 활개를 치던 도적 두목에게 습격을 당했는데도 그 자리에서 바로 되갚아 줄 정도는 되었다고 하거든요."

취에는 어디서 꺼내 왔는지 마화아*를 가져와서는 냠냠 먹고 있었다. 돌팔이 의관과 리하쿠도 얻어먹는 중이었다.

'도적의 습격을 바로 되갚아 줬단 말이지….'

그야말로 교쿠오가 좋아하는 무생의 모습 그 자체라고 마오마오는 생각했다.

"교쿠오 님의 동생들 입장에서는 각자 자기 일을 맡아 하기만 해도 벅차서 서도를 다스리기는 어려울 거예요. 그렇다고 교쿠오 님의 큰아들에게 맡기자니 그건 절대 안 될 말이죠. 그래서 시간벌이로 리쿠손 씨와 달의 귀인을 거론한 게 아닐까 싶어요. 둘째, 셋째는 똑똑하니까 시간을 벌어 놓고 그사이에 정치 교육을 시키면 되잖아요. 그때까지 큰아들의 계승권을 박탈할 계획을 세우려나 봐요. 교쿠오 님이 없는 지금, 큰아들에게는 아무런 뒷배도 없는 것이나 마찬가지니까요."

....

※마화아 : 기름에 튀긴 꽈배기.

"취에 씨는 모르는 게 없구먼."

돌팔이 의관은 감탄했지만, 아마 사실은 알아서는 안 될 정보이리라.

교쿠엔의 자식들끼리만 알아야 할 내밀한 사정이다. 여하튼 참 뻔뻔하기 그지없는 일이었다. 왕제를 시간 벌기에 이용하다니.

"그래서 아까 그 아이 어머니도 그렇게 어쩔 줄 몰라 했나 보네요."

큰며느리라 해도 남편이 쫓겨나면 아무 의미가 없다. 그런 상황에서 아들이 왕제 직속 의관을 다치게 했으니 간담이 서늘해질 수밖에.

"그러니까 아마 당분간은 둘째나 셋째 중 하나가 달의 귀인 아래로 들어올 거예요. 나머지 한 사람은 리쿠손 씨 밑으로 가겠죠. 그 둘 중 하나가 빨리 성장하면 우리도 중앙으로 돌아가기 편해질 테고요. 자, 그럼, 취에 씨도 그만 일하러 돌아가 볼까요?"

간식도 다 먹었으니, 하는 표정으로 취에는 자리에서 일어났다.

마오마오가 손을 들었다.

"질문이 있는데요, 취에 씨."

"뭔가요, 마오마오 씨?"

마오마오는 지금 이곳이 본 저택이라는 사실을 떠올렸다.

"그 구제 불능 파락호 큰아들이 이 본 저택에 오는 일도 있나요?"

"집에는 잘 안 오는 것 같던데, 가끔 가족을 보러 오긴 하나 봐요. 딱 마주칠 가능성도 충분히 있겠죠."

취에가 한쪽 눈을 끔뻑했다.

'그런 불길한 깃발이 설 것 같은 말 좀 하지 말라고.'

마오마오는 전도다난한 미래를 떠올릴 뻔했지만, 억지로 고개를 흔들어 잊기로 했다.

약사의 혼잣말

2 화 ⋮ 온실과 예배당

마오마오는 이사 온 방을 적당히 정리한 후 소문의 온실로 향했다.

"후~~~~아아아아아아!"

마오마오는 눈을 빛내며 온실을 관찰했다. 벽돌과 나무로 지은 건물이었는데 햇빛이 잘 들어오도록 천장과 벽의 일부에 투명한 유리를 끼워 놓았다. 신기한 외국의 다육식물과 오이 등이 재배되고 있었다.

오이로 말할 것 같으면 여름에 아무 밭에서나 뚝 따서 쉽게 수분을 보충할 수 있는 채소지만, 서도에서는 의외로 귀중품 취급을 받는 모양이었다.

"서도에서는 오이 재배가 어려워서 부의 상징으로 생각합니다. 그래서 서쪽에서 손님이 오면 신선한 오이를 사용한 요리를 대접하는 경우가 많지요. 그리고 교쿠엔 님이 좋아하시는 음식 중, 얇게 썬 빵에 오이를 끼워서 먹는 음식도 있었답니다."

온실 담당 정원사 아저씨가 설명해 주었다. 친절하게도 시식용 빵과 유락*까지 준비해 주었다.

갓 수확한 오이를 그 자리에서 요리하는 취향인 모양이지만….

"마오마오 씨, 갑자기 춤을 추네요."

"아가씨, 보는 사람이 있으니까 적당히 해."

취에와 리하쿠가 뜨뜻미지근한 눈빛으로 쳐다보았다.

"알아요!"

마오마오는 품에서 가위를 철컥 꺼냈다.

"황과~ 황과엽~ 황과등~"

마오마오가 노래를 부르며 오이 줄기에 손을 대려던 순간이었다.

"뭘 하시려는 겁니까?"

관자놀이에 퍼런 핏줄이 선 정원사 아저씨가 마오마오의 어깨를 덥석 움켜쥐었다.

"이제 계절상 오이는 필요 없을 것 같아서요."

이제부터 날씨는 점점 추워진다. 아무리 온실 재배라 해도 오이를 이 이상 키울 수는 없을 것이다.

※유락 : 버터.

"아직 더 수확할 수 있어요."

정원사의 손에 힘이 들어갔다.

"잎과 줄기, 물론 열매도 생약이 되는데 시들어 버리면 쓸 수 없어요. 지금 채집하지 않으면 언제 채집하겠어요?"

마오마오도 물러나지 않고, 눈을 피하지도 않았다. 두 사람은 서로를 노려보았다.

"**이건** 식용입니다."

정원사의 눈에 핏발이 섰다.

"지금 서도는 전대미문의 위기에 처했잖아요. 생약 부족 사태를 해소하는 데 협력해야 하지 않겠어요?"

대부분의 약을 대용품에 의지하고 있다. 지금은 기호품을 키울 여유 따윈 없다.

"온실의 사용 허가를 받으셨겠지만, 이미 키우고 있던 식물을 마음대로 채집해도 좋다는 허락까지 받지는 않으셨을 텐데요?"

"오이는 이미 끝물이고 심지어 열매에는 거의 영양분이 없어요. 그렇다면 생약 재료로 이용하는 게, 작물 입장에서도 더 행복하지 않을까요?"

마오마오와 정원사의 눈싸움은 계속 이어졌다.

한동안 교착 상태에 빠져 있다가 취에가 정원사의 상사를 데려왔다. 상사는 정원사에게 여러 가지로 설명을 했지만 정원사는 납득할 수 없는 듯했다.

"왠지 달의 귀인한테 들은 이야기와 많이 다른 것 같은데요~"

"상사가 다른 곳의 높은 분께 잘 보이는 데에만 연연한 나머지, 현장 사람에게는 불리한 이야기를 안 한 유형의 상황이로군."

의외로 머리가 잘 돌아가는 리하쿠가 현장의 상황을 적확하게 표현했다.

그 말이 맞고, 결국 불쌍한 건 정원사다. 온실을 자랑하기 위해 일부러 시식용 빵까지 준비했음이 분명한데.

미안하기는 하지만 마오마오도 들은 이야기와는 달랐다.

'내가 무엇 때문에 본 저택까지 왔는데?'

결과적으로 마오마오는 온실 안 3분의 1 공간만 사용할 수 있게 되었다.

다 시들어 가는 오이 덩굴은 마오마오가 채집해 가게 되었고 정원사는 분한 얼굴로 마오마오를 노려보았다. 그러더니 울 것 같은 얼굴로 다육식물은 절대 건드리지 못하게 하겠다는 듯 출입금지 팻말을 제작했다.

"어떤 약을 만들 수 있는데?"

리하쿠는 오이 열매 외에도 잎사귀와 줄기를 채집하며 마오마오에게 물었다.

"열을 내리는 데 흔히 사용돼요. 그리고 배탈이 났을 때도 쓰고, 그 외에 이뇨 작용도 있죠. 구토제 재료로도 자주 쓰고요."

"구토제? 그런 건 언제 쓰는데?"

"치사량 이상의 독을 먹었을 때요."

"보통은 그만큼 안 먹지."

리하쿠는 싱글싱글 웃으며 꽤 신랄하게 대꾸했다. 본인의 인덕 덕분인지 별로 화가 나지는 않았지만, 라한네 형처럼 재빠르고 날카롭게 받아쳐 주면 좋겠다는 생각이 들었다.

마오마오 일행은 열매, 잎, 줄기, 덩굴까지 모두 채집했다. 벌거숭이가 된 오이를 뿌리까지 뽑아 버리니 완전히 빈 밭이 되어 버렸다. 정원사 아저씨가 부모의 원수라도 보는 눈빛으로 마오마오를 노려보는 느낌이 들었다.

어느샌가 집오리가 다가와 파헤친 땅속에서 나온 벌레를 쪼아 먹고 있었다. 이 집오리는 정말이지 어디서든 나타나곤 한다.

"빈 밭으로 만들어서 뭘 심으려고?"

"글쎄요, 일단 갖고 있던 씨앗은 전부 다 심어 보려고요. 온실에서 어떤 생약이 자랄지 모르니, 잘 자라는 식물을 나중에 선별하면 되겠죠."

"전부 다? 자리가 부족하지 않겠어?"

"…저쪽에 있는 오이 밭을 다 정리하면 여유가 생길 것 같은데요."

마오마오는 정원사 아저씨와 또다시 불꽃을 튀겼다. 피차 양보할 수 없는 사람들끼리 화해의 길은 아득히 멀었다.

"마오마오 씨, 마오마오 씨."

"왜 그러세요, 취에 씨?"

취에는 뭔가를 발견했는지 유리벽에 착 달라붙어 밖을 내다보았다.

"저쪽에 예배당이 있는데 보고 와도 될까요?"

"예배당?"

마오마오는 취에가 가리키는 쪽을 바라보았다.

서방 양식의 독특한 건물이었다. 서도에서는 흔한 건물로, 대부분은 종교 관련 시설이다.

'전에 들어갔던 장소와는 조금 다르네.'

작년에 서도에 왔을 때도 예배당 같은 건물에 들어간 적이 있었는데 그곳과는 달랐다.

마오마오도 궁금해져서 취에를 따라가기로 했다. 예배당은 사당 같은 곳이라고 들었다.

'확실히 엄숙한 분위기이긴 해.'

예배당은 육각형 단칸방 하나인 간소한 장소였다. 그러나 색유리로 그려진 그림을 통해 햇빛이 비쳐 드니 아무 무늬 없는 바닥에 아름다운 색채의 빛이 출렁거려, 형언하기 힘든 신기한 기분이 느껴졌다.

취에는 예배당 한가운데에 주저앉아 혼자 중얼거리기 시작했다.

마오마오는 영문을 모른 채 취에 옆에 앉아 취에의 혼잣말이 끝날 때까지 입을 다물고 있었다. 리하쿠는 예배당 안이 워낙 좁았기에 밖에서 기다렸다.

"휴우."

잠시 후 취에가 고개를 들었다. 취에치고는 드문 행동이었다.

"취에 씨, 방금 그건 뭐예요?"

마오마오가 순수한 질문을 던졌다.

"외국의 오래된 말로 '신이시여, 저희를 보고 계시나이까?'라 는 의미예요."

"…무슨 소린지 모르겠네요. 뭔가요, 그게?"

"이교 경전의 한 구절이에요~ 서도에는 경건한 신자가 많기 때문에 대화 중에 경전 내용을 인용하면 장사를 하기가 편해지 거든요~"

취에는 품에서 필기도구를 꺼내 무어라 적어 내려갔다.

"자요, 마오마오 씨. 받으세요. 서도 체류도 길어질 것 같으 니 기왕이면 외워 두시는 편이 좋을 거예요."

방금 전 중얼거리던 수수께끼의 말을 마오마오도 읽을 수 있 도록 발음을 달아 적어 놓았다.

"안 외워도 될 것 같은데요."

마오마오 입장에서는 아무래도 좋은 일이었기에 굳이 외워야 겠다는 생각이 들지 않았다.

"아뇨, 외워 둬야 해요. 자, 어서!"

취에도 물러나지 않고, 마오마오의 양어깨를 잡고 빤히 노려보았다. 할 수밖에 없는 상황이었다.

"신이시여, 저희를 보고 계시나이까?"

"시니시요, 조히를 보고 게시나이까?"

취에가 써 준 대로 읽었는데 발음이 틀린 모양이었다.

"으음… 갓난아기가 옹알이하는 것처럼 들려요~ 다시 한번."

"됐다니까요."

"아뇨, 기왕이면 외워 두는 편이 좋아요."

취에치고는 드물게도 끈질긴 태도였다.

여러 번 반복해서 발음이 어느 정도 나아지고 나서야 겨우 풀려났다. 겸사겸사 기도하는 자세도 배웠는데, 도움이 될지 어떨지는 알 수가 없었다.

두 사람이 예배당에서 나오자 리하쿠는 한가한지 하품을 하고 있었다.

"앞으로 불시에 시험을 볼 거예요."

"네, 네."

마오마오는 다음엔 따라오지 말아야겠다고 생각했다.

"일단 돌아가서 밥이나 먹자고요, 취에 씨."

마오마오는 식탐이 강한 취에가 바로 달려들게끔 식사 이야기를 꺼냈다. 취에는 시어머니에게 야단맞지 않으려 마오마오

옆에서 식사를 하는 일이 많았기 때문에 바로 따라나섰다.

"그러게요. 돌팔이 씨도 배가 고플 테고. 그나저나 돌팔이 씨는 화장실 갈 때 어떻게 할까요?"

취에가 소박한 의문을 던졌다.

"내가 있을 때는 뒷간에 데려다주는데."

리하쿠는 언제나 돌팔이 의관을 안아서 이동시켜 주곤 했다.

"일단 요강을 놔두고 왔으니 괜찮을 거예요. 여성용 물건이긴 하지만 쓸 수는 있겠죠."

마오마오가 가볍게 말했다. 돌팔이 의관은 환관이기 때문에 남성의 남성다운 상징이 없다.

"아저씨가 불쌍해지기 시작했으니까 빨리 가자고."

리하쿠가 걸음을 서둘렀다. 정말로 묘하게 불쌍하다는 표정이었다.

3 화 : 교쿠오의 자식들

마오마오 일행이 의무실로 돌아오자 안에서 이야기하는 소리가 들렸다.

'환자라도 왔나?'

돌팔이 의관이 진찰하고 있을까, 그렇다면 빨리 들어가서 대신해야겠다는 생각에 마오마오는 문을 열었다.

"다녀왔습니다."

"아, 어서 와. 아가씨들."

돌팔이 의관은 모르는 청년과 이야기를 나누고 있었다.

'누구지?'

아직 젊다. 마오마오보다도 연하일까. 다정한 눈매의 몸집 작은 청년이었다. 얼굴 생김새는 깔끔하다면 깔끔한 축이지만, 건장한 체격의 남자가 많은 서도 안에서는 빈약해 보였다.

"환자분이신가요?"

"아니야. 인사하러 온 손님이래."

돌팔이 의관이 다친 다리를 의자에 올린 채 대답했다.

"안녕하세요."

몸집 작은 청년이 해맑은 미소를 지으며 말했다.

"인사가 늦어져서 죄송합니다. 달의 귀인 아래에서 일하게 된 요우후랑楊虎狼이라고 합니다."

"아, 네. 마오마오입니다."

상대가 정중하게 고개를 숙이는 통에 마오마오도 덩달아 깊이 고개를 숙였다.

'잠깐, 요우?'

요즘 자주 듣는 성이었다.

"이 사람은 말이지, 이번에 달의 귀인 밑에서 일하게 됐대. 교쿠오 님의 아드님이라고."

"네. 아직 풋내기지만 잘 부탁드립니다."

'교쿠오의 아들?'

마오마오는 고개를 갸웃거렸다. 아버지와 분위기가 전혀 다르다. 별로 안 닮았다.

취에는 아는 사이인지 가볍게 고개를 꾸벅 숙였다.

"교쿠오 님의 아드님이시라고요?"

"네, 막내인 셋째 아들입니다. 설마 달의 귀인을 모시게 될 줄은 몰랐기에 정말 영광입니다."

후랑은 눈을 반짝반짝 빛냈다.

진시와 리쿠손에게 각각 교쿠오의 둘째 아들, 셋째 아들이 붙으리라는 이야기는 들었다. 하지만 예상과는 조금 다른 성품의 인간이 오는 바람에 마오마오는 다소 놀랐다.

'더 거만할 줄 알았는데.'

진시를 장기짝으로 쓰려 들던 교쿠오의 아들인데, 얼핏 보기에도 저자세였다. 환관인 돌팔이 의관과 함께 차를 마시거나 마오마오에게 공손히 고개를 숙이는 등 상상과는 전혀 달랐다. 후랑虎狼이라는 사나운 이름과는 굉장히 동떨어진 인상이 느껴졌다.

"작은형은 리쿠손 님을 모시게 되었습니다. 저희 형제 모두 앞으로 잘 부탁드립니다."

둘째가 리쿠손, 셋째가 진시 밑으로 들어온 것은 연령을 고려해서였을까.

'둘째 아들은 진시보다 연상인가 보네?'

부하로 삼는다면 연상보다는 연하가 다루기 편할 것이다.

"오늘은 인사 겸 사죄를 드리러 찾아왔습니다."

"사죄?"

"의관님이 저희 조카 때문에 부상을 입으셨다니 정말 죄송합니다. 아직 나이가 어린 데다 아버지의 첫 손자인 탓에 무척 응석받이로 자랐지요. 꾸짖음은 제가 들을 테니, 조카에게는 관대한 처분을 내려 주십시오.”

‘어디서 온 누구야, 이 사람?’

아무리 생각해도 교쿠오의 아들로는 보이지 않는다.

마치 상사와 부하 사이에 끼어 몇 십 년간 관록을 쌓은 듯한 저자세였다.

“후랑 씨가 간식과 술을 가져왔단다. 요즘은 간식 같은 걸 구하기가 정말 어려우니, 참 고마운 일이지.”

돌팔이 의관이 찐빵이 든 찜통을 보여 주었다. 옆에는 술도 두 병 있었다.

‘오오~!’

“입에 맞으실지는 모르겠습니다만, 서도 특산 포도주입니다. 일단 주정이 독한 것과 약한 것, 두 종류를 챙겨 왔는데요.”

정말이지 훌륭한 선물이었다. 마오마오는 저도 모르게 술병에 달려들 뻔하다 꾹 참았다.

“그럼, 저는 이만 일하러 돌아가 보겠습니다.”

“아니, 조금 더 있다 가지, 후랑 씨. 아직 나이도 젊으니 짬짬이 휴식을 취하는 것도 중요해.”

돌팔이 의관은 완전히 편해진 말투였다.

“아뇨, 숙부님과 고모님들이 달의 귀인 밑에서 확실히 배우고 오라고 하셨거든요. 여러분을 따라잡을 수 있도록 가능한 한 열심히 노력하겠으니, 앞으로 잘 부탁드립니다.”

후랑은 또다시 고개를 깊이 숙인 뒤 의무실을 나갔다.

"…대체 어디가 늑대라는 거야?"

후랑, 이름 그대로 호랑이와 늑대. 욕심 많고 잔인하다는 의미가 있다. 아무리 강해 보인다고는 해도 좋은 이름은 아니다.

"늑대라기보다는 충견이네요."

리하쿠가 나직이 내뱉은 말에 마오마오는 완전히 동의했다.

후랑이 돌아간 후 돌팔이 의관은 교쿠오의 자식들에 대해 설명해 주었다.

"교쿠오 님에게는 자식이 총 네 명 있다더구먼. 후랑 군은 막내라고 해."

마오마오 일행은 선물 받은 찐빵을 바로 먹기로 했다.

'이상한 게 들어 있지는 않네.'

저도 모르게 독이 들어 있는지 확인하는 것은 마오마오의 습관이었다. 내용물로는 고기소가 들어 있었기에 점심 대용으로 먹을 수 있었다. 아무리 그래도 근무 중이라, 술을 마실 수 없는 것은 유감스러웠다.

"위로는 스물다섯부터 쭉 연년생이고, 후랑 군만은 나이가 뚝 떨어져서 열여덟이래. 그랬지, 취에 씨?"

돌팔이 의관이 찻잔에 차를 꼴꼴 따르며 취에에게 확인했다.

"맞아요~ 교쿠오 님의 자녀들은 큰아들, 큰딸, 둘째 아들에

이어서 막내아들만 나이 차이가 조금 벌어져서 열여덟 살이에
요~"

취에가 다시 데운 탕 그릇을 늘어놓았다. 마오마오는 그릇을
받아 들고 돌팔이 의관에게서 조금 떨어진 곳에 앉아 있던 리하
쿠에게 건넸다. 돌팔이 의관은 앉은 채로 차를 준비하고, 리하
쿠는 경비를 게을리 하지 않는다. 벌써 반년 이상 함께 지내다
보니 역할 분담에는 익숙해졌다.

"터울이 묘하네요. 혹시 어머니가 다른가요?"

마오마오는 의자에 앉아 찐빵을 반으로 가르며 물었다. 속에
는 다진 고기와 버섯, 죽순을 섞은 소가 들어 있었다.

"아뇨, 교쿠오 님은 아버님인 교쿠엔 님과 달리 부인이 한 명
뿐이에요~"

"흐음, 교쿠엔 님과는 다르네."

돌팔이 의관이 의외라는 듯 말했다. 리국에서는 남자가 아내
를 몇 명 두든 상관없지만 아무리 그래도 열한 명의 아내를 들
인 교쿠엔은 입방아에 오르내렸다. 황제조차 한 손으로 꼽을
수 있는 인원밖에 상대하지 못하니 말이다. 후궁에는 총 2천 명
의 비와 궁녀가 있지만, 집안과 자질 등을 고려해야 하기에 아
무에게나 그리 쉽게 승은을 내리지는 못한다.

"앗, 그러고 보니 무슨 소문을 들은 적이 있는데. 교쿠오 님
의 부인 말이야."

리하쿠가 끼어들었다. 귀와 입은 대화에 참가하고 있지만 시선은 의무실 밖을 향하고 있다.

"어떤 소문인데요?"

마오마오는 관찰을 끝낸 찐빵을 입 안에 집어넣었다. 간은 중앙식으로 한 듯했다. 묘하게 그리운 맛이었다.

"원래 교쿠오 님의 부인은 장사에 재능이 있는 분이라 솔선해서 일을 하셨다나 봐. 하지만 둘째 아들이 태어난 후 장사를 하기 위해 외국의 교역선에 탄 것까지는 좋았는데 배가 난파됐다는 거야. 운 나쁘게도 국가 정세까지 불안해졌지. 그 때문에 몇 년 동안 외국에서 체류했대."

"굉장한 이야기네요. 그런데 그런 사람이라면 좀 더 외부 활동을 해도 될 것 같은데."

교쿠오의 아내는 아직 한 번도 본 적이 없다. 따라서 내조에 충실하고 정숙한 아내일 거라고 생각했지만, 아무리 그래도 남편 사후에도 한 번도 얼굴을 드러내지 않는 것은 이상하다고 느껴지던 참이었다.

"몇 년 후 돌아왔을 때는 전과 완전히 달라져서, 눈에 띄지 않는 곳에서 도움을 주는 존재가 되었다나 봐요~ 뭐, 외국에서 여러 가지 일이 있었겠죠."

취에가 리하쿠를 대신해서 대답했다. 잘 보니 취에의 접시에만 찐빵이 한 개 더 많은데, 주의를 주어야 할까.

"교쿠오 님이 외국을 싫어하셨던 건 부인의 그런 사정 때문일까요?"

"글쎄요, 모르죠. 이제는 더 이상 알 방법도 없고."

취에는 별로 흥미가 없는지 찐빵만 맛있게 먹었다.

리하쿠는 교쿠오 부인에 대해 더 이상은 모르는지 조용히 찐빵을 먹었다. 마오마오는 딱히 더 캐물을 일도 아니라고 생각했다.

"그러고 보니 전에 진료한 아이는 교쿠오 님의 손녀였죠?"

"네, 장녀의 딸이에요."

머리카락을 먹는 바람에 장폐색을 일으켰던 어린 소녀 이야기다. 수술은 티엔요우가 집도했지만, 그 후 경과는 마오마오가 지켜보았다. 이젠 아무 문제없고, 실도 다 뽑았다.

"배를 가르다니, 정말 아팠겠구먼. 수술 자국 같은 건 문제없는 건가?"

돌팔이 의관이 걱정스러운 듯 눈썹을 축 늘어뜨렸다.

'수술 자국은 거의 보이지도 않거든요.'

분하지만 티엔요우의 수술 실력은 정말 뛰어났다. 성격에만 문제가 없었다면 좋은 의관이 되었을 테지만, 하늘은 두 가지를 다 내려 주지는 않는가 보다.

"네, 요즘은 가끔 흉터를 보러 가곤 하는 게 전부예요. 마침 내일 가야겠네요."

경과는 순조롭다. 자기 옆구리를 지진 어느 귀하신 분도 좀 보고 배웠으면 좋겠다.

"그렇구먼. 그럼, 다행이야."

돌팔이 의관은 안심하는 눈치였으나, 그보다 자기 다리 걱정이나 했으면 좋겠다고 마오마오는 생각했다.

약사의 혼잣말

4 화 ⦙ 규중 부인

다음 날 마오마오는 돌팔이 의관에게 이야기했던 것과 같이 교쿠오의 손녀를 검진하러 갔다.

'이름이 뭐라고 했더라?'

마오마오는 고유명사를 쉽게 외우지 못한다. 그래도 문제없이 잘 지냈으니 상관은 없으리라.

평소와 마찬가지로 리하쿠, 취에와 함께 찾아갔다. 그리고….

"앗, 신경 쓰지 마세요."

어째서인지 교쿠오의 셋째 아들, 후랑도 따라왔다.

"가끔은 누님과 조카딸 얼굴을 좀 볼까 싶어서 따라왔습니다."

"일은 괜찮으신 건가요?"

'달의 귀인을 모시다니 영광이라고 했으면서.'

마오마오는 표정에 드러나지 않도록 신경 쓰며 물었다.

"안심하십시오. 이것도 다 일입니다. 아버지가 하시던 일에 대해 자세한 이야기를 듣고 싶거든요."

"누님께 여쭤보시려고요?"

일을 하는 사람 같지는 않았는데, 하고 마오마오가 고개를 갸웃했다.

"아뇨, 어머님에게서요. 어머님은 본 저택이 너무 어수선하다면서 지금은 누님과 함께 계십니다."

소문으로만 듣던 그 어머니다.

'즉, 무대에서는 은퇴했지만 뒤에서는 여전히 교쿠오를 돕고 있었다는 말이군.'

그렇다면 일에 대해 어머니에게 묻는 것도 이상하지 않다.

현관 앞에서는 환자인 소녀와 그 어머니, 그리고 마흔을 조금 넘은 듯한 여자가 기다리고 있었다.

'저 사람이 후랑의 모친인가?'

여러 번 방문했는데 처음 보는 얼굴이었다. 아마 마오마오 일행이 아니라 자기 아들 후랑을 기다리던 모양이었다.

'대충 후 엄마라고 부르자.'

소개를 받을지 어떨지는 모르겠지만 앞으로 그리 자주 만날 것 같지는 않았기에 이름을 외울 마음이 들지 않았다. 마찬가지로 누나도 후 누나라고 부르기로 했다. 후 누나는 모녀인 만큼 후 엄마와 닮긴 했지만, 오히려 후 엄마가 더 보호 본능을 자극하는 미녀였다. 젊었을 때는 대단했으리라는 생각이 들었다.

"어머님, 누님, 오랜만에 뵙습니다."

후랑이 고개를 깊이 숙였다.

"오랜만이구나."

후 엄마는 후랑에게 답한 뒤, 마오마오 일행을 보고 천천히 고개를 숙였다. 후 누나와 모녀지간이니 이목구비는 닮았지만 조심스러운 분위기에, 눈매가 차분했다. 딸과 다르게 살짝 처진 눈꼬리에서 독특한 색향이 풍겼다.

"후랑, 손님 앞이니 인사는 적당히 해 두자꾸나. 죄송합니다, 아들이 눈치가 없어서."

후랑의 저자세는 어머니에게 물려받은 모양이었다. 차분한 목소리가 그렇게 울려 퍼졌다.

"아뇨, 신경 쓰지 마세요. 그보다 환자분의 환부를 좀 봐도 될까요?"

마오마오가 손녀 쪽을 돌아보았다.

"네, 샤오훙을 잘 부탁드립니다."

손녀 샤오훙이 고개를 꾸벅 숙였다. 샤오훙은 애칭이겠지만 본명이 잘 기억나지 않는다. 이전과 달리 검게 물들였던 머리는 꽤 밝아져 있었고, 길이도 가지런히 정리돼 있었다. 모근은 금색에 가까운 갈색이고 머리카락 끝은 검은색이어서 마치 검은 먹물을 머금은 붓끝 같았다.

"그럼, 나중에 뵙겠습니다."

후랑은 후 엄마와 함께 자리를 떴다.

마오마오 일행은 늘 진찰하는 방으로 들어갔다. 진찰이라 해도 별로 대단한 것은 아니다. 그냥 환부를 확인한 다음, 흉터가 조금이라도 옅어지도록 연고를 바르는 게 끝이다.

방에 고용인은 없었다. 흉터가 눈에 잘 띄지 않는다고는 하나, 배에 수술을 받았다는 사실을 공공연히 알리고 싶지 않은 모양이었다. 어른이 될 때까지 차츰 사라져 주면 감지덕지다.

"오늘로 끝입니다. 연고가 필요할 경우 저를 찾아오시면 준비해 드리겠지만, 시판 연고를 발라도 괜찮을 거예요."

"감사합니다."

후 누나가 깊이 고개를 숙였다.

이렇다 할 용건은 없었지만 탁자에 차와 간식이 준비되어 있었다. 취에가 눈을 빛내며 "먹고 가요."라고 말했다.

"후랑 씨도 아직 안 왔는데 천천히 있다 가면 안 돼요~?"

"딱히 후랑 님과 같이 돌아갈 필요는 없을 텐데요."

사춘기 소녀들처럼 굳이 집단행동을 할 필요는 없다. 리하쿠가 호위로 딸려 있으니 문제도 없으리라.

"굶주린 취에 씨한테 지금 이렇게 맛있게 생긴 과자를 먹지 말라는 거예요, 마오마오 씨?"

"드세요, 취에 씨."

"휘유~ 역시 마오마오 씨, 입맞춤을 하고 싶을 정도예요."

마오마오는 문어처럼 입술을 쭉 내미는 취에를 밀어냈다.

"너무해요오~"

"알았어요, 알았어."

마오마오는 취에의 눈앞에 우유차를 놓았다.

취에는 재빨리 우유차에 벌꿀을 섞고 나서, 구운 과자를 한 입 가득 베어 물었다. 곡기병*에는 말린 포도와 호두가 들어 있고 향긋한 유락 냄새가 났다. 배아胚芽가 들어 있는지 색은 다소 탁했지만 영양가는 높다. 식재료가 부족한 요즘, 정말 사치스러운 음식이었다.

마오마오도 조금씩 베어 먹었다.

리하쿠로 말할 것 같으면 호위 임무가 있어서인지 맛있어 보이는 간식을 빤히 바라보고만 있었다. 아무리 일하는 중이라 해도 조금 불쌍해 보였다.

"저어, 죄송합니다만."

마오마오가 후 누나에게 말을 걸었다.

"왜 그러시죠?"

"구운 과자를 선물로 조금 싸 주실 수 있을까요?"

※곡기병 : 쿠키.

돌팔이 의관에게 가져다줄 선물이었다.

다소 뻔뻔한 부탁이라고 생각했지만 후 누나는 희미하게 웃으며 고개를 끄덕였다. 처음 만났을 때의 신경질적이고 날카로운 인상에 비하면 많이 온화해진 느낌이었다.

"알겠습니다. 바로 준비해 드리죠."

후 누나가 방을 나가려는데 샤오홍이 소맷자락을 잡아당겼다.

"제가 가져올게요."

샤오홍은 살짝 즐거워 보이는 얼굴로 방을 나갔다. 이 아이 역시 전보다 많이 밝아진 얼굴이었다.

"……."

취에가 과자를 우물우물 먹으며 어머니와 딸의 모습을 생글생글 웃는 얼굴로 지켜보았다. 혹시 선물용 과자를 잔뜩 주지 않을까 기대하는 건 아닐까.

"그러고 보니 어머님이 이쪽에 계시네요?"

마오마오는 별다른 화제가 없으면 굳이 이야기를 하는 성품은 아니지만, 마침 이야깃거리가 있어서 물어보았다. 과자를 얻어먹은 답례로 조금쯤은 붙임성 있게 굴어 두고 싶었다.

"네, 본 저택은 여러모로 소란스러워서 이리로 오셨어요. 샤오홍도 걱정이 되셨나 봐요."

후 누나는 친어머니가 와 있는데도 묘하게 달갑잖은 표정이었다.

'모녀 사이가 별로 안 좋은가?'

마오마오가 그런 생각을 하고 있는데 밖에서 "꺅!" 하는 목소리가 들렸다.

후 누나가 다급히 방 밖으로 뛰어나갔다.

마오마오 일행도 그 뒤를 따랐다.

목소리의 주인은 샤오홍이었다. 저택 정원에서 누군가가 샤오홍의 머리카락을 잡아당기고 있었다. 그것이 누구인가 하니….

'그 건방진 악동이잖아?'

교쿠 어쩌고 하던 못된 악동이 샤오홍의 머리카락을 잡아 뜯고 있었다. 주위에 그 못된 악동의 시종이 있기는 했지만 말리지도 않고, 그냥 어쩔 줄 몰라 하며 지켜볼 뿐이었다.

"교쿠쥰! 뭐 하는 거니!"

후 누나가 다급히 샤오홍과 못된 악동, 즉 교쿠쥰 사이에 끼어들어 딸을 감싸며 조카를 노려보았다.

교쿠쥰으로 말할 것 같으면 손가락에 낀 샤오홍의 머리카락을 뽑아서 던지고 있었다.

"뭘 하냐니, 그 지저분한 머리카락을 다 뽑아서 없애 버리는 중이었는데요."

교쿠쥰은 미안한 기색도 없이 그렇게 내뱉었다. 왼손에는 진

흙 덩어리를 들고 있었고, 그것이 샤오홍의 머리에도 질척하게
들러붙어 있었다.

"뭐가 지저분한데?"

눈물을 글썽이며 샤오홍이 중얼거렸다.

후 누나는 딸을 감싸면서도 어딘가 모르게 뒤가 켕기는 표정
이었다.

"샤오홍은 지저분한 아이가 아냐. 네 사촌 동생이고."

"사촌? 하지만 걘 외국 사람 같은 머리카락을 갖고 있잖아요."

"이건 우연이야. 서도에는 밝은 색의 머리카락을 가진 사람이
많아."

후 누나는 열 살도 채 되지 않은 조카에게 정중하게 대응하고
있었지만, 스스로를 꽤 억누르는 듯 보이기도 했다.

"하지만 고모님도 옛날에는 외국 사람을 보면 돌을 던졌다면
서요? 아버님이 그렇게 말씀하신 적 있는데요."

교쿠준이 불쾌하다는 표정을 지었다.

샤오홍이 어머니의 얼굴을 올려다보자 후 누나는 더욱 불편
한 얼굴이 되었다.

'아….'

저지른 기억이 있기는 있나 보네, 하고 마오마오는 납득했다.
지금 교쿠준이 하고 있는 일은 예전에 후 누나가 했던 일인 모
양이었다.

'과거는 바꿀 수 없지. 그래서 죄책감은 더욱 크게 느껴지는 것이고.'

"에잇!"

그사이 교쿠준이 들고 있던 진흙 덩어리를 치켜들었다.

"자, 자. 이제 장난은 끝이에요."

진흙 덩어리는 교쿠준의 손에서 떨어지지 않았다. 취에의 손바닥 속에 주먹째 붙잡혔기 때문이었다.

'어느 틈에?'

취에는 눈 깜짝할 사이 교쿠준 뒤로 이동한 상태였다.

"야! 뭐 하는 거야?"

"저기 말이죠, 서도에서 물이 얼마나 귀중한지 알아요~? 이런 걸로 더럽히면 세탁이 힘들어지거든요~?"

취에는 웃으면서 진흙 덩어리가 든 교쿠준의 주먹을 꽉 움켜쥐었다. 교쿠준은 아팠는지 취에가 손을 놓아주자 얼굴을 찡그리며 왼손을 문질렀다.

"야, 이게 무슨 짓이야! 내가 누군지 알기나 해?"

교쿠준은 반쯤 울먹이며 취에에게 덤벼들었다.

"네. 교쿠엔 님의 증손자이자, 교쿠오 님의 손자이자, 시쿄 님의 장남이신 교쿠준 님이시죠."

"알면서 왜….'"

"그러나!"

교쿠쥰의 말을 가로막고 취에가 말을 이었다.

"머리는 여자의 생명이라고 하거든요~? 뭐, 정말 그런지는 모르겠지만, 어쨌든 여자들한테 미움받기에는 그보다 더할 수 없는 행동이죠."

취에는 머리카락을 뽑힌 샤오훙을 바라보았다. 샤오훙은 어머니 뒤에 숨어 눈에 눈물을 글썽이며 코를 훌쩍이고 있었다.

리하쿠는 호위로서 마오마오 일행 곁을 떠나지 않았지만 간섭할 생각은 없는지 멀찍이서 지켜보기만 했다. 리하쿠가 보기에는 어린애들 싸움의 범위 내에 들어가는 일이리라.

마오마오도 취에가 나서서 상황에 끼어든다고 자기까지 같이 덤빌 생각은 없었다. 하지만 반성할 줄 모르는 악동이라는 인상은 더욱 짙어졌다.

"뭐? 이 녀석 머리카락 같은 건 내 알 바 아냐. 심지어 바로 얼마 전까지 머리를 염색하고 다녔다고. 이 녀석은 분명 외국 사람일 거야. 외국인의 '바꿔치기'가 들어와서, 우리 일족한테 해를 끼칠 거라고."

"바꿔치기?"

마오마오가 고개를 갸웃거렸다. 이야기에 끼어들 생각은 없지만 귀에 익지 않은 말이었기에 조건반사적으로 중얼거리고 말았다.

"바꿔치기란 요괴 등의 기이한 존재가 아이를 낳았을 때, 인

간 아이를 데려가고 대신 자기 아이를 갖다 놓은 걸 말하거든요
~"

취에가 친절하게 설명해 주었다.

"보면 몰라? 얘 부모는 둘 다 머리가 까맣잖아. 그런데 얘만 머리색이 이런 건 이상하지 않아? 내 사촌이란 것도 거짓말이야!"

'그냥 귀자鬼子일 수도 있는데?'

부모의 형질을 전혀 닮지 않은 모습으로 태어난 아이를 귀자라고 한다. 이름 그대로 불길함의 상징이다.

하지만 마오마오 입장에서는 정정해 두어야 할 사항이었다.

"검은 머리 사이에서도 갈색 머리 아이는 태어날 수 있어요. 예컨대 고양이 새끼라면 같은 형제라도 흑백 얼룩일 수도 있고, 줄무늬가 있을 수도 있잖아요?"

마오마오 나름대로는 아이도 알아들을 수 있도록 쉽게 설명했다고 생각했지만 교쿠쥰이라는 못된 악동은 들을 생각도 없어 보였다. 따라온 시녀를 노려보며 이 녀석들 좀 어떻게 해 보라고 보챌 뿐이었으나, 시녀는 시선을 피하기만 했다.

'돌팔이 의관을 때릴 때부터 반성이 없네.'

한 대 쥐어박아 주는 편이 빠르지 않을까, 하고 주위를 둘러보고 있는데….

"교쿠쥰 님, 당신은 높은 사람인가요?"

취에가 평소처럼 방심할 수 없는 미소를 지으며 물었다. 교쿠

쥰은 진흙투성이 손을 탁탁 쳐서 가루를 털어 냈다.

"당연히 높은 사람이지! 나는 교쿠쥰이야!"

"네, 알고 있어요. 그렇다면 왜 높은가요?"

"나는 이 집안 장남의 장남이야. 언젠가 서도를 다스릴 사람이라고."

"즉, 시쿄 님의 아들이기 때문에 높은 건가요?"

"그래!"

교쿠쥰이 가슴을 당당하게 폈다.

'부모의 위세에 편승하는 녀석 같으니.'

후 누나가 교쿠쥰에게 세게 나가지 못하는 이유도 아마 여기 있으리라.

마오마오는 후 누나에게 매달리는 샤오홍의 정수리를 내려다보았다. 마오마오의 충고대로 염색을 하지 않았는지 밝은 머리카락이 꽤 길었다. 하지만 교쿠쥰이 상당히 세게 잡아당긴 듯 모근 부분에 울혈이 생겼다. 마오마오는 마음이 차갑게 얼어붙는 감각을 느꼈다.

"그럼, 시쿄 님은 왜 높은 분이죠?"

취에 대신 마오마오가 물었다. 취에는 한 걸음 물러나 마오마오에게 대화를 맡겼다.

"그건, 할아버지의 자식이니까…."

"그래요?"

마오마오가 입술을 뒤틀었다.

"교쿠오 님은 이제 안 계시는데?"

그러고는 히죽 웃었다.

아이 상대로 꽤나 심술궂은 말이었다. 말이 칼날처럼 가슴을 후벼 파는 감촉.

교쿠쥰의 얼굴에서 표정이 사라졌다.

중앙에서 볼 때는 어떨지 몰라도, 서도에서는 따르는 사람이 꽤 많았던 인물의 죽음을 이 자리에서 언급하면 어떻게 될까.

마오마오는 비열한 행위라고 생각했지만 반성하지는 않았다.

샤오훙의 모친인 후 누나는 아무 말도 하지 않았다. 말을 할 수 없는 부분이니, 할 수 없는 일이다.

"아직 시큐 님이 계시다고요? 하지만 시큐 님은 자유로운 삶을 살고 계신 것 같던데, 서도를 다스리실 수 있을까요? 아니면 당신이 서도를 다스릴 그릇이 되나요?"

아직 열 살도 안 된 아이에게는 너무 심한 말일지도 모른다. 하지만 알아야 한다.

"당신 자신이 높은 사람인가요?"

이렇게 건방진 꼬맹이가 아무 교육도 받지 않고 자라서 멀쩡한 위정자가 될 리가 없다.

아무것도 배우지 않고, 오로지 혈통만으로 부모와 같은 위치에 오를 수 있다는 착각은 언젠가 본인의 발목을 잡으리라.

교쿠쥰의 안색이 차츰 달라졌다. 어린애 머리 나름대로 이해한 모양이었다.

서도에서는 절대적인 강자의 아들, 손자. 그러나 아무리 강대한 보호자라도 언제 죽을지 모른다. 그리고 보호자를 잃은 어린아이는 잘해야 꼭두각시 신세, 운이 나쁘면 추방될 수도 있다.

"아, 아버님이 돌아가실 리가 없어!"

"인간은 언제 죽을지 모르는 일이죠. 그리고 샤오훙 님의 머리를 좀 치료해 드려도 될까요?"

마오마오가 샤오훙의 손을 잡고 원래 있던 방으로 돌아가려 하였으나….

"잠시만 기다려."

울림이 또렷한 목소리가 들려왔다. 돌아보니 중년 여성이 서 있었다. 후 엄마였다.

"할머님!"

교쿠쥰은 할머니인 후 엄마에게 매달렸다. 그 뒤에는 후랑도 서 있었다.

"저 녀석이, 저 녀석들이 나한테 못된 말을 해!"

교쿠쥰은 진흙투성이가 된 손으로 할머니에게 안겼다. 방금 전까지의 건방진 태도와는 정반대로, 귀여운 손자로서의 면모를 전면에 내세우고 있었다.

후랑은 조카의 행동에 쓴웃음을 지으며 마오마오 일행에게 사과하듯 두 손을 모았다.

후 엄마는 교쿠준을 내려다보더니 다음으로 마오마오, 후 누나, 샤오훙에게로 시선을 옮기다 마지막으로 취에에게 머물렀다.

"왠지 소란스러운 것 같은데, 무슨 일이 있었니?"

손자를 달래는 다정한 목소리가 들려왔다.

"저 녀석들이 아버님이 죽을 거라고 하잖아!"

역시 어린애는 어린애였다. 다방면으로 왜곡된 말을 내뱉으며 자기는 잘못 없다고 주장하는 모습.

하지만 후 엄마는 얼굴을 흐리며 후랑의 표정을 흘끔 확인했다. 후랑은 아무 말도 하지 않았으나, 표정을 볼 때 조카 편을 들 생각은 없어 보였다.

"교쿠준, 그 말이 정말이니?"

"응, 그럼."

"정말?"

"으, 응."

"내가 계속 보고 있었는데?"

할머니의 한마디에 교쿠준의 표정이 또다시 확 변했다. 저도 모르게 삼촌인 후랑 쪽을 쳐다보았으나, 후랑은 도와주지 않았다.

'정말 표정이 다양하네.'

할아버지와 다르게 손자는 아직 표정 관리를 전혀 할 줄 모르는 모양이었다.

"넌 샤오홍에게 무슨 짓을 했지? 그 진흙으로 더럽혀진 손은 뭐니?"

"저기, 이건 오해가….'"

교쿠쥰이 횡설수설 변명을 시작했으나 처음부터 끝까지 다 보았다면 할 말이 없다. 그러나 동시에 마오마오 입장에서도 식은땀이 뻘뻘 흘렀다.

몇 초 후, 어이가 없다는 듯 후 엄마가 한숨을 내쉬었다.

"교쿠쥰, 방으로 돌아가 있으렴. 네가 좀 데려가 다오."

후 엄마가 시녀에게 말했다. 교쿠쥰은 시녀에게 끌려가며 등 뒤에서 혀를 날름 내밀고는 사라졌다.

"손님 앞에서 실례를 범했군요."

후 엄마가 마오마오와 리하쿠에게 각각 고개를 숙였다. 증손자가 못되게 굴었다는 사실은 알고 있는 모양이었다. 마오마오는 교쿠오의 죽음을 언급한 일로 무슨 말을 들을 줄 알았는데, 후 엄마는 아무 말도 하지 않았다.

그리고 나서 후 엄마는 후 누나와 샤오홍을 돌아보았다.

"샤오홍, 잠깐 이리 좀 오려무나."

후 누나 뒤에 숨어 있던 샤오홍이 할머니에게 다가갔다. 후 엄마는 손으로 샤오홍의 머리를 빗겨 보았다.

"괜찮은 것 같네. 나중에 교쿠준을 엄하게 야단쳐 두마."

"어머님!"

후 누나가 분개한 얼굴로 어머니를 보았다.

"왜 그러니?"

"그게 다인가요? 교쿠준이 샤오홍을 괴롭힌다는 걸 알고 계시잖아요? 그런데 왜 저희 집에 데려오신 거예요?"

'데려온 거구나.'

본래 교쿠준은 본 저택에 있어야 한다. 후 누나 입장에서는 딸을 괴롭히는 조카를 굳이 데려오기 원하지 않았을 터였다.

"교쿠준도 본 저택에 있기가 힘들단다. 그걸 알아주렴."

"그래도!"

"그 애 어미는 그 애를 지켜 줄 수가 없으니 어쩔 수 없지 않니?"

'어미? 지켜 줄 수 없어?'

어머니라면 얼마 전 돌팔이 의관이 봉변을 당했을 때 사과하러 왔던 여자를 가리키는 말이리라. 교쿠준의 머리를 억지로 숙이게 하면서 자기 스스로도 울고 있었던 사람. 변변찮은 한량이라는 교쿠오의 큰아들 이야기는 자주 들었지만, 그 아내 이야기는 들은 적이 없었다.

"그보다 손님을 너무 기다리시게 하면 안 되지."

'그보다…?'

하고 싶은 말은 알겠지만 말투에 살짝 거슬리는 부분이 있었다. 후 누나는 입술을 꽉 깨물며 후 엄마를 노려보았다.

후 엄마는 아무 일 없었다는 듯 자리를 떴다. 후랑도 고개를 꾸벅꾸벅 숙인 뒤 따라갔다.

후 누나는 그래도 마오마오 일행 앞에서 허세를 부려야겠다는 생각이 들었는지, 어색한 미소를 지었다.

"부끄러운 모습을 보여 드려 죄송합니다. 그만 돌아갈까요?"

후 누나가 꽤 무리를 하고 있는게 느껴졌다.

"저, 저기⋯."

샤오홍이 코를 훌쩍이며 마오마오의 치맛자락을 잡아당겼다.

"할아버님을 나쁘게 말하진 마."

교쿠오는 교쿠쥰뿐만 아니라 샤오홍에게도 할아버지인 사람이었다.

"⋯죄송합니다."

마오마오는 그 점은 자신에게 잘못이 있다고 생각하고, 순순히 사과했다.

후랑은 마오마오 일행 주위에서 일을 하는 경우가 많았다.

"죄송합니다. 마차 준비를 부탁하고 싶은데요."

본 저택 복도에서 고용인에게 후랑이 정중히 말을 걸고 있었다. 고용인도 후랑의 저자세에 익숙한 태도여서, 후랑이 진시 앞에서만 얌전한 척하는 것은 아닌 듯했다.

"진짜 교쿠오 님 아들 맞아?"

리하쿠가 눈을 가늘게 뜨며 복도를 걷는 후랑을 쳐다보았다. 이 거한의 무관은 괭이를 들고 밭을 가는 중이었다. 별저에 이어 본 저택의 정원도 밭으로 개간해도 좋다는 허락을 받은 덕분에, 라한네 형이 재빨리 경작을 시작해 버린 것이다. 리하쿠는 호위로서 우두커니 서 있기만 하면 몸이 둔해진다며 단련도 겸해 밭일을 돕고 있었다.

그리고 개간된 밭을, 본 저택 정원사가 눈물 어린 눈으로 응시하고 있었다. 온실 담당 정원사가 어깨를 툭툭 두드리며 위로해 주었다. 정원사들의 적은 마오마오 한 사람만이 아니었다.

"안 닮은 부모자식은 얼마든지 있으니까요."

마오마오는 얇게 썬 오이를 햇볕에 말리고 있었다. 온실 정원사가 노려보았지만 모르는 척하기로 했다.

교쿠오가 죽은 후 서도의 정치 형세는 꽤나 달라졌다. 진시가 전면에 드러남으로써 그간 진행되던 군 확장 움직임은 줄어들고, 식량 문제를 어떻게 안정시키느냐가 목하 과제로 떠올랐다.

원수 같은 황충 놈들은 요 몇 개월 사이 서도를 여러 번 덮쳤다. 그러나 인간도 적응하는 법이다. 여러 번 반복되는 사이 아무렇지 않게 황충과 함께 살아가게 되었다.

'마비된 거겠지.'

그래도 황충이 보이면 가능한 한 잡아 죽이고, 황충이 알을 깔 만한 장소를 골라 밭으로 개간하는 것 같았다. 부화된 직후 아직 날지 못하는 사이 초원 전체를 불태워 버리자는 의견도 있었다고 하지만, 중앙과 달리 비가 별로 내리지 않는 건조 지대이다 보니 불길이 어디까지 퍼질지 몰라 그만두었다고 한다.

지루한 인해전술이 이어지고 있었다. 추경을 겸한 밭 개간도 진행되는 중이었다. 요 몇 개월 동안 장사도 잘 되지 않아 사람들이 일자리를 많이 잃었기에 적극적으로 고용했다.

'겨울까지 작물을 얼마나 수확할 수 있으려나.'

그 점이 가장 중요한 사항이리라.

마오마오가 얇게 썰어 말린 오이를 만져서 확인해 보고 잘 마른 것을 주워 모으고 있는데, 저택 복도에서 종종걸음으로 뛰어오는 누군가가 보였다.

"마오마오 님!"

후랑이었다. '님'을 붙여서 부르는 호칭이 영 낯간지러웠다.

"리하쿠 님도, 실례하겠습니다."

"저기, 그, 후랑 님이시죠? 저는 그냥 호위니까 경칭을 붙여 부르시면 더 불편합니다만."

마오마오가 하고 싶은 말을 리하쿠가 전부 대신해 주었다.

"아뇨, 저는 정치 쪽에 어둡기 때문에 지금은 아직 잡일이나 하는, 세상 물정 모르는 풋내기에 불과합니다. 마오마오 님은 여성이시지만 의료 종사자로서 벌써 여러 해 경험을 쌓으셨다고 들었습니다. 리하쿠 님은 이번에 달의 귀인의 지명을 받아 서도로 오셨다고 들었고요. 충분히 존경받아야 할 분들께 실례를 범할 수는 없습니다. 무엇보다 저는 직함도 뭣도 없는 말단에 불과합니다. 이것은 도리이니 양해해 주십시오."

후랑이 콧김을 거칠게 내뿜으며 말했다. 눈은 정말로 번쩍번쩍 빛나고 있어, 거짓말을 하는 것 같지는 않았다.

'정정하기도 귀찮겠는데.'

그래서 마오마오는 그냥 받아들이기로 했다.

"그럼, 후랑 님, 저희에게 무슨 볼일이신가요?"

"달의 귀인께 서류를 받아 가지고 왔습니다. 요우 의관님, 리 의관님께도 같은 서류를 전달해 드릴 예정입니다. 의료에 종사하시는 분들의 견해를 꼭 듣고 싶다고 하시니 확인해 주시겠습니까?"

마오마오는 후랑이 건넨 양피지를 펼쳤다. 서양식 붓*으로 작성되어 있었고, 진시의 필적과는 달랐다. 붓을 다루는 데 익숙한 솜씨를 보니 서쪽 사람, 어쩌면 후랑이 작성했을지 모른다.

'몸의 부종, 출혈, 빈혈, 설사, 구토….'

신체적으로 좋지 않은 징후들이 적혀 있었다.

"의사와 약사가 없는 지방에서 흔히 볼 수 있는 신체 증상들을 정리해서 적어 두었습니다. 치료까지는 할 수 없더라도 예방책, 대처법 등이 있으면 자세히 적어 주셨으면 합니다."

시골에 의사와 약사가 없는 일은 드물지 않다. 병에 걸리면 민간요법으로 고치거나, 심한 경우 주술사가 기도를 올리는 게 전부다. 제대로 된 치료 따위는 존재하지 않는다.

"지시 내용은 최대한 구체적으로 적어 주십시오. 또한 물자에는 한계가 있으니 대용법도 몇 가지 적어 주시면 감사하겠습니

※서양식 붓 : 펜.

다. 지금의 술서주에서는 '부족'이 기본입니다."

당연한 말이라는 생각에 마오마오는 고개를 끄덕였다. 하지만 이 자리에서 슥슥 적어 넘길 정도의 양은 아니었다.

"그럼, 의관님께 전해 드리고 올게요. 시간을 좀 주실 수 있을까요? 저녁 무렵이면 다 쓰실 수 있을 것 같은데, 달의 귀인께 전달해 드리면 되나요?"

마오마오는 어디까지나 돌팔이 의관이 대응한다는 전제로 서류를 받아 들었다.

"아뇨, 제가 저녁때 다시 받으러 오겠습니다."

"아무리 그래도 그건….."

그렇다면 혹시 취에가 지나가는 길에 맡기면 되지 않을까, 하고 제안해 보았다.

"아뇨, 제가 확인하고 싶어서 그런 겁니다."

후랑이 딱 잘라 말했다.

"실은 제가 제안한 일이기 때문에, 확인까지 하고 싶거든요."

"그러셨군요."

'기지가 있네.'

마오마오는 감탄했다. 하기야 주위에서 유능하다고들 하는 그 부인의 손으로 키워 낸 자식이라면 보좌관으로서는 충분히 유능할 터였다. 그러나, 어디까지나 '보좌관으로서'일 뿐이다.

"그리고 겸사겸사 여쭤보고 싶은데, 의료 종사자가 없는 지방에서 조심할 점이 있을까요?"

"너무 광범위한데요."

마오마오는 팔짱을 끼고 생각에 잠겼다.

"의사가 없는 지역에서는 미신을 숭배하는 경우가 많지요. 주술사가 있으면 의사가 방해된다고 오히려 쫓아내는 일도 있다고 합니다."

이것은 코쿠요의 경험담이다. 마오마오는 얼굴 절반에 포창 자국이 있던 그 남자를 떠올렸다.

"그리고 몸이 약해지면 역병이 쉽게 돌아요. 저도 모르는 사이 역병을 옮기지 않도록, 돌아다니는 사람들의 건강 관리를 확실히 해야 합니다."

"알겠습니다."

그 외에도 여러 가지가 생각났지만 자세한 사항은 나중에 한꺼번에 적어서 건네면 되리라.

"그럼, 번거로우시겠지만 잘 부탁드립니다."

후랑은 고개를 꾸벅 숙인 후 자리를 떴다.

"진짜 하나도 안 닮았어."

"안 닮았죠."

마오마오와 리하쿠는 생각에 잠긴 채 중얼거렸다.

교쿠오의 셋째 아들 후랑은 교쿠오를 닮지 않았다. 그렇다면 둘째 아들은 어떤가 하면, 둘째도 둘째대로 전혀 안 닮은 자식이었다.

둘째 페이룽飛龍은 몸가짐이 아주 단정하고 깔끔한, 그야말로 문관 그 자체의 풍모를 지녔다.

후랑과 달리 묘한 위압감이 있었다. 굳이 따지자면 교쿠오의 큰딸과 분위기가 닮았다.

본 저택과 공소는 바로 옆이며, 두 곳을 직접 잇는 통로가 있었다. 둘째는 주로 공소에 있기 때문에 가끔 볼 기회가 있었다.

페이룽은 리쿠손 밑에 붙어 있지만 진시에게 서류를 가져오는 일이 많았다. 어쩌면 황족과 얼굴을 마주할 기회를 늘려 주려는 리쿠손의 배려인지, 아니면 진시에게 일을 떠넘기기 위해서인지 알 수가 없다.

"서류를 가져왔습니다."

페이룽이 진료 시간에 찾아왔다.

마오마오는 돌팔이 의관이 방해가 되지 않도록 뒤로 잡아끌었다. 페이룽은 진시에게 정중하게 인사를 함과 동시에 부관인 바센에게 서류를 건넸다. 그 서류는 고정용 쇠붙이를 끼워, 세 더미로 나눠 놓았다.

"붉은 쇠붙이는 새로운 것, 파란 쇠붙이는 재고의 여지가 있는 것, 노란 쇠붙이는 이전에 각하되었던 안건을 고쳐서 온 것입니다."

'호오, 호오.'

페이롱도 나름대로 유능하다. 그러나 예의는 발라도 붙임성이 없다. 이 또한 교쿠오를 닮지 않았다. 교쿠오가 큰아들에게 집착했던 이유는 아래의 두 아들 모두가 자신을 전혀 닮지 않았기 때문인지도 모른다.

'생김새보다는 분위기가 아무래도 좀….'

페이롱도 후랑도 우수하지만 문관 쪽에 가까웠다. 물론 지금은 부관으로서 공부하는 중이므로 문제없지만, 앞으로 서도의 정점에 설 만한 인물이냐고 묻는다면 살짝 고개를 갸웃하게 된다.

'진시는 정치 교육을 끝내고 바로 돌아갈 생각인 모양이지만.'

어쩌면 몇 년이 걸릴지도 모르겠다고, 마오마오는 생각했다.

그럼, 큰아들은 어떤가 하니, 의외로 빨리 만날 수 있었다.

"아버님, 아버님, 아버님!"

교쿠준의 신이 난 목소리에 마오마오는 창밖을 내다보았다.

안뜰에서 부자가 대면하고 있었다. 반 정도는 밭이 되어 버렸으니 옛 안뜰이라고 해야 적절할까.

그 망할 악동, 즉 교쿠준이 매달린 남자. 사자처럼 부스스한 머리에 볕에 그을린 근육질의 팔다리. 허리에는 사냥감으로 보이는 사슴 가죽을 두르고 있었다.

'아… 똑같네….'

교쿠오가 회춘하면 저렇게 되지 않을까 싶은 풍모의 남자였
다. 교쿠쥰을 늘 따라다니는 시녀가 조마조마한 표정을 짓고
있었다. 어머니는 없다. 정략결혼을 한 모양이니 부부 사이가
그리 좋지는 않을 수도 있겠다.

'웬만하면 엮이지 말아야겠군.'

마오마오는 그렇게 생각하면서도 조심스레 창밖으로 내다볼
정도의 흥미는 있었다. 돌팔이 의관과 리하쿠도 마찬가지였다.

"그래, 그래. 착하게 잘 지냈느냐. 좋아, 좋아. 자, 선물이다."

큰아들이 교쿠쥰에게 커다란 자루를 건넸다. 교쿠쥰은 두근
거리는 얼굴로 속을 들여다본 순간 울음을 터뜨렸다.

'뭐가 들어 있기에?'

자루에서 튀어나온 것은 사슴 대가리였다. 아이에게 줄 선물
이라 하기에는 자극이 너무 강하다.

"하하하, 오늘은 이게 밥이다."

"이, 이런 걸 먹어?!"

교쿠쥰은 눈물이 그렁그렁한 채 콧물까지 흘렸다. 잠시 참는
가 싶더니 이내 울음을 터뜨리고 말았다.

"미안하다, 미안해. 울지 마라, 울지 마. 그나저나 내가 없는
사이 여러 가지 일이 있었던 모양인데, 뭐가 어떻게 된 거지?"

"……."

교쿠준이 아버지에게 소곤소곤 귓속말을 하며 의무실 쪽을 가리켰다. 시녀의 얼굴이 새파래졌다.

'불길한 예감.'

마오마오의 예감은 들어맞아, 큰아들이 의무실로 들어왔다.

"무슨 볼일이십니까?"

그 앞을 리하쿠가 떡 버티고 가로막았다. 평소에는 태평한 쾌남이지만 지금은 무관다운 날카로운 눈빛을 짓고 있었다.

"아들에게서 들었는데, 중앙에서 온 손님들이 꽤나 제멋대로 설치고 다닌다기에 인사 좀 하러 왔다만."

교쿠준이 아버지 뒤에 숨어 혀를 날름 내밀었다.

'저 망할 자식.'

역시 반성은 없었구나, 하고 마오마오는 눈을 가늘게 떴다. 돌팔이 의관이 벌벌 떨고 있었기에 방 한구석에 숨어 있으라고 밀어 넣었다.

"제멋대로 설치고 다녔다는 인상을 드렸다면 죄송하군요. 하지만 서도는 황해를 입어 심각한 상태입니다. 무슨 타개책이 없을지 더듬더듬 열심히 찾아보는 중이죠. 아니면 손님은 아무 것도 하지 말고 멍하니 앉아 공밥이나 먹고 앉아 있어야 한다는 겁니까?"

리하쿠의 키는 6척 3촌[*], 아니, 4촌은 될까. 그에 비해 큰아들은 2촌[*] 정도 작지만 그래도 거한의 부류에 들어간다. 몸집 작은 환관인 돌팔이 의관이 겁을 먹는 것도 이상하지 않은 일이다.

마오마오는 저 망할 악동을 어떻게 교육시킬 기회가 없을까 생각하며 주위를 둘러보았다.

'만일 여기서 싸움이라도 벌어지면 얼마 안 되는 약과 도구까지 다 날아가고 말아.'

리하쿠에게 눈짓으로 주먹다짐을 할 거라면 밖에 나가서 하라고 계속 호소했다.

"하하, 중앙의 높으신 분들은 참 대단하구만. 물론 고귀한 혈통의 그분께 내가 이러쿵저러쿵 떠들어 댈 수는 없지. 하지만 그 아랫것들까지 잘난 척하고 돌아다닌다면 이쪽 체면이 말이 아니지 않겠어?"

"농담이 지나치시군요. 보시다시피 저는 말단 무관입니다. 내려온 명령에 따르는 수밖에 없죠. 이곳은 의관님이 계시는 장소이니 밖에 나가서 이야기하지 않겠습니까?"

'좋아, 잘한다.'

마오마오 입장에서는 의무실이 난장판이 되는 사태만은 피하고 싶다. 리하쿠는 바로 이해하고 밖으로 나갔다. 만일 큰아들이 이곳을 어지럽힌다 해도 리하쿠라면 한동안은 버텨 줄 것이

※6척 3촌 : 190센티미터.
※2촌 : 6센티미터.

다. 그사이 사람을 부르면 된다.

'안 싸우는 게 최고지만.'

이미 일촉즉발의 분위기였다.

'리하쿠는 자기 입장을 잘 알아.'

리하쿠의 임무는 호위다. 호위이기 때문에 큰아들이 손찌검을 할 경우 마오마오 일행을 지키기 위해 대처해야만 한다. 그러나 반대로 먼저 손을 대서는 안 된다.

그리고 싸움의 원인이 된 그 망할 악동으로 말하자면.

'떨고 있잖아.'

교쿠준은 시녀에게 매달려 있었다.

안타깝게도 지난번처럼 돌팔이 의관을 노릴 수는 없다. 리하쿠 외에도 호위가 두 명 더 있기 때문에.

'무슨 일이 생기면 다른 호위들까지 포함해서 멍석말이를….'

하는 생각을 하고 있는데 허둥지둥 다가오는 그림자가 보였다.

"시쿄 형님!"

후랑이었다.

큰아들의 이름은 시쿄鴟鴞라는 모양이다. 올빼미의 다른 이름이기는 하나 후랑과 마찬가지로 그리 좋은 의미로 사용되는 단어는 아니다.

'교쿠玉라는 글자는 안 들어가네?'

문득 마오마오는 그런 생각이 들었다.

"뭘 하시는 거죠?"

"뭘 하느냐니, 보면 모르겠어? 손님들이 제멋대로 설치고 다닌다잖아. 우리 집안사람들을 자기 하인처럼 부려 먹는다면서."

'하인이라.'

그야 둘째 아들과 셋째 아들은 부관이니 얼핏 보기에는 잔심부름꾼처럼 보일 수도 있다. 못된 악동 교쿠쥰 외에도 중앙에서 온 자들이 마음에 안 든다며 밀고한 고용인이 있는 모양이었다.

"형님, 다른 사람들 이야기도 좀 들어 주세요. 교쿠쥰 말만 곧이곧대로 받아들이신 것 아닙니까?"

"아니, 그걸 확인하려고 지금 물어봤더니 밖으로 나오라잖아."

'잠깐, 잠깐, 잠깐.'

방금 전 흐름은 완전히 자기 쪽에서 시비를 거는 모습으로밖에 보이지 않았는데 말이다. 리하쿠도 당황스러운 눈치였다.

"저와 페이롱 형님은 달의 귀인께 부탁드려서 가르침을 받고 있어요."

"그래?"

"그리고 손님께 무례를 범한 건 쥰입니다."

"호오."

시쿄가 아들에게 번득이는 시선을 보냈다. 교쿠쥰이 몸을 움츠린 채 눈물을 글썽였다.

"여기 계신 의관님을 때려서 다치게 했어요. 의관님은 며칠 동안 제대로 걷지도 못하셨고요."

마오마오가 바로 앞으로 나와서 발언했다.

"정말이냐, 교쿠쥰?"

시쇼가 교쿠쥰을 노려보았다.

"…나, 나는…."

"변명은 필요 없다."

짐승처럼 낮은 목소리가 으르렁거렸다. 돌팔이 의관이 방 한 구석에서 부들부들 떨었다.

교쿠쥰이 고개를 끄덕였다.

시쇼는 어이가 없다는 듯 뒷목을 긁적거리더니 아들에게 준 선물이었던 자루를 들고 왔다.

"자."

사슴 대가리가 들어 있던 자루가 리하쿠의 발밑으로 굴러와 안에 들어 있던 사슴이 삐져나왔다. 탁한 눈이 허공을 응시했다.

"아들의 무례를 사과하지. 이걸로 봐줘."

시쇼는 그렇게 말한 뒤 사라졌다.

'들었던 얘기랑 똑같네.'

마오마오의 머릿속에 '무뢰한'이라는 단어가 떠올랐다.

"죄송합니다. 형이 폐를 끼쳤군요."

"아뇨, 덕분에 살았어요."

마오마오는 후랑에게 감사 인사를 했다.

방 한구석에서 돌팔이 의관이 조심스럽게 나와서는 괜찮은 거야? 하는 눈빛으로 주위를 둘러보았다.

"자기 아버지도 편을 들어주지 않는다면 교쿠준도 얌전해지 겠지요."

"그렇게 된다면 다행인데요."

전혀 반성이 없는 어린애다. 또 무슨 짓을 저지를 것 같은 느 낌이 든다.

"그런데 이건 어떻게 먹나요?"

마오마오는 후랑에게 물으며 비릿한 냄새가 나는 자루 속을 들여다보았다. 받은 것은 좋은데 먹는 데 익숙하지 않은 식재 료였다.

"으음… 국물을 내서 탕을 끓이고, 뇌는 삶아서 먹는 일도 있 죠. 호사가들은 가죽을 깨끗하게 벗겨서 장식품으로 쓰기도 하 는데요."

안타깝게도 사슴 대가리를 걸어 놓을 장소가 없다.

"뇌를 먹는다고요? 그거 궁금하네요."

미지의 식재료는 반드시 경험해 보아야 한다.

"뇌를 먹어?!"

돌팔이 의관은 도저히 믿을 수 없다는 눈빛이었다.

"기왕 받았으니 먹어 보자고요."

"나는 좀….."

돌팔이 의관은 당황스러워했다.

"나는 살짝 맛만 봐도 돼."

리하쿠도 그리 내키지 않는 눈치였다.

마오마오는 탁한 사슴 눈을 응시하며 기왕이면 뿔도 같이 줬으면 좋았을 텐데, 하고 한숨을 내쉬었다. 녹용은 자양강장제가 된다.

6 화 ⦂ 포도주 양조장

　본 저택으로 옮겨 온 지 열흘. 취에가 의무실에 있는 마오마오를 찾아왔다.

　"마오마오 씨, 마오마오 씨."

　"취에 씨, 취에 씨. 무슨 일이세요? 오늘은 왠지 평소보다 신이 나 보이네요."

　마오마오는 커다란 천을 가위로 잘라 가르며 물었다. 붕대로 쓸 생각으로 오래된 침대보를 재단하는 중이었다.

　"네, 실은 외출 허가를 받을 수 있을 것 같아서요."

　"그거 잘됐네요."

　"자, 여기서 문제입니다. 어떤 이유로 외출 허가가 내려졌을까요?"

　마오마오는 가위를 내려놓고 자른 천을 둘둘 말며 생각했다.

　"의료 관계인가요? 거리 진료소에 사람 손이 부족해져서 가서 도우라거나? 아니면 배급되는 식사의 영양 상태 개선, 또는 마실 물의 수질 개선?"

마오마오가 엮여 있다면 누군가의 건강 관리 정도밖에 떠오르지 않는다.

"안타깝네요~ 취에 씨는 잘 모르겠지만 달의 귀인 말씀으로는 '오랜만의 사건이다'라고 하시더라고요."

"…아~ 네, 네."

진시 입장에서는 확실히 꽤나 오랜만이긴 했다. 후궁 시절 매번 사건을 갖고 오던 일이 그립게 느껴진다.

"어떤 이야기일까요? 달의 귀인 방에 찾아가 보면 되는 건가요?"

"실은 안내인이 이제 곧 도착할 거예요."

취에가 밖을 내다보았다.

후랑이 급한 걸음으로 다가왔다.

"마오마오 님, 잠시 실례하겠습니다."

"네, 무슨 일이에요? 후랑 군."

취에가 마오마오 앞을 가로막고 대신 대응했다.

"달의 귀인께서 보내신 용건입니다. 이미 취에 씨가 전령으로 와 계신 것 같지만요."

"네, 맞아요. 제 일거리를 빼앗지 말아 주세요~"

'즉, 농땡이 피울 장소를 빼앗지 말라는 뜻인가?'

마오마오의 귀에는 취에의 말이 자동적으로 번역되어 들렸다.

"아뇨, 아닙니다. 그럴 생각은 없습니다. 어디까지 설명하셨
나요?"

"본론은 아직이에요."

"그럼, 급한 일이니 가면서 설명해 드려도 괜찮을까요? 이미
마차를 준비해 놓았습니다."

이런 식으로 시작되는 것은 좋지 않다. 한번 출발해 버리면
거절하고 싶은 용건도 거절할 수 없다.

"취에 씨의 일을 빼앗지 말아 주실래요, 후랑 군?"

'하지만….'

진시가 시키는 일이라면 결국 하게 될 것이기에 포기했다.

"알겠습니다."

리하쿠도 취에의 이야기를 들었는지 외출 준비를 했다.

"우선 의료 기구를 좀 챙겨서 따라와 주십시오."

"다녀와, 몸조심하고."

돌팔이 의관은 따라올 생각이 없는지 다른 호위들과 함께 의
무실에 남았다. 호위가 두 명이나 붙어 있으니 문제는 없으리
라.

"네, 네. 다녀올게요."

마오마오는 도구를 가득 담은 가방을 들고 의무실을 나섰다.

마차를 타고 간 곳은 서도 북동쪽에 있는 어느 건물이었다. 환자가 여럿 있으니 좀 봐 달라는 것이 마차 안에서 들은 개요였는데….

"여긴…."

마오마오는 눈을 빛냈다.

"방금 전까지 의욕 없는 표정을 짓고 계시지 않았던가요?"

후랑이 신기하다는 얼굴로 쳐다보았다.

"아가씨는 술을 좋아하거든."

리하쿠가 어이없다는 얼굴로 마오마오를 보았다.

"후후후, 제법 괜찮은 곳이죠?"

어째서인지 취에가 자랑스럽게 가슴을 폈다.

가까이 가기만 했는데도 콧구멍을 꽉 채우며 확 퍼지는 포도와 주정 냄새. 이것을 꿈의 공간이라고 부르지 않고 과연 무엇이라고 부를까.

건물은 포도주 양조장이었다. 마오마오는 서도에서 양질의 포도주를 여러 번 맛보았다. 얼마 전 후랑이 가져온 포도주도 이곳에서 제조했을까.

"아가씨, 침 흐른다."

옆에서 리하쿠가 팔꿈치로 쿡쿡 찔렀기에 마오마오는 다급히 입을 닦았다.

"마오마오 씨, 가는 길에 선물로 몇 병 받아서 가요."

"정말 좋네요, 취에 씨."

"나도 나쁘지 않다고 생각은 하지만, 여기 있는 사람들 중 말리는 녀석은 아무도 없는 거야?"

리하쿠가 어이없어했다. 역시 라한네 형은 바른말을 할 사람이 없을 때 필요한 존재다.

"몇 병 정도는 얻을 수 있을 겁니다. 고모님이 하시는 양조장이니까요."

후랑이 반가운 말을 했다.

"고모님이라고요?"

"네, 아버지의 여동생이죠."

"교쿠엔 님의 셋째 따님이세요."

취에가 보충했다.

"그러니까, 교쿠오 님의 큰아들이라는 분이 상당한 폐를 끼쳤다는?"

마오마오는 얼핏 들었던 이야기를 떠올렸다.

"네… 하지만 안심하십시오. 고모님은 시쿄 형님에게는 엄격하시지만 제게는 비교적 무른 편이시니까요."

후랑이 쓴웃음을 지었다.

시쿄인지 뭔지 하는 파락호 아들놈이 밀조주를 마구 팔아 대고 다니는 바람에 세간의 평판이 땅에 떨어졌다는 이야기였다.

"저분이 고모님이십니다."

후랑의 시선을 따라가니 맹금류를 연상시키는 미녀가 있었다. 아직 젊어, 20대 후반 정도로밖에 보이지 않는다. 그러나 교쿠엔의 셋째 딸이라면 그보다는 나이가 조금 더 들었으리라.

타오메이와 분위기는 비슷하지만 이쪽은 화장과 옷이 조금 더 화려하다.

"고모님은 저래 봬도 30대 중반이시니 언동을 조심해 주십시오."

"알겠습니다."

마오마오가 궁금했던 부분을 후랑이 확실히 주의시켜 주었다.

"당신이 내가 부른 약사구나."

셋째 딸이 값어치를 매기는 듯한 눈빛으로 마오마오를 훑어보았다.

"네, 마오마오라고 합니다."

"의관님이 부상을 입어서 올 수 없으니 대신 왔다고 들었는데, 괜찮은 거야?"

돌팔이 의관은 아직 다리 부상이 낫지 않아 요양 중이었다. 상당히 낫기는 했지만 한동안은 그 방편이 통할 것 같다. 무엇보다 본인이 웬만하면 외출하기 싫어 하니 어쩔 수 없다.

"의관님만큼은 아니지만 최선을 다하겠습니다. 환자가 여럿이라고 들었는데, 바로 진료를 시작해도 될까요?"

"알겠어. 따라와."

마오마오는 아무 말 없이 셋째 딸을 따라갔다.

안내받아 간 곳은 휴게실인 듯했다. 침대가 여럿 놓여 있어 수면실도 겸하는 모양이었다. 누워 있는 사람이 다섯 명 있었다. 모두 얼굴이 새파랗고 핼쑥한 상태로 통을 끌어안고 계속 구토를 하는 중이었다.

"아침에는 건강했는데 점심때쯤 이 모양이야. 혹시나 역병일 가능성도 생각해서 격리시켜 놓았어."

"현명한 판단이십니다."

마오마오는 바로 앞가리개를 걸치고 입에 수건을 둘렀다.

"저는 뭘 하면 좋을까요~?"

취에가 물었다.

"우선 제가 안에 있는 사람들을 볼게요. 일단 수분 보충이 필요하니 마실 물과 소금과 설탕을 가져와 주시겠어요? 어렵다면 물을 타서 희석시킨 탕 종류라도 상관없어요."

"알았어요~"

취에가 뽁뽁거리며 사라졌다.

"저도 취에 씨를 따라가겠습니다."

후랑도 취에를 뒤따랐다.

"나는 방 앞에서 대기하고 있을게."

"네, 리하쿠 님. 무슨 일이 생기면 바로 부를게요."

감염병일 경우 공연히 방 안에 사람을 다수 들이지 않는 편이 낫다. 리하쿠는 그 사실을 알고 있었다.

"미안하지만 나도 여기서 기다리겠어."

셋째 딸은 멀찍이서 지켜보고 있었다.

'차가운 것 같지만 판단은 정확해.'

교쿠오의 여동생인 모양인데 성격은 전혀 다르다. 요우 일가는 아무래도 각자 성격이 너무나 다양한 것 같다.

마오마오는 휴게실에 들어가 가장 상태가 나쁜 환자를 살펴보았다. 제일 힘들어 보이는 사람은 다섯 명 중 최연장자인 백발노인이었다.

'증상은 구토, 전신에 열이 올랐어. 머리도 아파 보이지만….'

노인의 눈과 혀를 살피고 맥을 짚었다. 아직 힘이 쭉 빠져 혀가 제대로 움직이지 않는 듯했기에, 비교적 기운이 있어 보이는 환자에게 말을 걸었다.

"증상이 어떤가요?"

"…아, 네. 속이 굉장히 울렁거려요. 머리도 쾅쾅 울리는 것 같고, 일어나려면 몸이 후들후들 떨리고, 구토기는 많이 가라앉았지만요."

"구토밖에 안 나나요? 복통이나 설사는?"

"…그건, 없네, 요. 속이 메슥메슥하고요."

'그건 혹시….'

마오마오는 주위를 가만히 둘러보았다. 다른 사람들도 거의 비슷한 증상이었다. 통에 구토를 하는 자는 있지만, 뒷간으로 뛰쳐나가는 자는 없었다.

"하나만 더 질문할게요."

마오마오는 다른 환자에게도 똑같이 물었다. 그 증언을 정리하자 무엇이 원인인지 결론이 났다.

'나 참, 이거야 원.'

마오마오는 커다란 한숨을 내쉬고 밖으로 나왔다.

"어땠어?"

감염이 두려워 멀찍이 떨어져 있던 셋째 딸이 물었다.

"돌림병 걱정은 없습니다."

"그래… 그럼, 원인이 뭔데?"

"다들 일 때문에 술을 시음하셨다더군요. 제일 연세가 많으신 분은 다른 분들보다 술을 많이 드셨다고."

"혹시 술에 독이?!"

"아뇨."

마오마오는 고개를 가로저었다.

"단순한 숙취예요. 아직 시간이 이르니 그냥 술이 덜 깼다고 보는 게 옳겠네요."

마오마오는 입에 둘렀던 수건을 풀고 앞가리개를 벗었다.

"술이 덜 깨? 그럴 리가 없는데! 양조공들이 고작 시음 따위로 취할 리가 없잖아! 무슨 증류주를 술독째 벌컥벌컥 들이켠 것도 아니고."

"증류주도 빚으세요?"

마오마오의 눈이 빛났다.

"빚긴 하지만 지금은 숙성 중이죠, 고모님?"

후랑이 셋째 딸과 마오마오 사이에 끼어들었다. 손에는 커다란 냄비를 들고 있었다.

"마오마오 씨~ 일단 어제 먹다 남은 탕과 과일 음료를 가져왔어요."

취에의 손에는 도기 그릇에 든 과일 음료가 들려 있었다.

"고마워요."

마오마오는 후랑이 들고 있던 냄비 뚜껑을 열고 국자로 그 속에 든 탕 내용물을 휘저었다.

"이건⋯."

염분과 수분을 섭취하기에는 더할 나위 없는 탕, 건더기는 채소와 버섯과 고기였다.

"어제 먹다 남은 것이라면, 환자분들도 이걸 드셨나요?"

"⋯아마 먹었을 거야. 하지만 그 외에도 꽤 많은 사람이 같이 먹었으니까 이건 원인이라고 할 수 없어. 무엇보다 나도 먹었고."

마오마오는 그래도 탕을 가만히 들여다보았다. 그리고 국자로 건더기를 떠서, 젓가락으로 들고 관찰했다.

"어제는 몸이 안 좋은 사람이 없었나요?"

"없었던 것 같은데."

"그럼, 어제 이 탕을 먹은 사람들을 불러 주실 수 있을까요?"

"잠깐만 기다려."

셋째 딸은 고용인을 불러 세웠다. 여러 명이 마오마오 곁으로 다가왔다.

"질문이 있는데요, 요 며칠 사이 무엇을 드셨는지 자세히 알려 주실 수 있나요?"

다가온 종업원들은 고개를 갸웃거리며 먹은 음식물들을 가르쳐 주었다. 그중 한 명, 안색이 나쁜 사람이 있었기에 자세히 물었다. 아무래도 몸이 좋지 않은 것을 감추고 있었는지, 셋째 딸은 어이없다는 표정을 지었다.

"왜 감추는 거야?"

"…죄송합니다."

일을 쉬면 급료가 줄어들기 때문인 듯했다.

"괜히 비밀을 만들지 말란 말이야! 문제를 은폐해서 좋을 것 하나 없다는 사실은 잘 알고 있잖아!"

셋째 딸이 종업원을 야단치는 옆에서 마오마오는 음식물을 확인했다.

"역시."

"뭐가 역시라는 거지?"

셋째 딸이 의아한 얼굴로 물었다.

"역병도 독도 아니고, 이분들 모두 정말로 숙취예요."

"어떻게 그렇게 딱 잘라 말할 수 있는데?"

"이 탕은 여기서 만들어진 음식인가요?"

"맞아요~"

취에가 대답했다.

"지금 괴로워하시는 분들은 모두 이 탕을 드셨죠?"

"그래, 말했잖아? 양조 과정에서는 눈을 뗄 수 없기 때문에 당번제로 여기서 숙식하며 일하고 있다고! 그때 저녁으로 나왔던 탕이야. 하지만 보다시피 멀쩡한 사람도 있어. 나도 먹었다니까."

마오마오는 건더기를 떠서 보여 주었다.

"이 속에 말린 버섯 건더기가 들어 있죠. 아마 국물을 내는데 사용되는 것 같은데요."

"버섯? 잘 안 쓰는 재료인데?"

셋째 딸이 고개를 갸웃했다. 술서주에서는 가축의 고기와 뼈, 해변 근처라면 생선으로 국물을 내는 경우가 많다.

"저도 모든 버섯의 종류를 다 꿰고 있는 건 아닙니다. 하지만 구토의 원인은 이 버섯이라고 생각합니다."

"그게 무슨 말이야? 나도 먹었지만 괜찮은데?"

"아마 이 버섯에는 술을 잘 못 마시게 만드는 성분이 포함되어 있을 거예요."

마오마오는 몇 번쯤 들었던 사례를 떠올렸다.

"술을 잘 못 마시게 만드는 버섯? 그런 게 있어요?"

후랑이 신기하다는 표정으로 물었다.

"있죠. 몸속에서 술을 소화하는 움직임을 저해한대요."

버섯에는 여러모로 신비한 점이 많다. 독의 종류도 몹시 다양하고, 날로 먹으면 거의 모든 버섯에 독이 있다. 또한 버섯에 따라서는 독이 돌기까지 몇 시간에서 며칠까지 시간차가 있기 때문에 오랜 세월 독인 줄 모르고 식용으로 사용했던 버섯도 있다.

"그 버섯을 먹었을 경우 며칠 이내에 술을 마신 사람은 아무리 술이 세도 숙취가 오래 간다고 합니다."

어디까지나 주워들은 이야기이기 때문에 애매하게 말할 수밖에 없다. 그러나 마오마오는 확신 없는 일을 무책임하게 말하고 싶지 않았다.

"뭐, 저도 그 버섯을 먹어 본 적은 없지만요. 건너건너 들은 이야기이니 정말 그런 버섯이 있는지는 모를 일입니다. 그러니 바로…."

마오마오는 국자로 버섯을 떠서 입 안에 넣고, 탕을 후루룩 마셨다.

"술 있나요?"

"술?"

"네, 가능하면 달지 않은 것으로 부탁드립니다."

"……."

셋째 딸이 째려보는 것 같았지만 마오마오는 신경 쓰지 않았다. 결국 고용인이 술병을 가져왔다.

"그럼, 잘 먹겠습니다. 으음~ 음….."

마오마오는 혀를 날름 내밀었다.

"혀에 닿는 느낌이 아주 매끈하네요. 과일 단맛도 희미하게 남아 있지만 어디까지나 은은한 풍미 정도이고….."

술안주로 탕 건더기를 한 입 더 먹었다.

그리고 또 한 잔, 또 한 잔, 하고 술에 계속 손을 뻗었다.

"저기요… 저건 그냥 술을 마시는 거 아닌가요?"

후랑이 리하쿠에게 물었다.

"아가씨가 술을 좋아하는 건 부정할 수 없지만 그만큼 독도 좋아하거든. 술이 어마어마하게 세서, 나 따위는 대적할 수 없을 정도의 주당인데….."

리하쿠는 엉뚱한 소리만 했다.

'다 들리거든요.'

하지만 술이 맛있어서 멈출 수가 없었다. 몸이 점점 달아오르고 기분이 좋아졌다.

'앗, 이건 좀 과했네.'

시야에 들어오는 자신의 손이 새빨갛게 물들어 있었다. 몸이 포근하게 따스하다 못 해 그것을 뛰어넘어 뜨거워짐과 동시에 몸이 휘청거렸다.

그리고 기분 좋은 정도를 넘어, 머리가 어질어질해졌다.

"잠깐, 아가씨!"

리하쿠가 몸을 받쳐 주었다. 목소리가 아득한 곳에서 들렸다.

"마오마오 씨, 실례할게요~"

취에가 손을 쥐었다 폈다 하더니 마오마오의 입 안에 쑤셔 넣었다.

"우웨에엑!"

으아악 하고 질색하는 소리가 울려 퍼졌다.

마오마오는 시큼한 입 안을 과일 음료로 헹궈 냈다. 멍하고 어지럽던 몸이 조금 나아진 기분이었다.

마오마오는 비틀비틀 어질어질한 기분으로 고개를 들었다.

"저는 평소 술이 센 편입니다만, 보시다시피 이렇습니다."

토사물 범벅이 된 마오마오를 셋째 딸과 후랑이 일그러진 얼굴로 지켜보았다.

"다른 분들도 시간이 좀 지나면 모두 숙취에서 깰 거라고 생각합니다."

비틀거리며 마오마오는 토사물이 잔뜩 묻은 입가를 닦았다.

"아, 알겠습니다. 그런데 한 가지만 여쭤봐도 될까요?"

"뭐죠?"

어째서인지 셋째 딸이 존대를 하기 시작했다. 경의를 표한다기보다는, 한 걸음 거리가 멀어진 말투였다.

"당신이 굳이 스스로 먹어서 증명할 이유가 있었나요?"

"…네, 있었습니다."

"그게 뭔가요?"

"글쎄요, 설명하기가 좀…."

'술 마시기 딱 좋은 기회라는 말은 못 하지.'

정직하게 대답할 수는 없었기에, 대충 생글생글 웃어서 얼버무렸다.

7 화 ⋮ 유산 문제

　욱신욱신 쑤시는 머리를 부여잡은 마오마오.

　'이, 이것이!'

　바로 숙취라는 것인가, 하고 새삼 뼈저리게 느끼게 된다. 자고 일어난 다음 날까지 아픈 것은 아니지만 어쨌든 취기는 가셨는데 머리가 아픈 것이 바로 숙취의 증상 아닐까.

　마차 안은 매우 흔들리기 때문에 더욱 울렁거린다. 울렁거리기는 하지만….

　"아… 이건 새롭네."

　한 번도 겪어 본 적 없는 체험에 마오마오는 감동했다. 독성이 강한 독충에 물렸을 때의 감각과 조금 비슷하다. 어떤 독초를 먹었을 때 이 정도 구토기가 밀려왔더라. 기억을 반추하다 보니 속이 좀 편해졌다.

　"마오마오 씨, 아직 술이 덜 깼네요. 취하면 잘 웃는 모양이죠~?"

"다 토해 내지 못해서 좀 남아 있어요. 잘 웃는다니, 후후후후. 아, 버섯 남았으면 주세요. 조금만 더 즐기게."

"아무리 취에 씨라도 이건 좀 어처구니가 없네요~ 뭐, 버섯이 남아 있는지 확인은 해 볼게요."

숙취를 유발하는 버섯에 어느 정도 효력이 있을지는 모른다. 하지만 그 버섯을 먹고 하루가 지난 후 다시 술을 마셔도 효력이 있다는 이야기는 들은 적이 있다. 평생 술을 못 마시게 되는 것은 아니지만, 당분간은 피하는 편이 좋을 듯하다.

기껏 선물로 포도주를 받았는데, 안타까운 일이다.

"음~ 이 이상 더 토할 것 같으면 취에 씨도 마음이 아파요. 이젠 위액밖에 안 나오는 것 같은데요."

"괜찮아요. 많이 좋아졌으니까. 손가락 접었다 폈다 하면서 입에 쑤셔 넣지 말아 주세요. 그보다 뭐 필기도구 없나요?"

취에가 필기도구와 양피지를 내밀었다. 짐승 털로 만든 붓이 아니라 서양식 붓(펜)이어서 쓰기 불편했다. 마오마오는 먹물을 자꾸 뚝뚝 흘렸다. 그리고 마차 안에서 흔들리다 보니 글자도, 배 속의 위액도 출렁거렸다.

"뭘 쓰는 거예요~?"

취에가 들여다보았다.

"네, 섭취한 탕 속에 들어 있었을 버섯과 술의 양. 그리고 섭

취한 후 어느 정도 시간이 흘렀을 때 효력이 발휘하는지, 그 후 경과를 30분마다 기록해 두려고요. 그러니까 나머지 버섯 주세요."

중요한 일이므로 거듭 말했다.

"마오마오 씨, 얼굴은 창백한데 되게 즐거워 보이네요."

"왠지 라한 님 같구먼."

리하쿠가 묘한 이름을 꺼냈다. 창백했던 마오마오의 얼굴이 검푸르게 변했다. 취기가 다소 가셨다.

"괜한 이름 꺼내지 마세요. 그보다 리하쿠 님과도 알고 지내는 사이였던가요?"

마오마오는 어땠더라, 하고 생각에 잠겼다. 만일 그랬다 하더라도 관심이 없어서 기억이 나지 않는다.

"일단은. 난 직접적으로는 아니지만, 어쨌든 그 아저씨 부하잖아? 가끔 집무실에 갈 일이 있거든. 그때 얼굴을 몇 번 본 적이 있는데 여러모로 개성적인 사람이라 잊을 수가 없지."

"흐으응."

진심으로 흥미 없다는 표정을 지으며 마오마오는 필기도구를 정리했다.

"그리고 서도에 오기 전에 '여동생을 잘 부탁합니다'라면서 과자를 주더라고."

"타인이에요."

"아~ 그래, 타인."

깊이 캐묻지 않는 만큼, 리하쿠와는 대화하기가 편하다.

"그럼, 버섯 이야기로 돌아가자고. 왜 양조장에 숙취를 유발하는 버섯이 있느냐는 이야기였지?"

"버섯 하나뿐이라기보다는, 대부분의 식재료가 지급된 물자 속에 들어 있었다고 하던데요."

그렇게 말하면서도 마오마오는 고개를 갸웃거렸다.

"애당초 서도에서 버섯이 나기는 하나요?"

버섯류는 습한 환경을 좋아한다. 건조한 서도의 기후에서는 키우기 힘들 터였다.

"못 키울 건 없지만 그렇게까지 많진 않겠죠~"

그렇겠지, 하고 생각하며 마오마오는 탕 속에 들어 있던 버섯을 떠올렸다. 마오마오가 아는 숙취 유발 버섯은 소나무 숲에 흔히 난다고 한다. 초원밖에 없는 술서주의 땅에서 자랐다고는 생각하기 힘들다.

"그럼, 중앙에서 보낸 지원 물자 속에 들어 있었을까요?"

"으음… 그렇게 되나요?"

마오마오는 신음했다. 우연이라고 하기에는 너무 앞뒤가 잘 맞는다. 솔직히 누군가가 일부러 양조장에 숙취 유발 버섯을 섞어 보냈다고 생각할 수밖에 없었다. 그러나 그 이유를 알 수가 없다.

'모르는 건 생각해 봤자 소용이 없지.'

다른 일부터 먼저 끝내자. 태세 전환이 빠른 것은 마오마오의 미덕 중 하나였다.

마차가 본 저택에 도착할 무렵에는 마오마오도 정신이 많이 돌아와 있었다.

'진시한테 보고해야겠지.'

늘 그렇듯 있는 그대로의 사실만을 이야기할 생각이었다. 결국은 자신의 의견을 묻겠지만, 누가 범인인지까지는 마오마오도 모른다.

마오마오 일행은 진시의 집무실로 향했다. 그러나 집무실에는 스이렌밖에 없었다.

"진시 님은 안 계시나요?"

그 자리에 있는 사람은 스이렌과 마오마오, 그리고 취에와 리하쿠뿐이었다. 그래서 무심코 '진시'라고 부르게 된다.

"이제 슬슬 돌아오실 때가 됐는데. 교쿠오 님 유산 문제로 불려 가셨거든."

"…진시 님하고는 전혀 상관없는 일 아닌가요?"

"제삼자를 섞어서 이야기하고 싶은가 봐. 처음에는 라칸 님을 부르려 했다는 이야기를 듣고, 할 수 없이 손을 드셨던 거야."

스이렌이 휴우, 하고 한숨을 내쉬었다.

"하필이면 대체 왜 그 사람인데요? 차라리 리쿠손 님이 적임자가 아닐까요?"

마오마오는 어처구니가 없었다.

"그 부분은 나도 잘 모르겠지만, 서도에 오래 있었던 사람을 끼우고 싶지는 않은가 봐. 어머? 돌아오셨나 보네."

스이렌은 복도에서 들려오는 발소리에 반응했다.

"마오마오, 와 있었군?"

방에 들어온 진시가 마오마오를 보았다. 뒤로 가오슌, 바센 부자도 있었다.

"양조장 건으로 보고 드리러 왔습니다."

마오마오는 고개를 숙였다.

"알겠다. 바로 이야기를 들어 보지."

진시는 목깃을 살짝 느슨하게 풀더니 긴 의자에 앉았다. 스이렌이 바로 차 준비를 했다.

마오마오는 양조장에서 있었던 일을 이야기했다.

"즉, 누군가가 독버섯을 고의적으로 반입시켰다는 말인가?"

"그럴 가능성이 높습니다. 무엇보다 술을 마시지 않으면 그것은 독이 되지도 않죠. 서도에는 요 몇 개월 동안 제대로 술을 마실 만한 곳이 거의 없었으니, 일부러 양조장에 특수한 버섯을 반입했다는 점에서 악의가 느껴지네요."

"악의? 살의가 아니고?"

"안타깝게도 그냥 숙취가 심해질 뿐, 죽음에 이를 정도의 독은 아니라서요."

진시가 차를 마셨다.

마오마오 몫의 차도 나왔지만 왠지 의자에 앉을 분위기가 아니어서 그냥 서 있었다. 취에와 리하쿠도 서 있기 때문에 의자에 앉으라는 말이 떨어지지 않는 이상 앉을 생각은 들지 않았다. 솔직히 아직 조금 휘청휘청했기에 빨리 앉혀 줬으면 했다.

"누군가가 장난으로 섞어 넣은 건가?"

"왜 그런 여우 같은 짓을 했는지, 참 난처한 일입니다."

"알겠다. 우선 지원 식량을 배급한 자를 확인하도록 하지."

"잘 부탁드립니다."

그리고 진시가 손짓으로 앉으라는 신호를 보냈기에 마오마오도 겨우 앉을 수 있었다. 보고는 끝났지만 이번에는 진시가 마오마오에게 용건이 있는 모양이었다. 평소라면 진시의 상처 부위를 진료할 텐데 오늘은 아닌가 보다.

문득 주위를 둘러보니 이야기가 길어질 것을 예측했는지 리하쿠는 옆방에 가서 대기하고 있었다. 취에는 잔심부름이라도 떠맡았는지 모습이 보이지 않았다.

"나는 교쿠오 공 건으로 불려 갔었다만."

"이야기가 길어진 모양이네요."

"그래. 교쿠오 공의 자녀들은, 손자손녀들을 보면 알 수 있겠지만 노골적으로 차별당하며 자랐다고 해."

교쿠준이라는 망할 악동과 샤오훙의 관계성을 보면 알 수 있었다.

"그럼, 둘째, 셋째 아들이 물려받을 유산을 좀 늘려 달라는 이야기였나요?"

"아니, 그건 아니야. 유산 상속을 거부하는 큰아들을 설득해 달라고 부탁하더군."

마오마오는 고개를 풀썩 숙였다. 술기운이 남아 있는지 자꾸 극단적인 몸짓을 취하게 되니 난감할 노릇이다.

"이해가 잘 안 되는군요. 그러니까 큰아들이 자기한테는 유산이 필요 없다고 주장한다는 말인가요?"

사슴 모가지를 베어 온 남자, 시쿄가 떠올랐다. 그러고 보니 사슴 뇌는 삶아서 새콤하게 초에 무쳐 먹었다. 나쁘지 않은 맛이었다.

"전부 포기하겠다더군."

"교쿠오 님의 유산이라면, 아직 교쿠엔 님이 살아 계신다고는 해도 상당한 액수가 될 것 같은데요."

"그런데도 필요 없다는 것이다. 방자한 자라는 이야기는 들었다만."

방자한 자. 마오마오에게는 낯선 단어였지만 건달과 비슷한 의미인 느낌이 든다.

"받을 수 있으면 받는 게 좋을 텐데요."

"받기 싫은 것도 있을 테니."

진시는 묘하게 공감하는 말투였다.

'아….'

마오마오는 여기에도 특이한 사고의 소유자가 있었다는 사실을 떠올렸다. 진시야말로 온갖 속박을 다 벗어던지고 싶은 사람일 터였다.

"큰아들은 유산을 받기 싫어한다. 큰딸은 받고 싶어 하지만 받을 권리를 동반하는 일은 할 수가 없는 처지지. 둘째 아들은 생전 교쿠오 공이 했던 말대로 큰아들이 받기를 원하고, 셋째 아들은 그냥 작은형이 받는 게 제일 무난하게 수습되지 않을까, 하고 말하더군."

이렇게까지 의견이 분분해서야 이야기가 봉합될 리 없다.

"받을 권리를 동반하는 일이라는 건, 상속자가 서도를 계승한다는 형식인가요?"

"그런 말이다. 또한 친척들은 큰아들을 좋게 여기지 않아. 다하이 공이 중재했지만 이야기가 통 진행되지 않았어."

다하이는 교쿠엔의 셋째 아들이었다.

"골치 아프네요."

마오마오는 진시의 노고를 위로하는 것처럼 말하면서도 자신을 끌어들이지 않기를 바랐다. 유산 상속 이야기에 대충 맞장구나 치다가 적당한 시점에 퇴장해야겠다.

"이봐, 대충 맞장구나 치면서 얼버무리려는 건 아니지?"

"아뇨, 아뇨. 그럴 리가요."

진시는 마오마오의 세세한 표정을 점점 더 능숙하게 읽어 내고 있었다.

"그리고 오늘은 묘하게 혈색이 좋은 것 같군."

"그런가요…."

술은 토할 만큼 다 토했으나 아직 고양감은 남아 있었다. 진시의 눈은 속일 수가 없다.

또 실험 비슷한 짓을 했느냐며 잔소리를 듣겠다는 예감이 느껴졌다.

"그런데 교쿠오 님의 부인은 그 이야기에 끼지 않나요?"

마오마오는 화제를 바꾸려 했다.

"부인도 교쿠오 님의 보좌를 하셨다고 들었는데요."

아무리 여성의 권리가 낮다고는 하나, 아내였던 여성에게는 어느 정도의 권리가 있을 터였다.

"교쿠오 공의 부인은 겉으로 나서기를 꺼려서, 아무 의견도 말하지 않고 가만히 앉아 있기만 하더군."

'역시 그랬구나.'

취에에게 들은 이야기와 일치한다. 리국에서는 조신한 성품의 여성을 바람직하게 여기지만, 그렇기 때문에 이야기를 끌고 나갈 사람이 없다.

"부인은 어떤 사정이 있어, 앞으로 나서기를 싫어하는 사람이라더군."

"취에 씨에게 들었습니다."

몇 년쯤 외국에 있었다는 이야기였다.

"그렇군. 친척들 앞에서도 나서기 싫은지, 유산 이야기에도 전혀 끼어들지 않겠다고 결심했다고 한다."

"친척들 앞에서도 나서기 싫어한다고요?"

그렇게까지 사람을 싫어하는 것 같지는 않았는데, 하고 마오마오는 고개를 갸웃거렸다.

"부인은 본래 중앙의 어느 거상 딸인데, 서도에 시집 온 후로 교역 일을 도왔다는 이야기는 들었겠지?"

"네, 대강."

중앙 출신이라는 이야기는 처음 들었으나, 듣고 보니 중앙 사람에 가까운 생김새이긴 했다.

"배가 난파되는 바람에 행방불명이 되었다가 몇 년 후 간신히 서도로 돌아왔다고 한다. 어쩔 수 없는 이유라고는 하나, 몇 년이나 집을 비우는 바람에 묘한 소문을 퍼뜨리는 자들이 생겼다더군."

"아, 그랬군요."

하기야 외국에 갑자기 홀로 내던져진 여자, 그것도 미녀라면 뭘 어떻게 해서 살아남았을지에 대해 품위 없는 소문이 퍼질 수도 있겠다는 생각이 든다.

부인의 반생으로 책 한 권은 거뜬히 쓸 수 있지 않을까.

"여러 가지 일이 있었겠지. 그 후로는 앞으로 나서기를 꺼리게 되었다고 해. 교쿠오 공이 외국인을 그토록 싫어하는 것도 어쩌면 부인의 영향일지도 모르고."

호오, 호오, 하고 고개를 끄덕이며 마오마오는 슬슬 자리를 뜨고 싶다는 생각을 했다. 술과 함께 위장 속이 텅 비어 버렸다. 밥을 배 속에 좀 넣고 싶어지는 순간이었다.

"그럼, 저는 이만."

마오마오는 자리에서 일어나 방을 나가려다 다리가 꼬이고 말았다.

"이봐."

진시가 마오마오의 손목을 붙잡고 몸을 받쳐 주었다.

"왜 그러지? 뭔가 들떠 있는 모양인데?"

"그런가요~?"

마오마오는 저도 모르게 말꼬리를 길게 끌고 말았다.

"겸사겸사 상처도 좀 봐 줬으면 하는데, 뭔가 이상하군?"

진시가 의심 어린 시선으로 쳐다보았다.

"그냥 기분 탓이신 거예요~ 그리고 상처는 이제 제가 더 볼 필요도 없고요."

"끝까지 책임져 다오. 이러다 상처가 곪을지도 모르니."

"그럴 리가 없다니까요~ 심지어 진시 님보다 한참 덩치가 작은 소녀의 복부 상처도 이미 진찰할 필요가 없는 상태가 됐다고요~"

"그건 그거, 이건 이거지."

"……."

마오마오가 저도 모르게 실눈을 뜨고 째려보자 진시의 얼굴에는 '아~ 그거야, 그거'라는 듯 묘하게 즐거워하는 표정이 떠올랐다.

"그럼, 저는 이만."

하고 뿌리치려던 순간 배 속에서 한심한 소리가 울려 퍼졌다.

위장 속 내용물은 술과 함께 다 토해 버렸기에 지금은 텅 빈 상태다.

그런 마오마오의 배 속 상태를 농락하기라도 하듯, 맛있는 냄새가 풍겨 왔다.

"저녁밥이 궁금한가 보지?"

진시가 히죽히죽 웃으며 마오마오의 표정을 살폈다.

"궁금하지 않을 리가 없잖아요~"

"그렇군. 스이렌, 오늘 반찬은 뭐지?"

진시가 목소리를 높였다. 옆방까지도 울려 퍼질 정도의 소리였다.

본래 진시는 여러 종류의 반찬을 놓고 식사를 할 수 있고 다 먹지도 못할 양의 음식을 대접받을 수 있는 위치의 인간이다. 반찬이 무엇인지 묻는다는 말은, 지금은 왕제의 밥상에도 다 먹어 치울 수 있을 정도의 식사밖에 오르지 않는다는 뜻이 된다.

'검소하게 살고 있구나.'

스이렌이 생글생글 웃으며 식기를 가져왔다.

"찜닭 냉채와 동파육이랍니다."

'아니, 아직은 안 검소하잖아.'

마오마오는 군침을 꿀꺽 삼켰다.

"먹고 싶은가?"

"…먹을 수 있다면요~"

의무실에서 기다리는 돌팔이 의관에게는 미안하지만 고기를 이길 수는 없다. 타오메이라면 진시와 함께 식사하는 건 분에 넘치는 일이라고 혀를 찰 수도 있다는 불안이 느껴졌으나 어쩔 수 없다. 스이렌이 빵에 돼지고기를 끼워서 가져오니 정말 어쩔 수가 없다.

"제가 달의 귀인과 같은 식사를 해도 문제가 없을까요?"

마오마오는 혹시나 싶어 물었다.

"그래, 뭐 괜찮지 않을까? 신경이 쓰인다면 독 시식하는 거라고 할까?"

스이렌의 허락도 받았다. 그리고 마오마오가 식사할 수 있도록 자리도 마련되었다.

마오마오는 '좋아!' 하고 주먹을 부르쥐었으나 평소와 나오는 음식이 다르다는 사실을 금세 알아차렸다.

"저어….'

"왜 그러니?"

마오마오는 조심스럽게 스이렌에게 물었다.

"평소에는 식전주가 있지 않나요?"

왜 없느냐고 빙 둘러 재촉하는 말이었다.

"마오마오 씨, 안 되죠~ 방금 전까지 그렇게 술을 토한 게 누군데요?"

취에가 쓸데없는 참견을 했다.

"술? 그건 또 무슨 말이지?"

"아~ 마오마오 씨의 나쁜 버릇이에요~"

마오마오가 구체적으로 말하지 않았던 부분을 취에가 진시에게 자세히 설명했다.

취에의 이야기가 차츰 진행됨에 따라 진시의 눈빛이 점점 험악해져 갔다.

"그렇게 된 거랍니다아~"

"흐음, 흐음….'

이야기를 다 들은 진시가 마오마오를 위압하듯 노려보았다.

'취에 씨이이이!'

당연히 술은 얻어먹을 수 없었다.

약사의 혼잣말

8 화 : 쥔지에

서도 생활도 어느덧 반년, 마오마오 일행에게 주어진 고용인들도 많이 익숙해졌다.

"마오마오 님, 말씀하신 재료를 가져왔습니다."

의무실에 들어온 사람은 아직 관례를 치르지 않은 소년이었다. 아이라고 하기에는 크고, 남자라고 하기에는 작다. 연령은 열세 살이라고 들었는데 마오마오보다도 주먹 하나 정도 키가 작다. 몸집은 작지만 겸손하고 성실하다. 마오마오 일행 곁에서 시동 같은 역할을 맡고 있다.

신중한 성격에, 마오마오 일행의 이야기를 잘 듣고 일하는 편이어서 아낌 받는 소년이었다.

"감사합니다."

마오마오는 시동에게 받은 재료를 분류한 뒤, 심부름 값 대신 건조 과일을 건네주려 했으나….

"아뇨, 이미 급료는 받고 있으니 그것은 받을 수 없습니다."

'거참, 야무지다니까.'

마오마오는 감탄하면서 도성의 녹청관에서 일하는 어느 못된 꼬마 녀석을 떠올렸다.

그 쵸우와 거의 비슷한 또래다. 녀석도 이젠 어느 정도는 멀쩡하게 일하고 있을 것이라 생각하지만, 성격이란 쉽게 바뀌지 않는다.

'오랜만에 편지라도 써 볼까.'

그런 생각을 하고 있는데 의무실 앞에서 목소리가 들렸다.

"어이~ 누구 없어?"

"네."

누가 왔나 싶어 밖을 내다보자 라한네 형이었다. 라한네 형은 짊어지고 있던 바구니를 내려놓았다.

"돌아오셨군요."

마오마오는 라한네 형에게 다가갔다.

라한네 형은 바쁜 사람이다. 서도 주위의 다양한 장소를 찾아가 밭을 만들어 놓은 뒤 돌아온다. 본인은 싫지만 억지로 하고 있다고 주장하나, 그 누구보다 솔선해서 개간을 하는 것도 라한네 형이다.

마오마오가 바구니 속을 들여다보니 말라 빠진 고구마가 들어 있었다.

"고구마라기보다는 그냥 뿌리 같지?"

라한네 형은 실망한 표정이었다.

"일단 먹을 수는 있어요, 일단은."

쪄서 껍질째 먹으면 괜찮을 듯했다. 가늘기 때문에 빨리 익는다.

"그리고, 이쪽은 생각보다 수확량이 괜찮아."

라한네 형이 마령서*를 던졌다.

"마령서가 기후에 더 잘 맞나 보네요."

"그런 것 같아. 황충이 없었으면 더 많이 수확했을 텐데, 지금은 이 정도."

잡지도 못한 너구리 가죽 값을 따질 필요는 없다. 라한네 형은 매우 현실적인지, 미간에 주름을 잡았다.

"뭐 마음에 안 드는 거라도 있나 보네요?"

라한네 형은 마령서를 집어 들고 험악한 얼굴로 들여다보고 있었다.

"씨알이 너무 작아. 재배할 때 순따주기를 제대로 안 했거나, 비료가 부족했던 모양이야."

순따주기라는 말은 낯설게 느껴졌지만, 아마 솎아내기와 비슷한 의미일 것이라고 마오마오는 추측했다.

※마령서 : 감자.

"수확량이 괜찮아도 알이 작으면 곤란하잖아."

"…아아, 그런 문제였군요."

마오마오는 라한네 형이 하고 싶은 말이 무엇인지 이해했다.

"저기, 왜 알이 작으면 안 되나요? 양이 많으면 크기는 좀 작아도 상관없잖아요?"

시동이 의아한 표정으로 물었다. 진지할 뿐만 아니라 지적 호기심도 갖춘 모양이었다.

라한네 형은 시동에게 가져온 마령서를 보여 주었다.

"이 마령서, 조금 녹색으로 보이지 않아?"

"그러고 보니 살짝 녹색 기미가 있네요."

"이 녹색 부분은 독이야."

"독?!"

시동이 눈을 깜빡거렸다.

"이, 이거, 먹을 수 있는 거죠? 식량 삼으려고 키운 것 아니었어요?"

"먹을 수 있어. 껍질을 두툼하게 잘라 내면 아무 문제없지. 그리고 껍질 말고 싹 부분도 독이 있기 때문에 요리할 때 빠짐없이 다 제거해야 해. 작은 마령서일수록 덜 성숙해서 껍질에 녹색 부분이 많지."

"실수로 잘못 먹으면 쓴맛이 나고 혀가 얼얼해요."

마오마오가 덧붙이자 라한네 형은 말없이 손날로 마오마오의 이마를 내리쳤다. 뭘 먹고 다니는 거야, 라는 뜻인 듯했다. 마령서 요리를 설명할 때 식중독을 조심하라는 말을 실컷 했는데 말이다.

"요리 방법에만 조심하면 복통을 일으킬 일은 없으니까 안심해. 단, 먹을 때 혀에서 이상이 느껴지면 바로 뱉어야 해."

"알겠습니다."

라한네 형이 시동에게 마령서 주의 사항을 알려 주는 사이 마오마오는 가느다란 고구마를 집어 들었다.

"바로 고구마를 좀 쪄서 먹어 볼까요?"

돌팔이 의관이 슬슬 간식을 찾을 시간이었다.

"음… 고구마는 조금만 더 놔두자. 수확하자마자 바로 먹으면 맛이 없으니까. 2주 정도 숙성시켜 놓아야 단맛이 나거든."

"이런 뿌리도요?"

"조금이라도 맛있게 먹는 게 낫잖아."

라한네 형의 의견은 지당했다.

"저, 저어, 그러고 보니…."

시동이 조심스럽게 앞으로 나섰다.

"뭐지?"

"네, 새삼스럽지만 자기소개를 해도 괜찮을까 싶어서요."

예의바른 이 시동은 제대로 인사를 해 두고 싶은 모양이었다.

"자기소개라. 그래, 아주 좋은 마음가짐이야."

어째서인지 라한네 형이 유난히 눈을 빛냈다. 마치 천재일우의 기회라도 얻은 듯한 표정이었다. 드디어 여기서 라한네 형의 이름이 발표되는 것일까.

"네, 저는 쥔지에라고 합니다. 어디에나 흔히 있는 이름이라고들 하니 외우기 쉬우실 겁니다."

마오마오도 전에 들었다. 그러나 늘 잊어버리곤 했기에, 오늘은 기억해 둘 생각이었다.

"…쥐, 쥔지에?"

라한네 형의 표정이 얼어붙었다. 어떻게 된 일일까, 시동의 이름을 듣고 뭔가 짚이는 데라도 있는 것일까.

"성이 뭐라고 했죠?"

마오마오는 어디까지나 이름은 기억하고 있었답니다, 하는 말투로 시동, 아니 쥔지에에게 물었다.

"네, '칸漢'입니다. 이것도 흔한 성이고, 지금 와 계신 군사님도 같은 성이라고 들었습니다."

묘하게 조심스러운 태도의 시동, 아니 쥔지에.

라한네 형은 벼락이라도 맞은 듯 몸을 세차게 부르르 떨었다.

"'칸'이라, 그러고 보니 여기 와 계신 군사님도 성이 같으니 흔하긴 하지. 나도 남 얘기를 할 처지는 아니지만."

어느 틈엔가 곁에 와 있던 리하쿠가 대화에 끼어들었다. 마령서가 든 바구니를 들고 있는 모습을 보니 라한네 형의 일을 돕고 있었던 듯했다.

"그러게. 하기야 어디에나 있는 이름이긴 하네. 내가 아는 사람 중에도 세 명 정도는 있어."

돌팔이 의관도 다가왔다. 바구니 속에 든 마령서를 보고 뭔가 간식으로 만들어 먹을 수 있지 않을까 생각하는 눈치였다.

"맞습니다. 한 가지 걱정되는 것이, 저와 이름이 같은 분이 계시지 않을까 하는 일인데요. 전에 일하던 곳에서는 이름이 같아서 마음에 들지 않는다며 저를 괴롭힌 사람이 있어서 조금 걱정스럽습니다."

라한네 형이 다시 한번 몸을 부르르 떨었다. 마치 감기에라도 걸린 듯 얼굴이 새파랬다.

"흐응, 세상에는 그렇게 똥구멍이 좁은 인간도 있나 보네. 그래서 어떻게 했는데, 그때는?"

리하쿠가 마령서 바구니를 내려놓았다.

"네, 저는 장남이라서 하쿠운伯雲*이라고 불렸습니다."

"그것도 참 무난한 별명이네."

"맞습니다. 정말로 어디에나 흔히 있는 이름이라, 혹시 일이 복잡해지지 않을까 확인하고 싶었습니다."

"……."

※하쿠운(伯雲)의 '伯'는 '맏이·큰형'이라는 뜻.

라한네 형의 얼굴이 필설로 다 형용하기 어려울 정도로 험악해졌다. 안색도 나빠지고 비지땀이 흘렀다. 무슨 병이라도 있는 것일까.

"앗, 혹시 누구랑 이름이 겹칠 경우 제 이름 따위는 잊어버리셔도 괜찮습니다. 아무 이름으로나 적당히 불러 주시면 충분합니다."

쥔지에는 웃으며 말했지만 여러모로 고생이 많았던 모양이었다.

"……."

라한네 형은 얼굴을 잔뜩 구긴 채 뭔가 하고 싶은 말이 있는 눈치였다. 아까부터 아무 말 없이 계속 표정으로만 반응을 보이고 있었다.

"저는 여기서 일할 수 있는 것만으로도 너무나 기쁩니다. 여러분 모두 친절하시고, 이 힘든 시기에도 빠짐없이 급료를 받을 수 있는 곳은 그리 흔치 않으니까요. 개명 정도는 아무 문제 없습니다. 아무렇게나 불러 주십시오."

쥔지에는 당당하게 가슴을 폈다. 어린 나이지만 장남으로서 가족들을 먹여 살리기 위해서라면 뭐든 다 하겠다는 의지가 엿보였다.

"많이 고생했나 보구나. 걱정하지 않아도 돼. 이름을 바꾸라고 할 만큼 못된 사람은 여기 없으니까. 자, 간식 먹을래?"

돌팔이 의관이 쑥떡을 건넸다. 양을 늘리려고 쑥을 잔뜩 이겨 넣은 떡이었다.

"아뇨, 이걸 받을 수는….."

"괜찮아. 많이 먹고 쑥쑥 자라야지."

쥔지에는 거절했으나 돌팔이 의관은 왠지 거절하기 힘든 분위기를 풍긴다. 결국 쥔지에가 꺾였다.

"감사합니다. 저, 저기, 지금은 별로 배가 안 고프니까 동생들 가져다줘도 될까요?"

"저런, 형제가 있니? 그럼, 더 많이 가져가렴."

'돌팔이 의관, 식량은 무한히 있는 게 아니라고.'

하지만 막을 분위기도 아니었기에 그냥 내버려 두었다.

별별 표정을 다 짓던 라한네 형은 고개를 숙이고 있었다.

"왜 그러세요, 라한네 형? 감기라도 걸렸어요?"

서도에 온 후 이러니저러니 해도 제일 열심히 일한 사람들 중 하나다. 과로로 쓰러졌다가는 본전도 못 찾는다.

"앗, 죄송합니다. 저 혼자만 자기소개를 해 버렸네요. 저, 저기, 성함이 어떻게 되시죠?"

쥔지에가 라한네 형의 이름을 물었다. 라한네 형 입장으로서는 요 반년 동안 계속 기다리던 말이 아니었을까.

드디어 라한네 형의 이름을 알게 되는 건가, 하고 모두가 주목했다.

"…라한네 형."

라한네 형의 입에서 무슨 소리가 들렸다.

"저기, 왜 그러세요?"

라한네 형의 입버릇은 '라한네 형 아니라고!'가 아니었던가.

"내 이름은, 라한네 형이다!"

라한네 형은 그렇게 말하더니 등을 홱 돌려 뛰쳐나가 버렸다.

"라한네 형님, 이신가요?"

쥔지에도 혼란스러워했지만 이미 라한네 형이 그렇게 말해 버렸으니 어쩔 수가 없다.

라한네 형의 뒷모습은 지금까지 보았던 것 중 가장 애수에 차 있었다.

약사의 혼잣말

9 화 : 외국 소녀

　결국 교쿠오의 유산 문제는 평행선을 달렸다.

　물론 남의 집 상속 문제에 마오마오가 끼어들 이유는 없으니,
아무 일 없다는 듯 자기 할 일을 할 뿐이지만.

　"여자분이 봐 주셨으면 하는 환자가 있는데요."

　후랑이 또다시 마오마오를 찾아왔다.

　'후궁 시절 진시 같네.'

　심부름꾼이나 다름없는 일이 많지만 후랑 본인은 크게 신경
쓰지 않는 눈치였다.

　"여성 환자인가요?"

　"네, 좋은 집안 아가씨입니다. 죄송하지만 서도에 여성 의사
또는 그에 준하는 사람이 극단적으로 적어서요."

　'샤오훙과 비슷한 예로군.'

　마오마오는 출신에 비해 저자세인 청년을 바라보았다. 하기

야 여성이 의술에 관여한다면 기껏해야 약사나 산파 정도이리라. 마오마오 자신도 중앙에서조차 여성 의사를 본 적이 없다.

"어떤 증상인가요?"

"두통이 통 낫질 않는다고 합니다. 일반적인 의료법은 어느 정도 시도해 보았지만 치료가 안 된다는군요. 그래서 정규 의관께서 좀 와 주셨으면 합니다."

마오마오는 이유가 뭘까 상상해 보았다. 두통의 원인은 얼마든지 있다. 실제로 진찰해 보지 않으면 알 수가 없고, 진찰로도 낫지 않는 경우도 있다.

"그럼, 찾아뵙고 진료해도 될까요?"

"네, 감사합니다. 달의 귀인께는 제가 말씀드리겠습니다."

후랑은 기다렸다는 얼굴로 눈을 가늘게 뜨며 마오마오를 응시했다.

"달의 귀인께서 내리신 명령 아닌가요?"

마오마오는 고개를 갸웃했다. 당연히 진시의 명령인 줄만 알았다.

"아뇨, 이건 제가 부탁드리는 일입니다. 지인의 부탁을 받고 여성 의료 종사자를 찾는 중이었습니다."

"저야 뭐, 달의 귀인께서 허락만 해 주시면 가죠. 반대로 허락해 주시지 않으면 못 가요."

"알겠습니다."

마오마오는 의무실을 나가는 후랑을 바라보았다.

"왜 그래, 아가씨?"

리하쿠가 마찬가지로 쳐다보다가 말을 걸었다.

"아뇨, 교쿠오 님의 셋째 아들을 어떻게 생각하세요?"

"흐응~ 그게 무슨 뜻이야?"

"아니, 뭔가 마음에 자꾸 걸려서요."

조금 신경 쓰이는 부분이 있다. 그게 무엇인지 구체적으로는 말할 수 없다. 하지만 왠지 모르게 위화감이 느껴졌다.

"아가씨가 마음에 걸린다고? 아가씨랑 비슷한 부분이 있으니까 가벼운 동족 혐오 같은 건가?"

리하쿠가 말했다.

"도, 동족 혐오? 어느 부분이 닮았는데요?"

마오마오는 고개를 갸웃했다. 후랑을 딱히 불쾌하게 느낀 적은 없었다. 그냥 행동이 조금 신경 쓰일 뿐이었다.

"닮았잖아. 천연덕스러운 얼굴로 사람 값어치를 매기는 느낌이."

리하쿠는 대형견 같지만 고분고분 네, 네, 라고만 대답하면서 행동하는 남자는 아니다. 문관이 적성에 맞지 않을 뿐이지 머리 회전은 빠르다.

"제가 사람 값어치를 매기나요?"

"나를 항상 샤페이에 비유하면서 보고 있지?"

"……."

샤페이란 투견으로도 이용되는 대형견을 말한다.

너무 날카로운 나머지 마오마오는 저도 모르게 말문이 막혔다.

앞으로 마음속에서 대형견 취급하지 말아야겠다.

"그런 부분이 라한이랑 똑 닮았어."

라한네 형이 말했다. 이 사람이 왜 여기에 있느냐, 돌팔이 의관과 함께 차를 마시고 있었기 때문이었다. 냄새로 미루어 볼 때 삼백초차인 듯했다. 생약에 사용되는 풀이며 번식력이 강하지만 건조 지대에서는 키우기 힘든지 라한네 형은 재배를 포기했다.

"아무리 라한네 형이라 해도 해도 되는 말과 하면 안 되는 말이 있어요."

마오마오는 거친 콧김을 내뿜으며, 아마 진시가 후랑의 이야기를 듣고 승낙해 줄 것이라는 생각에 진료용 도구를 가방에 챙겼다.

"제가 라한과 똑같은 짓을 하고 있다고요?"

"엄청나게 하고 있지."

"어마어마하게 하고 있어."

리하쿠뿐만 아니라 어째서인지 라한네 형까지 납득했다.

"나는 잘 모르겠는데에."

돌팔이 의관만 고개를 갸웃거렸다. 평소에는 정말로 도움이 안 되지만, 이럴 때는 청량제 역할을 해 주는 사람이 돌팔이 의관이다.

"어때, 방금 의관 아저씨의 값어치를 매겼지?"

"그럴 리가 있겠어요?"

마오마오는 시치미를 뚝 뗐다.

하지만 리하쿠의 이야기는 묘하게 마음속에 와 닿았다.

'기량을 가늠하고 있었구나.'

후랑은 마오마오에게도 '님'을 붙여 경칭으로 부르기는 했으나 대화를 할 때는 어디까지나 정중한 말투에 그쳤다. 마오마오도 진시에게는 겉으로만 경의를 표하는 말투를 쓴다.

하지만 뒤에서 상대를 얕보는 것은 상당히 조잡한 방식이다. 마오마오는 후랑이 그렇게 바보라는 생각은 들지 않았다.

굳이 따지자면….

'내 정체를 알고 있기 때문에 인간성을 시험해 본 건가?'

마오마오는 절대 인정하기 싫지만, 만일 괴짜 군사가 기녀를 임신시켜 낳게 한 자식이라는 사실을 알고 있다면 후랑의 태도도 이해가 된다.

국가 중진의 딸인 마오마오가 자신의 무례한 태도를 질책할지.

아니면 어디까지나 마오마오가 서녀라는 자신의 신분을 잘 알고서 얌전히 있어 줄지.

그 이전에 자신이 뒤에서 얕본다는 사실을 알아차릴지, 또는 신경 쓰지 않을지.

마오마오는 꽤나 우습게 보였나 보네, 하고 생각하면서 가방 속에 도구를 쑤셔 넣었다.

예상대로 잠시 후 취에가 왔다.

"달의 귀인께서 허락해 주셨어요~"

취에도 머릿속에 온통 외출할 생각뿐인지 짐을 챙겨 왔다.

"마차는 밖에 준비해 놓았으니까 어서 가요, 어서 가요."

"잘 부탁드리겠습니다."

후랑도 왔다. 모래먼지를 막으려는지 외투를 걸치고 있었다.

"어디로 가는 건가요?"

"조금 멀리 갑니다. 항구 근처 숙박촌이라고 말씀드리면 이해하실까요?"

확실한 정보를 제시하지 않는, 사람을 시험하는 듯한 말투였다.

'아~ 그런 거였구나.'

마오마오는 전에 진시가 했던 말을 떠올렸다.

황해의 영향으로 고향에 돌아가지 못하게 된 외국 사람들을 한 곳에 모아 놓았다고 했다. 그 사람들은 교쿠엔의 셋째 아들

다하이의 배려로 항구 근처 숙박촌에 모여 살고 있다고.

'외국 출신에, 집에 돌아가지 못하는, 좋은 집안 아가씨.'

마오마오는 몹시 불길한 예감을 느꼈지만, 늘 그렇듯 없었던 일로 하려 했다.

'대부분 이러다 큰 낭패를 보지.'

그래도 모르는 척은 할 수 있었으므로, 아무것도 알아차리지 못한 것처럼 마차에 올라탔다.

덜컹덜컹 마차가 흔들리기를 2시간 정도. 전에 갔던 농촌보다 훨씬 가깝다. 바람은 건조한 흙과 풀 냄새에, 축축한 소금 냄새가 섞여 있었다.

늘 그렇듯 취에와 리하쿠가 호위로 따라왔다. 거기까지는 좋은데, 신기하게도 커다란 바구니까지 마차 안에 놓여 있었다. 취에가 짊어지기로 한 바구니였다.

"이것은 무엇인가요?"

"그것은 나의 남편입니다."

묘하게 예문 문답 같은 느낌이 들었다. 애당초 대답 자체가 이상하다.

"저기, 취에 씨의 남편이라면 바료 님을 말씀하시는 건가요?"

"네. 이번에는 도움이 될 것 같아서요."

대체 어떤 기준으로 도움이 된다는 것인지 모르겠지만, 뭔가 의미가 있으리라고 믿고 싶었다. 그보다 우선 이 바구니가 정말 성인 남성 한 명이 들어갈 정도의 크기이기는 한 건지, 얼마나 몸을 작게 웅크리고 있는 건지가 궁금했다. 속을 들여다보고 싶기도 했지만 잘못 자극해 상대가 기절했다가는 곤란하기에 호기심을 꾹 참았다.

마차는 서도에서 남쪽으로 내려갔다. 서도로 들어올 때 지났던 길이었다. 마차가 빈번히 드나들 것을 예상했는지 길이 깔끔하게 포장되어 있었다. 비가 내리지 않는다 해도, 땅바닥이 그냥 드러나 있으면 바퀴 자국이 잔뜩 생길 것이다.

"슬슬 보입니다."

마부석에서 후랑이 고개를 내밀었다.

"멋지네요."

마오마오가 솔직하게 말했다. 더 작은 마을일 줄 알았는데 가구가 몇 천 호는 되어 보인다. 그냥 지나치기만 하는 건 너무 아까울 정도로 번성하고 있었다.

뱃사람들을 주로 상대하는 장소라서인지 밤에는 더욱 시끌벅적할 듯한 인상이었다. 즉, 단순한 번화가가 아니라 유곽의 분위기가 짙게 풍겼다.

풍경은 다르지만 마오마오는 묘하게 그리운 기분을 느꼈다. 할멈은 몰라도 언니들은 잘 지내고 있을까.

안타깝게도 마차는 번화가를 그냥 지나쳤다. 평상시라면 기념품 파는 노점들이 더 많이 늘어서 있었겠지만 지금은 드문드문 식료품이나 일상 잡화가 팔리는 정도였다. 기호품, 장식품 가게는 드물게 열려 있어도 파리나 날리는 상황이었다.

나른한 표정의 기녀들이 창밖을 내다보고 있다가, 마차가 지나갈 때마다 눈을 번쩍번쩍 빛내며 자신들을 찾아와 줄 상대인지 아닌지를 살폈다. 무희들이 춤을 연습하는 모습도 보였다. 우유차가 든 찻잔을 머리 위에 얹고 흘리지 않으려 애쓰며 춤을 추고 있었다.

마차는 마을의 가장 좋은 구역에 세워진, 가장 훌륭한 여관 앞에 멈춰 섰다. 벽은 돌로 되어 있었으나 지붕에는 기와를 얹고 문은 붉은 칠이 되어 있어 중앙의 건축 양식을 연상시켰다.

"자, 자. 서방님~ 여기서는 나오셔야 해요."

바료가 바구니 안에서 슬금슬금 고개를 내밀었다. 어떻게 들어갔는지 몰라도 정말 들어 있었다. 당황해 어쩔 줄 몰라 할 줄 알았는데 의외로 침착한 태도였다.

아니….

"눈을 감고 있잖아요?"

"네. 시각을 차단함으로써 심적 부담을 경감시키고 있습니다."

"아니, 그게 무슨…."

저도 모르게 본심이 흘러나왔으나 취에와 바료는 익숙한 모양이었다. 취에는 바료를 교묘하게 유도하며 걸어갔다.

여관 안에는 신발을 신고 걸어가기 아까울 정도의 고급 융단이 깔려 있었다.

"이쪽으로 오십시오."

마오마오는 가난이 몸에 배어 있었기 때문에 신발 밑창의 흙을 털고 나서 융단을 밟았다.

여관 직원들이 고개를 숙이고 있었다. 외국 정서가 느껴지는 풍모의 소유자들이 많았다.

계단을 올라 3층의 가장 큰 방으로 안내되었다. 문 앞에는 마흔쯤 되어 보이는 금발 남자가 서 있었다. 피부색과 머리카락 색깔, 그리고 뚜렷한 이목구비로 미루어 볼 때 예상대로 외국 출신이라고 짐작할 수 있었다. 샤오 근방일까 싶지만 피부색을 보면 조금 더 북부 지방에서 온 자로 여겨졌다.

"실례하겠습니다."

또 다른 외국풍의 여성이 다가와 마오마오의 몸을 만졌다. 뭔가 위험한 물건이 없는지 확인하려는 모양이었지만….

"이게 뭐죠?"

"생약입니다. 복통을 치료할 때 씁니다."

"이건?"

"연고입니다. 화상 치료제예요."

"이건?"

"붕대인데요. 상처 처리에 쓰죠."

한동안 그런 질문이 이어졌다. 이번에는 바늘과 가위를 품에 넣고 오지 않은 것이 정답이었다. 가방 속에 넣어 두길 잘했다.

다음으로 취에가 신체검사를 받았다. 마오마오 이상으로 시간이 걸릴 것이라 예상했는데 금방 끝났다. 의기양양한 얼굴로 마오마오를 돌아보는 취에가 묘하게 얄미웠다.

리하쿠는 몰라도 바료는 괜찮을까 싶어 지켜보았는데 미동도 하지 않았다. 아니, 선 채로 기절한 상태였다.

'아니, 정말 여기 있어도 괜찮은 거야?'

마오마오는 불안한 마음으로 방 안으로 들어갔다.

커다란 방에 외국 정서가 넘치는 실내 가구들, 그리고 천개가 달린 커다란 침대가 있었다.

침대 옆에는 이국풍의 치마를 입은 중년 여성이 서 있었다. 검은 머리에 날씬한 몸매, 눈동자는 녹색이 돌았다.

다가갈 수 있는 사람은 마오마오뿐이었고 취에는 다섯 걸음 물러서서 대기, 리하쿠와 바료는 입구 벽에 거의 딱 붙어 있다시피 했다.

"잘 부탁드립니다. 아가씨에 대해 말씀드리자면….."

여성이 정중하게 인사를 한 뒤 용태를 설명했다. 자기소개도 하기 전에 빨리 진료부터 봐 달라는 태도였다.

"그럼, 실례하겠습니다."

침대 장막을 들추니 소녀가 있었다. 뚜렷한 이목구비, 뺨에는 희미한 주근깨가 있어 묘하게 친근감이 느껴졌다. 머리색은 백금빛이고 눈동자는 파란색이었다. 나이는 12, 3세쯤 되어 보이지만 외국 사람의 외모는 리국인보다 훨씬 어른스러우니 조금 더 어리게 보아도 되지 않을까.

'열 살 정도? 아니, 어쩌면 더 어릴지도 몰라.'

두통에 시달리고 있다는데 이상하게 활발한 분위기가 느껴졌다.

"용태를 확인하고 싶은데 만져 보아도 괜찮을까요?"

"안, 됩니다."

외국 소녀가 어색한 리국 말로 대답했다.

마오마오는 고개를 갸웃거리며 중년 여성을 쳐다보았다.

"아가씨에게 손대지 않고 용태를 확인하라는 뜻입니다."

아가씨와는 달리 유창한 리국 말이었다.

"일류, 의사라면, 할, 수, 있습니다."

'잠깐, 잠깐, 잠깐.'

그럼, 대체 뭣하러 왕진을 오라고 한 건데, 하고 마오마오는 생각하면서 사람을 바보 취급하는 꼬마 계집애를 쳐다보았다.

손대지 않고 환자의 용태를 진찰하라는 말도 안 되는 요구에 마오마오는 어떻게 할까 생각에 잠겼다.

"그럼, 어디까지라면 괜찮을까요?"

"?"

외국 아가씨는 마오마오의 말을 이해하지 못했는지 고개를 갸웃거렸다. 시녀로 보이는 중년 여성이 귓속말을 했다.

"아가씨는 2척[*] 정도 거리를 두고 봐 주면 좋겠다고 하십니다."

'2척이라니, 이봐요.'

제대로 진찰도 할 수가 없다.

"그럼, 옷은 어디까지 벗어 주실 수 있을까요?"

아마 싫다고 하겠지만, 하고 생각하면서도 물을 수 있는 데까지는 물어보기로 했다.

"속옷을 입은 채라면, 그리고 남자분들이 자리를 피해 주신다면 문제없을 것이라고 하십니다."

'응?'

그 부분은 쉽게 통과하는 건가, 싶어 마오마오는 당황했다.

하지만 언어가 잘 통하지 않는 상대라면 문진이 어려워진다.

'머리가 욱신욱신 아픈지, 쾅쾅 울리는지, 띵한 건지.'

질문해 봤자 상대에게는 절대 통하지 않을 것이다.

아니, 더듬거린다고는 해도 외국어를 이해한다는 것 자체가 똑똑하다고 봐야 하지만 의사소통을 하기에는 불충분하다.

할 수 없이 마오마오는 시녀를 통해 이것저것 묻기로 했다.

"그럼, 정식으로 진료를 보겠습니다."

※ 2척 · 60센티미터.

마오마오 옆에는 필기도구를 든 취에가 짐짓 유능한 여자인 체하는 분위기를 뿜어내며 기록할 준비를 했다.

"언제부터 통증을 느끼셨죠?"

"열흘쯤 전부터였습니다. 그 전부터 몸이 좋지 않으셨던 것 같았지만, 요 몇 개월 사이 익숙지 않은 생활을 하느라 그랬다고 생각했죠. 부끄럽지만 병일 가능성을 생각조차 하지 못했습니다."

시녀는 몹시 면목이 없다는 표정으로 설명했다.

"어떤 통증인가요?"

"둔한 통증인 모양입니다. 가끔 너무 아프다며 몸을 웅크리실 때가 있습니다."

몸을 웅크릴 정도의 통증이라면 큰 문제 아닌가.

하지만 마오마오는 뭔가가 마음에 걸렸다.

"요 몇 개월 동안 혹시 운동이 부족하지는 않았나요?"

"아뇨… 운동으로 말하자면 과할 정도로 움직이셨습니다."

시녀는 다소 어이가 없다는 표정으로 아가씨를 쳐다보았다. 지금은 얌전히 침대에 누워 있지만 평소에는 꽤나 천방지축인 모양이었다.

"식욕은 어떤가요?"

"식욕 말씀이신가요? 실은 두 달쯤 전부터 먹는 양이 많이 줄었는데, 이것도 낯선 환경 때문이라고만 생각했습니다. 요 며칠 사이 극단적으로 아무것도 드시지 않게 되었고, 지금은 유동식밖에 못 드시는 상태입니다."

"그럼, 두통과 함께 극단적으로 식사량이 줄었다는 말이군요?"

"네."

'아, 그렇구나.'

만지는 건 싫다, 가까이 다가오는 것도 싫다, 하지만 옷을 벗는 건 괜찮다. 그 이유를 겨우 안 기분이었다.

하지만 단언할 수는 없다. 아직은 약하다.

"취에 씨."

"네, 네. 왜 부르세요, 마오마오 씨?"

"이걸 준비해 주시겠어요?"

마오마오는 필기도구를 가볍게 놀려 필요한 물건들을 적어나갔다.

"알겠습니다."

취에는 고개를 꾸벅 숙인 뒤 방을 나갔다.

"약을 준비할 테니 잠시만 기다려 주십시오."

"저어, 그것만으로 알아내신 건가요?"

문진만 했을 뿐, 촉진은 하지 않았다. 옷을 벗지도 않았다. 대충 아무렇게나 짐작해서 말하는 것 아니냐며 시녀는 반신반의하는 표정으로 마오마오를 쳐다보았다.

"약이 들을지 안 들을지에 따라서도 증상을 판단할 수가 있습니다. 아니면 혹시 투약도 안 되는 건가요?"

"아뇨, 그건 아닙니다."

"아가씨에게 맞지 않는 음식이 있나요?"

"특별히 문제는 없는 것 같습니다. 약도 극단적으로 쓰지만 않으면 괜찮을 겁니다."

그렇다면 문제없겠다고 생각하고 있는데 취에가 후다닥 돌아왔다.

"오래 기다리셨죠?"

취에는 시원해 보이는 유리잔을 가져왔다. 감귤과 달콤한 꿀 냄새가 나고, 그릇에 결로가 맺혀 있었다.

마오마오는 잔에 든 음료를 다른 잔에 옮겨 담아서 마셔 보았다.

"만일을 대비해 독이 들었는지 확인했습니다."

"저도, 괜찮을까요?"

시녀에게도 음료를 조금 덜어서 건넸다.

"이게 약인가요? 굉장히 맛있는데요? 아주 차갑고 시원하군요."

"네, 이걸 아가씨가 입에 머금고 조금씩 마셔 주셨으면 합니다."

"알겠습니다."

시녀는 유리잔을 아가씨에게로 가져갔다. 아가씨는 눈을 깜빡거리더니 망설이면서 마셨다. 입을 오므리고, 천천히 조금씩 삼키고 있었다.

"…왜 그러시죠? 쭉쭉 드세요."

아가씨의 움직임이 멎었다. 얼굴이 몹시 심하게 일그러져 있었다.

시녀가 아가씨에게 무어라 말했으나 목소리가 작아서 잘 들리지 않았다.

하지만 마오마오는 덕분에 확실히 알 수 있었다.

"저는 건드릴 수도, 가까이 다가갈 수도 없지만 시녀분이라면 괜찮으신 거죠? 아가씨의 입 안, 아마도 어금니일 것 같은데, 확인해 보십시오."

"어, 어금니요?"

시녀는 아가씨의 입 안을 들여다보려 했으나 아가씨는 고집스럽게 입을 꾹 다물었다.

"뺨을 찔러 볼 수 있을까요?"

시녀가 아가씨의 뺨을 손가락으로 콕 찔렀다. 왠지 흐뭇하고 귀여운 광경이어서, 도성에 있는 야오와 옌옌 두 사람이 떠올랐다.

왼뺨을 찌르자 아가씨가 움찔 떨었다.

'역시.'

"아가씨의 두통 원인은 충치입니다."

마오마오는 여기서 단언했다.

몇 개월 전부터 몸이 좋지 않았다. 그리고 열흘 전부터 용태가 나빠졌다.

작은 충치를 방치한 결과 구멍이 커졌으리라. 처음에는 욱신거리는 정도였고, 식욕이 다소 떨어졌다. 통증을 피하려, 식사를 할 때는 충치가 없는 오른쪽 이로만 씹었다. 결과적으로 어깨와 목에 부담이 가서 두통이 발생했다.

아가씨는 충치를 감추고 싶었으나 건강이 나빠지는 것까지는 감추지 못했다. 그래서 두통이라고만 말했고, 충치 치료를 하고 싶지는 않았기 때문에 말도 안 되는 요구를 할 수밖에 없었다.

시녀는 하고 싶은 말이 많은 표정으로 아가씨를 쳐다보았다. 아마 모국어로 마구 몰아붙이고 싶은 듯했지만 마오마오 일행이 있으니 참는 모양이었다.

그러나 어떻게든 충치 치료를 시키려고 한 결과, 상당히 품위 없는 행동을 취하는 꼴이 되고 말았다. 시녀와 아가씨가 도저히 기품 있는 모습이라고는 표현할 수 없는 난투극을 시작한 것이다. 천방지축이 맞기는 맞나 보네, 하고 마오마오는 멀리 떨어져서 지켜보았다.

"혹시 괜찮으시다면 직접 만져서 입 안을 진찰해 봐도 될까요?"

"그, 그럼요. 잘 부탁드립니다."

시녀는 머리채를 잡혀 가면서 아가씨에게 저항했다. 첫인상과는 매우 다른 모습이었다.

아가씨도 결국 제압당해 입을 벌릴 수밖에 없었다.

"우와아, 새까매졌네요. 이거 아프겠다."

찬물이 스며들어 시린 수준이 아니었다. 대중 요법으로는 생약을 채워 넣는 방법도 있지만, 이렇게까지 구멍이 커서야 의미 있는 치료라고 할 수가 없을 듯했다.

"치료가 가능한가요?"

"치료보다는 뽑아 버리는 편이 빨라요. 젖니라서 다행히 문제는 없네요."

마오마오는 딱 잘라 말했다.

아가씨가 어디까지 알아들었는지는 모르겠지만, 입을 떡 벌린 채 굳어지고 말았다.

"잘 부탁드립니다."

아가씨는 처음에 내뱉은 몇 마디 외에는 리국 말을 할 줄 모르는지 마오마오와 시녀의 대화를 따라오지 못하는 듯했다. 그러나 자신에게 위기가 닥쳤다는 사실만은 알았다. 날뛰는 사이 결국 밖에 있던 호위들까지 들어와 아가씨를 제압했다.

'도대체 얼마나 천방지축인 거야?'

호위 한 명은 얼굴을 발로 걷어차여 퍼런 멍이 들었다. 그나저나 외국에서는 아무리 호위라 해도 이성의 신체를 직접 건드려도 되는 걸까, 하는 생각이 들었다.

'이렇게 날뛰어서야 어쩔 도리가 없겠네.'

너무 격렬한 난투였던 탓에 리하쿠까지 도우러 가야 하나 고민했을 정도였다.

마오마오는 아가씨의 입 안에 손가락을 집어넣었다. 손가락을 깨물지 못하도록 입은 단단히 고정시켜 놓았다.

"아~ 흔들리네요. 금방 뽑히겠어요."

"마취는 어떻게 할까요, 마오마오 씨?"

"마취는 하든 안 하든 똑같아요. 눈 깜짝할 사이 끝나니까 버텨 달라고 해야죠."

여럿이 달라붙어 제압해야만 할 정도로 기운이 넘친다면 문제는 없을 것이다.

아무리 마오마오라도 지금 당장 발치용 겸자를 갖고 있지는 않았기에 준비해 달라고 부탁했다.

"그럼, 꽤 아프겠지만 참아 주세요."

방금 전까지 귀한 집 아가씨로 대우하던 것이 백팔십도 달라졌다. 특히 시녀는 충치에 시달렸다는 사실을 감췄다는 데 매우 화가 났는지, 무슨 일이 있어도 꼭 치료해 달라는 표정이었다.

아가씨는 양 겨드랑이를 결박당하고, 입도 고정되어 고함을 지르고 싶어도 지르지 못하는 상황이었다.

'응, 미안.'

마오마오는 썩은 이를 겸자로 잡고 끼익, 끼익, 비틀기 시작했다. 아가씨도 윽, 윽, 하고 반응했으나 생각보다 눈 깜짝할 사이 빠지는 바람에 깜짝 놀랐다.

"자, 약 바를게요."

지혈제를 얇게 바르고 붕대를 둘둘 말아서 물고 있도록 했다.

"피가 멈추면 붕대를 버려도 됩니다. 멈추지 않는다면 붕대를 새로 말아서 물려 드릴 테니 기다려 주세요. 격렬한 운동은 삼가시고요. 그리고 술은 드시지 않는 편이 좋지만, 아직 마실 수 있는 연령이 아니겠죠?"

그리고 아마 필요 없을 것이라고 생각은 하면서도 진통제를 건넸다.

시녀와 호위는 완전히 너덜너덜해진 상태였고, 아가씨는 구멍이 뚫린 젖니를 바라보고 있었다.

'이가 새로 나는 나이라면 열 살쯤 됐겠네.'

마오마오는 약과 주의 사항을 적은 종이를 건넨 뒤 돌아가기로 했다.

"이야, 역시 대단하십니다."

후랑은 그야말로 손을 비벼 대며 말했다.

"여성 의사를 찾아 달라는 부탁을 받았을 때는 정말 난감했는데 말이죠."

"서도에서는 어렵겠죠."

지금 생각해 보면 여성 의사를 지정한 것도 아가씨 본인이었으리라. 충치를 들키기 싫은 마음에, 서도에 있을 리가 없는 여성 의사를 지명한 것이다.

'어린애들은 진짜 귀찮다니까.'

마오마오는 일단 일을 마쳤으므로 의무실로 돌아왔다.

"그럼, 저희도 그만 가 보겠습니다."

바료가 든 바구니를 짊어진 취에도 돌아갔다.

"저 사람은 뭐 하러 왔던 걸까?"

문득 리하쿠가 물었다.

"저도 모르니까 묻지 마세요!"

마오마오는 바구니 속이 좁지 않을까 생각하면서도 일터로 돌아가기로 했다.

○ ● ○

"나이는 12, 3세쯤. 실제로는 조금 더 어릴 가능성이 있음. 백금색 머리에 파란 눈."

"어때요? 짚이는 데가 있어요?"

취에는 바구니 속의 서방님에게 물었다.

"…딱 하나 있어. 하지만…."

"하지만?"

"그 인물은 남자야."

"호오, 호오."

취에는 방금 전의 충치 아가씨를 떠올렸다. 그 나이 즈음의 어린애라면 아직 성별을 감출 수가 있을 터였다.

"하지만 남자라면 누군데요?"

"북아련에 속한 나라, 리비토국國이야. 왕족 중 넷째 아들의 연령과 용모가 일치해. 아가씨가 날뛸 때 순간적으로 내뱉었던 말이 그 나라에서 사용되는 욕설이었어."

북아련은 리국에서는 한 무더기로 취급되는 경우가 많지만 사실은 여러 나라의 총칭이다.

취에의 서방님은 주위에서는 구제 불능 허약남으로 취급되곤 하나 결코 무능하지는 않다.

달의 귀인이 봐야 하는 서류를 전부 훑어보고, 달의 귀인이 파악하지 못하는 부분까지 보충하는 것이 바료라는 남자의 역할이었다.

"그런 고귀한 분이 왜 모국으로 돌아가지 않고 서도에 계실까요? 불길한 예감이 느껴지네요."

"진짜가 아니기를 기도해야지. 위장이 쑤셔."

더 이상 말하지 말라는 듯 바구니 속에서 목소리가 완전히 사라져 버렸기에, 취에는 입을 다물고 방으로 돌아갔다. 소화가 잘되는 저녁 식사를 준비해야 한다.

10화 ○○ 갑작스러운 병과 긴급 사태

가을도 깊어지고, 겨울이 되기 전 작물 수확이 이루어졌다. 대부분의 식물은 겨울을 앞두고 씨앗을 남기는 경우가 많다. 중앙에서는 벼를 베는 계절이리라.

농민들에게는 바쁜 시기지만, 바쁜 사람은 그 외에도 많다.

"마오마오 씨, 마오마오 씨. 이것 좀 조금만 도와주세요."

취에가 마오마오의 방으로 찾아와 서류를 착착 쌓아 나갔다. 무슨 일인가 했더니 작물 수확량이 적힌 서류였다.

"취에 씨, 취에 씨. 왜 저한테 가져오신 거예요?"

"네, 달의 귀인의 '누구 계산 잘하는 자 없느냐? 아무리 그래도 양이 너무 많다'라는 명을 받았거든요. 이럴 때 라한네 형의 남동생분이 계시면 편리할 텐데 말이죠."

'라한네 형의 남동생이라면 라한을 말하는 건가?'

그런 사소한 지적을 하기두 귀찮았기에 마오미오는 포기하기로 했다.

"그래서 대신 저한테 왔다는 말이군요. 하지만 저도 달리 할 일이 있는데요?"

"약초 재배 말인가요? 아니면 생약을 섞고 이겨서 둥글게 빚는 작업인가요? 그런 건 마오마오 씨를 대신 할 인재가 얼마든지 있어요. 그야말로 마오마오 씨만 할 수 있는 상처 봉합이나 원인 불명의 병 진료, 또는 수술 등이 없는 한 죽어라 할 필요가 없는 일이라는 생각이 드는데요."

"하지만 문관이 할 일을 제게 떠맡길 이유는 아니잖아요?"

"할 수 있는 사람이 없으니까 어쩔 수 없죠~ 숫자를 맡기려면 어느 정도 신뢰할 수 있는 사람이어야 하니까요."

"그거, 저한테 맡겨도 괜찮은 거예요?"

"네, 문제없을 만큼만 그럭저럭 중요한 서류를 준비했답니다."

"…'그럭저럭'이라고는 말하지 말아 주실래요?"

"네? 왜요?"

취에는 이해가 안 되는지 고개를 갸웃거렸다.

"전년도 작물의 양과 비교해 보면 참 재미있답니다~"

그러더니 취에는 또다시 묵직한 서류를 내려놓았다.

"즉, 작년과 비교해서 작물이 어느 정도 부족한지를 염두에 두고 계산하라는 말이군요?"

"마오마오 씨는 눈치가 빨라서 다행이에요."

취에가 혀를 날름 내밀었다.

"그럼, 저는 밖에 있는 사람들에게 지시를 내려 둘게요."

"취에 씨치고는 바빠 보이네요?"

평소의 취에라면 돌팔이 의관을 쿡쿡 찔러 차와 과자를 대접 받으며 느긋하게 앉아 있을 터였다.

"취에 씨는 항상 바쁘답니다~ 오늘은 다양한 손님들이 오시 기 때문에 더 바쁘지만요~ 그럼, 이만."

뽁뽁거리는 특유의 발소리를 내며 취에가 나갔다.

"다양한 손님이라."

그러고 보니 주변이 조금 소란스러운 느낌도 든다. 리하쿠도 진시에게 불려 갔는지 오늘은 다른 호위가 와 있었다. 돌팔이 의관을 위해 호위를 한 명 더 추가해 놓았으니 괜찮을 것 같다 는 판단이었다. 참고로 교쿠준이라는 그 도련님은 가끔 의무실 을 노려보듯 들여다보고 가긴 해도 눈에 띄게 시비를 거는 일 은 없었다.

'사무 일이 싫은 건 아니지만, 딱히 좋아하는 것도 아니라서.'

그러나 마오마오는 손님 운운하는 일과는 상관이 없으므로 주어진 일을 하는 수밖에 없었다.

마오마오는 취에가 놓고 간 서류를 보며 머리를 부여안았다.

자신은 그저 생약을 갖고 노는 일을 하고 싶은데, 인력 부족 이란 참 난감한 사태다.

절망적인 밀 생산량 감소가 눈에 띈다. 라한네 형이 키운 고구마는 새 발의 피 수준이고, 비축분이나 원조 물자로 어떻게 연명할지를 생각해야 했다.

"고루 배분할 수 있는 건 8할 정도인가? 음… 잘 모르겠네."

마오마오는 혼자 투덜거렸다.

사실 8할 정도면 어느 정도 배가 찬다고 볼 수 있지만 평소 충분한 양을 먹던 사람이 8할의 밥으로 만족할까 하면 그렇지는 못할 것이다. 그리고 물자가 부족한 가운데 충분히 먹을 수 있는 사람이 있으면 그만큼 손해를 보는 사람도 있으리라. 가난한 사람일수록 평소 자기 양의 반도 먹지 못한 채 살아가곤 한다. 식량 부족 사태에서 더욱 굶주리는 건 그런 사람들이다.

만일 수십만 명의 의식을 딱 하나로 집약할 수 있다면 8할의 식량으로도 어떻게든 살아남을 수 있을 것이다. 하지만 그것이 절대 불가능한 것이 인간이라는 존재다.

'안 돼, 안 돼.'

숫자에 감정 이입을 해서는 안 된다. 여기서 걱정해 봤자 아무 도움도 안 되고, 작업 효율만 떨어질 뿐이다.

끙끙 앓기를 1시간, 누군가가 방 안을 슬그머니 들여다보았다.

"무슨 볼일이신가요?"

마오마오가 돌아보니 그곳에는 어린 소녀가 서 있었다. 교쿠오의 손녀, 샤오훙이었다.

마오마오는 실눈을 뜨고 쳐다보았다. 돌팔이 의관은 아이들에게 약하니 제멋대로 들여보냈을지도 모른다.

샤오훙은 움찔하며 뒷걸음질을 쳤다. 괜히 겁이라도 먹으면 곤란하다.

마오마오는 일단 미소를 지어 보였으나 그것이 어색했는지 더욱 뒤로 물러났다.

"저어, 용건이 없는데 의무실에 찾아오시는 건 곤란한데요. 게다가 여기는 제 개인 방이라서요."

마오마오 나름대로 최대한의 양보였다.

"…환자, 가 있어. 봐 줬으면 좋겠어."

샤오훙이 꺼질 듯한 목소리로 말했다.

"환자? 환자가 어디 있나요?"

"…저쪽."

샤오훙은 손가락으로 가리킬 뿐이었다.

"그래선 알 수가 없는데요."

"…구해 줘. 시쿄 삼촌이 죽어 가고 있어."

샤오훙이 눈물을 글썽이며 말했다.

심약해 보이는 소녀가 진심으로 애원하는 듯했다.

마오마오는 어떻게 해야 좋을까, 하고 생각했다.

어린아이 장난으로 보이지는 않았다. 만일 시쿄, 즉 교쿠오의 큰아들이 정말로 죽어 가고 있다면 마오마오도 못 본 체할 수는 없다. 그러나 그 정도 되는 인물이 제대로 된 의사에게 치료를 받지 못할 이유가 없다.

"질문이 있는데, 왜 저인가요? 다른 의사들도 많이 있을 텐데요."

황해 직후만큼 혼란스럽지는 않다. 평소 행실이 불량하다고는 해도 전 영주의 아들을 의사가 치료하지 않을 리 없다. 여성 의사가 아니면 안 된다는 등의 이유도 없다.

무엇보다 왜 샤오홍이 마오마오를 부르러 온 걸까.

"…삼촌, 의사 선생님한테 치료받으면 살해당할 거래."

"살해당해요?"

그냥 들어 넘길 수 없는 말이 튀어나왔다.

마오마오는 방 밖을 보았다.

돌팔이 의관이 느긋하게 차를 마시고 있었다. 혼자 차 마시기 쓸쓸한지 호위에게도 차를 건네고 자리에 앉혀 놓았다. 리하쿠는 없고, 또 한 명의 호위가 의무실 앞에 서 있었다.

'동측 창이 활짝 열려 있네.'

호위의 시야에서는 사각이고, 돌팔이 의관의 눈은 그냥 옹이구멍이다. 이 아이는 마오마오의 방까지 조용히 다가왔으리라. 돌팔이 의관과 차를 마시는 호위의 눈만 속이면 들어올 수 있다.

마오마오는 책상에 펼쳐 놓은 서류를 보았다.

'어린애가 본다고 알아볼 수 있는 건 아니지만.'

만일을 대비해 대강 정리해서 문서궤에 집어넣은 뒤 책상 서랍 속에 넣었다.

"살해당한다는 게 무슨 말인가요?"

"……."

샤오홍은 노골적으로 시선을 피했다. 달리 의지할 의사가 없어 마오마오를 찾아온 것까지는 좋은데, 어디까지 말해도 좋을지 어린애 나름대로 고민이 되는 모양이었다.

어린애 장난이라면 그나마 다행이다. 그러나 이것이 사실이라면 어떻게 될까.

마오마오는 시쿄라는 남자에 대해 거의 모른다. 정치적으로 따져 볼 때 어디쯤에 위치하는 인물인지, 중앙과 적대하는 사이인지조차 알지 못한다. 취에의 이야기를 듣자니 별로 접점을 갖지 않는 편이 좋을 듯했다.

그러므로 여기서 마오마오가 취할 행동으로서 정답은….

'어린애 헛소리를 무시하고 하던 일이나 하는 것.'

이라고 생각한다.

그러나 동시에 교쿠오에 이어 시쿄까지 죽었을 경우 서도의 반응도 무섭다.

'무엇보다….'

마오마오 입장에서는 죽어 가는 인물을 그냥 내버려 뒀다기는 꿈자리가 사나울 터였다. 차라리 쓰레기 같은 인간이 치료비를 떼어먹으려고 울면서 애원한다면 단호하게 뿌리칠 수 있을 것을.

'어쩌지?'

마오마오는 고민했다.

가능성은 크게 나누어 세 가지.

첫째, 샤오훙의 말이 거짓 또는 착각일 경우. 다른 이유로 마오마오를 부르러 왔다.

둘째, 샤오훙의 말이 사실일 경우. 누군가가 시쿄의 목숨을 노렸고, 달리 의지할 사람이 없어 지푸라기라도 잡는 심정으로 마오마오를 찾아왔다.

셋째, 샤오훙의 말이 사실일 경우. 누군가가 시쿄의 목숨을 노렸고, 달리 의지할 사람이 없었다. 그러나….

'목숨을 노린 게 중앙일 가능성도 있지.'

원래는 진시에게 보고해야 하지만, 그럴 시간적 여유도 없을 듯했다.

"음…."

신음하는 마오마오를 샤오훙이 눈물을 글썽이며 바라보았다. 왜 이 아이에게 심부름을 시켰을까. 차라리 건방진 교쿠쥰이 왔다면 웃으며 내쫓았을 텐데.

'젠장!'

마오마오는 고민 끝에 커다란 한숨을 내쉬었다.

"알겠습니다. 안내해 주세요."

마오마오는 꺾이고 말았다.

하지만 책상 위에 올빼미 모양 장식품을 하나 올려놓고 가기로 했다. 취에가 심심풀이로 깎아 놓은 가면올빼미 모양의 나무 인형이었다.

'부디 세 번째가 아니기를 빌어야지.'

마오마오는 최소한의 의료 도구를 품에 챙긴 뒤 계단을 내려갔다. 샤오훙은 창밖으로 슬그머니 나올 터였다.

"저런, 무슨 일이니? 오늘은 방에만 틀어박혀 있겠다고 하지 않았어?"

돌팔이 의관이 물었다. 함께 차를 마시던 호위도 마오마오를 쳐다보았다.

"기분 전환 좀 하려고요. 온실 약초가 잘 자라고 있는지 보고 올게요."

"그래."

딱히 의문을 갖지 않고 돌팔이 의관은 차 준비를 했다. 마오마오가 이야기를 나누는 사이 샤오훙은 창을 통해 탈출하리라.

"리하쿠 님은 아직 안 오셨네요."

"달의 귀인을 경호해야 해서 덩치 좋은 사람이 필요하다며 차출해 갔어. 그 사람도 사실은 더 중요한 임무를 맡아야 할 텐데 말이야.”

돌팔이 의관은 리하쿠를 의관과 함께 차를 마셔 줄 친구로서
파견된 사람으로 인식하고 있는지도 모른다.

마오마오는 입구에 서 있던 호위에게 고개를 숙였다.

“온실 좀 다녀올게요. 부디 의관님을 잘 부탁드려요.”

마오마오는 깊이 고개를 숙였다. 그리고 천연덕스러운 얼굴
로 의무실을 나가 작은 바구니를 집어 들고 온실에 가는 척했다.

‘만약 중앙 측에 의도적으로 시쿄를 죽이려는 움직임이 있다
면….’

그 가능성은 커 보였다. 그러나 진시의 의도는 아닐 거라는
생각이 들었다. 그렇지 않고서야 마오마오도 책상 위에 올빼미
인형을 놓고 나오는, 알기 쉬운 행동을 취하지는 않는다.

교쿠오라는 남자에게 그토록 무시를 당하고도 아무 말 하지
않았던 진시다. 시쿄 정도의 장난은 귀여워 보였으리라.

“이쪽.”

나무 뒤에서 샤오홍이 고개를 내밀었다.

마오마오는 샤오홍의 뒤를 따라갔다. 주위에는 일하는 관리
나 하인, 하녀들이 드문드문 보였지만 마오마오와 샤오홍에게
그리 관심을 보이지는 않았다.

괜히 살금살금 걷느니 당당하게 걸어가는 편이 오히려 들키
지 않을 터였다.

'심장 터지겠네.'

샤오홍은 본 저택에서 공소로 이어지는 문으로 향했다. 그리고 문을 열고 공소로 들어가려나 싶었는데 옆으로 꺾었다.

"이쪽."

샤오홍은 공소와 본 저택 사이로 난 담을 따라 걸어갔다. 그러자 나무가 우거진 장소가 나왔다. 서도에서는 드문 커다란 나무지만 관상용이라기보다는 바람막이 측면이 강했다. 마오마오도 본 적 있는 나무지만 이름은 기억나지 않는다. 아마 독도약도 되지 않는 나무라 기억이 안 나는 모양이었다.

"이쪽."

그 나무들 사이로 숨겨진 작은 문이 있었다. 꼼꼼하게 덩굴로 뒤덮어 놓아 한눈에 알아볼 수가 없었다.

'비밀 통로.'

아무래도 샤오홍의 말이 거짓은 아닌 것 같았다. 문은 간단한 장치로 열리는 자물쇠로 잠겨 있었고, 샤오홍이 어설픈 손놀림으로 자물쇠를 열었다.

'샤오홍이 저걸 어떻게 알고 있지?'

비밀 통로는 혈연 중에서도 직계밖에 모를 거라고 마오마오는 생각했다. 샤오홍도 틀림없이 교쿠오의 손녀이기는 하지만, 방계라면 우선순위는 떨어질 텐데.

좁은 문으로 들어가니 길고 좁은 통로가 나왔다. 양옆은 담으로 둘러쳐져 있고, 위는 나뭇가지로 가로막혀 있었다.

"…샤오홍."

얼굴이 새파래진 남자, 시쿄가 있었다. 어린애 하나가 곁에서 엉엉 울고 있었다. 교쿠준인가 하던 건방진 악동이었다.

마오마오는 즉시 시쿄에게 다가갔다. 남자의 배가 피투성이였다.

"이, 이 녀석은 누구야?"

"의사."

시쿄가 마오마오를 의아한 표정으로 쳐다보았다. 마치 값어치를 매기듯, 확인하는 듯한 눈빛이었다.

"의사라고? 빨리, 빨리 아버님을 고쳐 줘!"

교쿠준이 코를 훌쩍이며 말했다.

"…목소리가 크다. 조용히 해."

시쿄가 창백한 얼굴로 아들에게 말했다. 교쿠준은 눈을 휘둥그렇게 뜨더니 작은 소리로 "네." 하고 대답했다.

'샤오홍이 비밀 통로를 알고 있는 건 이 녀석이 가르쳐 줬기 때문인가?'

교쿠준은 직계이니 만일을 대비해 피난 통로를 가르쳐 줬을 가능성이 높다. 그리고 자신의 입장을 잘 모르는 이 꼬맹이는 단순한 비밀 기지라고 생각하고 샤오홍에게 자랑이라도 하듯 보여 줬을지도 모른다.

"상처를 좀 보여 주실 수 있을까요?"

"너 같은 자에게 상처를 보이라고?"

시쿄는 출혈이 심한 것치고는 말투가 똑똑했다. 큰 상처가 아닌 걸까, 아니면 허세라도 부리는 걸까. 그러나 옷에 묻은 피가 차츰 크게 번져 가는 모습이 보였다.

"굳이 제가 보지 않아도 상관은 없지만, 빨리 지혈하지 않으면 과다 출혈로 죽을지도 몰라요."

"……."

시쿄는 생각에 잠긴 듯했다. 샤오홍이 또 다른 의사를 불러오는 것은 무리이리라. 아들과 조카딸 중 누가 더 멀쩡한 어른을 찾아서 데려올 수 있는지는 굳이 생각할 필요도 없다. 아들은 돌팔이 의관을 끌고 올지도 모른다.

겉으로만 요란한 상처라면 마오마오를 쫓아내겠지만, 심한 상처라면 치료를 받는 수밖에 없다.

'큰 상처가 아니면 어쩌지?'

입막음을 하겠다며 냅다 칼을 내리칠지도 모른다는 생각이 든다. 미안하지만 그때는 샤오홍을 인질로 삼아야 한다. 아무리 무뢰한인 시쿄라 해도 자신을 걱정하는 조카에게는 약할 거라 생각하고 싶다. 아니, 그보다 친아들인 교쿠준을 방패 삼는 편이 나을까.

"…알겠다."

시쿄가 피투성이가 된 배를 내보였다.

'이건….'

칼에 찔린 상처가 아니다. 후벼 파낸 상처다. 옆구리 살이 잘려 나갔다. 이러니 과다 출혈을 일으킬 수밖에.

"으아…."

교쿠준이 소리를 지를 뻔하는 바람에 시쿄가 다급히 아들의 입을 막았다. 아들은 그대로 픽 쓰러지고 말았다.

샤오훙은 고개를 돌리며 입을 틀어막고 있었다. 큰 소리를 지르면 안 된다는 사실을 알고 있는 모양이었다.

시쿄라는 남자는 허세가 특기인 모양이었다.

"…독화살인가요?"

마오마오의 질문에 시쿄가 코웃음을 쳤다.

"그 정도는 아나 보군?"

"판단이 빠르셨군요. 도려내기까지 어느 정도의 시간이 걸렸나요?"

시쿄는 독화살을 맞고, 그 부위를 자기 손으로 도려냈다. 상상만 해도 어질어질해질 정도였다.

"10초도 채 안 걸렸어."

"통증이나 마비가 느껴졌나요?"

"마비된 감각이 느껴지고 나서 도려내면 늦잖아."

'독 지식이 있네.'

만일 마비된 감각이 느껴졌다면 투구꽃 독이었을 가능성이 높다. 투구꽃 독은 강력하기 때문에 수십 초 안에 죽음에 이를 수도 있다.

"어디서 습격당하셨죠?"

"너한테 말할 이유가 있나?"

공소의 비밀 통로 안에서 당했다면 범인은 공소나 본 저택, 둘 중 한 곳에서 화살을 쏘았으리라. 그리고 왜 주위에 도움을 요청하지 않고 이렇게 샤오훙을 통해 마오마오를 불렀을까. 의사를 불러 올 인간이 무슨 짓을 저지를지 모른다고 생각했기 때문일 것이다.

애당초 이렇게 어린아이를 심부름 보내는 일 자체가 도박에 가깝다.

'내부에서 자기들끼리 다투었을 가능성이 높은가?'

그렇다면 중앙이 아니라 형제 간 싸움의 기색이 짙어진다. 큰 아들이 사라지면 상속 문제에서 이득을 볼 자는 많을 터였다. 샤오훙은 시쿄를 잘 따르는 모양이지만 샤오훙의 모친 역시 충분히 범인이 될 수 있다.

마오마오는 시쿄에게 누우라고 지시한 뒤 품에서 손수건을 꺼냈다. 교쿠쥰은 기절했기에 그냥 바닥에 뻗어 있게 내버려 두었다.

"화살은 화살인데, 입으로 부는 화살이군요."

"…왜 그렇게 생각하지?"

마오마오는 손수건으로 배의 상처를 압박하며 피가 멎기를 기다렸다.

"통증과 마비가 느껴지기 전에 살점을 도려냈다면 처음부터 화살에 독이 발라져 있다고 생각하셨던 거죠? 그리고 사용된 건 활시위를 당겨 쏘는 화살이 아니라 입으로 부는 화살이었죠? 왜냐하면 저택 안에서 활을 갖고 다니는 건 어려운 일이니까요."

출혈이 멎은 것 같아 실과 바늘을 꺼냈다. 도려낸 것은 피부와 살점까지라 내장은 무사했다. 다소 거친 방법이긴 하나 빨리 꿰매 버리는 편이 빠를 듯했다.

"그 화살은 어디 있죠?"

시쿄는 마오마오에게 천으로 싼 무언가를 건넸다. 변색된 살점과 함께 화살촉이 보였다. 나중에 무슨 독인지 확인해 보아야겠다.

"좀 따끔할 수도 있지만 참으세요. 실례하겠습니다."

마오마오는 사정없이 배를 꿰맸다. 허세가 특기인 시쿄는 얼굴을 찌푸리면서도 비명은 지르지 않았다. 샤오훙은 고개를 돌리고 있었다.

"이제 다 됐습니다."

꿰매기를 끝낸 마오마오는 피투성이였다. 몰래 나왔는데, 이런 꼴로 돌아가면 누군가를 치료했다는 사실을 들키고 만다.

'역시 무시할 걸 그랬어.'

마오마오는 짜증이 치미는 것을 느끼며 천으로 시쿄의 배를 꽉 묶었다. 으윽, 하는 소리가 울려 퍼졌지만 참으라고 하는 수밖에 없었다.

'응급 처치는 끝났어.'

하지만 이대로 밖으로 데리고 나간다 한들 누가 적이고 누가 아군인지 알 수가 없다.

교쿠준은 아직도 정신을 잃고 있었고, 시쿄도 빈혈로 멍한 상태였다.

일단 살점이 붙은 화살을 확인해 보기로 했다. 길고 가느다란 원추형 침이었다.

'무슨 독인지는 모르겠네.'

눈으로만 봐서는 알 수가 없다. 자기 손에 직접 찔러 보면 나타난 증상을 통해 어떤 독인지 알아낼 수 있겠지만 여기서 독으로 인체 실험을 할 생각은 없다. 쥐나 뭐 다른 동물을 잡아서 찔러 볼까.

문제는 응급 처치를 끝냈다고 시쿄를 방치해 둘 수도 없다는 점이었다.

'어떻게 해야 들키지 않고 옮길 수 있을까?'

마오마오가 고민하고 있는데 바스락거리는 소리가 들렸다.

"?!"

마오마오는 소리가 나는 방향을 돌아보았다.

"뭐 하는 거예요~?"

나무줄기 사이로 얼굴이 보였다.

"아니, 이런~ 재미있는 일이 벌어졌네요~"

이 독특한 말투를 구사하는 사람은 한 명밖에 없다.

담 위로 기어오른 취에가 마오마오를 내려다보고 있었다.

"호오, 호오. 이렇게 생긴 구조였군요."

"여길 어떻게 알았어요?"

마오마오는 주위를 둘러보았다. 그렇게 큰 소리로 떠들지는 않았다고 생각했는데, 설마 주위로 소리가 새어 나간 걸까.

"마오마오 씨가 일을 방치하고 기분 전환을 하러 나갔다고는 도저히 생각할 수가 없었거든요~ 하물며 꽤나 중요한 서류를 그냥 놔둔 채로."

취에가 올빼미 모양 나무 인형을 손가락으로 집어 들어 보여 주었다.

"시쿄 큰오빠가 본 저택에 와 있다는 이야기를 들었는데, 2시간 전부터 아무도 본 사람이 없다는 거예요. 게다가 묘한 분위기가 본 저택과 공소에 감돌고 있었고요."

무서울 만큼 날카롭다. 취에는 어떻게 이렇게까지 유능할 수 있을까.

그나저나 지금은 빈혈로 정신이 몽롱해진 상태라고는 하나, 시쿄를 두고 시쿄 큰오빠라니 참 쉽게도 말한다.

"마오마오 씨, 몰골이 엄청나요. 얼른 가서 목욕물 준비를 해 놔야겠어요."

"그보다 다친 사람과 이 아이들을 데려가 주세요."

마오마오는 아직도 정신을 잃고 있는 교쿠쥰과 샤오훙을 가리켰다.

"알았어요, 알았어."

취에가 담을 넘어 들어옴과 동시에 비밀 문이 열렸다. 그곳을 통해 남자들 여러 명이 들어왔다.

남자들은 아이들과 시쿄를 안아 들었다.

"자, 마오마오 씨는 이쪽으로 오세요. 이 웃옷을 걸치고요."

그 피투성이 몰골은 너무 눈에 띈다며 취에가 입고 있던 옷을 걸쳐 주었다. 평소와 크게 다를 바 없는, 야무진 태도였으나….

'뭐지?'

뭔가가 마음에 걸렸다.

별로 대단한 일은 아니다. 아주 조금, 취에가 서두른다는 느낌이 들었다. 취에는 마오마오의 호위를 맡고 있기는 하나, 지금 여기서 가장 신경 써야 할 상대는 누구인가. 부상자인 시쿄가 아닌가.

"……."

"왜 그래요? 갑자기 멈춰 서서."

"춰에 씨."

마오마오는 슬쩍 뒤를 돌아보았다. 남자 둘이 시쿄를 들쳐 메고 있었다.

머릿속에 경종이 울려 퍼졌다.

'이건 절대 입 밖에 내뱉으면 안 되는 말이야.'

아무것도 알아차리지 못한 척하고 그냥 느긋하게 목욕이나 즐기면 된다. 그것이 가장 나은 방법이다.

하지만….

'목숨을 노린 건 중앙일 가능성이 높고.'

'진시의 의도라고는 생각하기 어려워.'

마오마오는 입을 열었다.

"춰에 씨."

"왜 그래요, 마오마오 씨?"

춰에는 늘 그렇듯 생글생글 웃었다.

"시쿄 님을 어디로 데려가려는 거예요?"

"…후후후, 마오마오 씨."

춰에는 마오마오의 어깨에 두른 팔에 힘을 주었다.

"참 난감하네요. 이런 상황에서도 참 눈치가 빠르다니까."

살짝 뜬 춰에의 눈에는 웃음기가 없었다.

약사의 혼잣말

11화 ░ 남쪽 숙박촌

'여긴 어디지?'

마오마오는 창 없이 두 구역으로 나뉘어 있는 방에 앉아 촛불을 바라보고 있었다. 지금 있는 곳은 한나절 전 취에에게 끌려온 장소였다.

옆 침대에는 샤오홍이 자고 있었다. 다른 쪽에는 시쿄와 교쿠준이 있다.

본 저택과 공소 사이에 있는 비밀 통로에는 마오마오가 들어온 입구뿐만 아니라 출구도 있었다. 그곳을 통해 밖으로 나온 마오마오는 취에가 시키는 대로 따라왔다. 마차에 실리고 눈가리개를 당한 채, 어딘지 모르는 곳으로 끌려왔다.

방 밖에는 감시자가 있었다.

취에는 마오마오에게 "얌전히 있어 주세요." 하고 부탁하더니 어딘가로 나가서 돌아오질 않는다. 하지만 갈아입을 옷이 준비되고, 식사도 주어졌다. 그리 난폭한 취급은 아니었다.

'전에도 이런 일이 있었지.'

마오마오는 또 끌려온 걸까, 하고 생각하며 물 대신 산미가 강한 포도주를 마셨다. 취에는 마오마오의 취향을 잘 알고 있다. 술안주로 말린 고기와 건어물도 놓여 있었다.

게다가 물통과 붕대, 진통제, 화농을 막는 약초 등도 있었다. 옆방에 시쿄가 있으니 치료하라는 뜻일까. 독 묻은 화살은 취에가 압수해 가는 바람에 조사해 볼 수가 없다.

마오마오는 도망칠 의욕마저 잃었다. 부상자가 있으니 도망치지 못할 것이라고 짚었나 보다. 무슨 일이든 용의주도한 취에는 마오마오의 생각을 전부 꿰뚫어 보는 듯하니, 어차피 도망치고 싶어도 도망칠 수 없을 것이다.

'대체 뭘 하고 싶은 거지?'

마오마오는 어이없어하며 함께 끌려온 샤오홍을 보았다. 샤오홍은 당황하면서도 따라왔다. 얌전했지만 눈은 빨갛게 부어 있었다. 훌쩍훌쩍 소리 죽여 울었던 것 같다.

교쿠쥰은 기절했다 깨어난 뒤 한참을 울어 젖히더니 잠이 들었다. 방금 전까지 울면서 난리를 피웠기 때문에 마오마오는 아직도 귀가 아프다.

정말로 술이라도 마구 퍼마시지 않고서는 견딜 수가 없는 상황이었지만, 일단 진정이 되니 정보를 정리할 정도의 여유는 생겼다.

우선 취에의 의도는 일단 보류해 두자. 너무 여러 가지 일이 벌어지는 바람에 뒤죽박죽이 되고 만다. 상황을 묻는다면 옆방에 있는 시쿄가 먼저다. 안타깝게도 시쿄는 상처 때문에 열이 나서 끙끙 앓고 있으니, 눈을 뜬 후에 질문해야 했다.

'우선 여기가 어딘지가 문제인데.'

마오마오는 아이들이 잠들어 조용해진 상황에서 눈을 감았다. 문은 꽉 닫혀 있지만 바깥 소리가 들려왔다. 소음과 이야기 소리.

'길거리. 적어도 마을에서 뚝 떨어진 외딴집은 아닌 것 같네.'

마차에 타고 있던 시간은 얼마나 되었을까. 그렇게 길지는 않았지만 짧지도 않았다. 하지만 서도를 벗어나기에는 충분한 거리를 달렸다. 일부러 마오마오를 교란시키기 위해 멀리 돌아가지 않는 한, 근처 다른 지역으로 이동했다고 생각해도 될 터였다. 또 교란시키는 것보다 우선해야 할 일이 있다면 일부러 멀리 돌아가지는 않았으리라.

'시쿄를 납치하는 게 목적이었던 것 같은데.'

붕대와 약초를 준비해 놓은 것을 보니 시쿄를 죽이려 했던 것 같지는 않았다. 오히려 보호라 해도 좋을 정도였다.

'취에 씨와 시쿄가 아는 사이였나? 심지어 동료, …아니, 그보다 더 이해가 일치하는 공범?'

왜 마오마오까지 데려왔을까. 마오마오에게는 자신과 시죠가 공범이라는 사실을 들켜도 상관없었던 건가?

'달리 뭔가 단서가 있다면….'

치료 도구와 식료품 외에 낡은 책이 있었다. 흔히 볼 수 없는 문양이 그려져 있었다.

'어디서 본 적 있는 것 같은데.'

어디서 봤더라, 하고 끙끙 앓으며 책을 펼쳤다. 리국 언어로 적혀 있으나 경전인 듯했다. 도덕과 위인의 가르침 같은 말들 이 적혀 있었다.

'경전이라.'

종교적인 가르침을 기록한 책. 종교와 연결 지으니 그 문양이 낯익은 이유를 알 수 있었다. 전에 취에가 묘한 외국어를 가르쳐 주었던 그 예배당에도 비슷한 문양이 있었다. 그렇다면 이 경전은 취에의 개인 소지품일까.

'아니, 취에 씨는 전혀 신앙심 깊은 사람 같지 않은데.'

오히려 공물로 바친 떡을 슬쩍 훔쳐 먹었으면 먹었지.

마오마오는 경전을 팔랑팔랑 넘겨 보았다. 재미있게도 여러 가지 언어로 적혀 있었다. 처음에는 리국 언어였으나 뒤에는 서방의 말이나 마오마오가 모르는 문자도 있었다.

'신이시여, 저희를 보고 계시나이까?'

마오마오는 취에가 외워 두라고 했던 말을 중얼거려 보았다.

취에는 이 말을 이 경전에서 배웠을까.

'지금 상황하고는 별 상관없긴 하지만.'

마오마오는 책을 내려놓고 건어물을 집어 들었다. 그리고 촛불에 구워 덥석 물어뜯었다.

'초가 있다니 참 사치스럽네. 뭐, 생선 기름이었다면 냄새 때문에 견딜 수가 없었겠지만…. 응?'

마오마오는 문득 바깥에서 들리는 소음에 귀를 기울였다. 웅성웅성 시끄러운 가운데 무슨 이야기들을 하고 있는지 필사적으로 들으려 했다. 하지만 알아들을 수가 없었다. 당연한 일이었다.

'리국 말이 아니잖아?'

밖에 외국 사람들이 있다.

그리고 마오마오는 코를 킁킁거렸다. 바깥 공기는 잘 모르겠지만 희미한 소금 냄새가 풍기는 느낌이 들었다.

서도 가까운 지역이고, 외국인이 있고, 소금 냄새가 나는 동네라면….

"남쪽 숙박촌인가?"

"…정답이야."

마오마오는 느닷없이 등 뒤에서 들린 목소리에 놀랐다.

뒤에는 옆구리를 꾹 누른 시쿄가 서 있었다. 잠에서 깬 모양이었다. 상반신에 땀이 줄줄 흘렀다.

남쪽 숙박촌. 얼마 전 외국 아가씨의 충치를 치료했던 곳이었다. 고향에 돌아가고 싶어도 돌아가지 못하는 외국인들이 많이 남아 있는 장소.

시쿄의 안색은 많이 편안해진 듯했다. 무뢰한 같은 남자는 마오마오 앞으로 다가와 포도주 병을 집어 들었다.

"드시지 마세요."

"목말라."

"기껏 멎은 피가 다시 뿜어져 나올 거예요."

주정은 혈액 순환을 촉진시킨다.

"……."

시쿄는 귀찮다는 표정으로 포도주를 내려놓고 방 한구석에 놓여 있던 물동이에서 물을 떠 마셨다. 푸핫, 하고 입가에 흐르는 물을 닦은 뒤 마오마오를 돌아보았다.

"여기가 어떻게 숙박촌인지 알았느냐는 표정이군."

"네."

시쿄는 의식이 반쯤 없는 상태에서 실려 왔다. 이곳이 어디인지는 마오마오보다도 더욱 모르는 게 맞다. 그런데 어떻게 그렇게 확실히 단언할 수 있느냐 하면….

"취에 씨와 미리 말을 맞춰 놓고, 이리로 올 계획이었나요?"

"취에와는 이해가 일치하는 사이지."

"공범이라는 말인가요?"

'취에 씨, 당신 진짜….'

분명 뭔가 감추고 있을 거라고는 생각했는데 설마 시쿄와 이어져 있을 줄이야.

그렇다면 시쿄를 보호한 이유도 알 수 있었다.

"어떤 이해가 일치한단 건가요?"

"술서주의 평화라는 이익이지."

'수상한데.'

그러나 취에라면 농담조로 내뱉을 만한 말이었다.

"술서주의 이익을 생각한다면서 술서주를 다스리는 건 싫으신 모양인데, 대체 무슨 생각이신가요?"

"일에는 적재적소라는 게 있어. 그 일을 해야 할 사람이 있어야 할 장소에 있어야 제대로 기능하지 않겠어?"

즉, 시쿄 스스로는 자신에게 술서주를 다스릴 능력이 없다고 생각하는 모양이었다.

'이해 못 할 바는 아니야.'

그러나 이해가 안 되는 부분은….

"왜 저까지 끌려온 거죠?"

"글쎄, 내가 할 말은 없어. 취에한테 직접 물어봐."

시쿄는 물을 한 잔 더 따라 마신 뒤 국자를 내려놓고 침대에 누워 있는 교쿠쥰과 샤오홍을 쓰다듬었다.

"이 녀석들에게는 미안한 짓을 했군. 샤오홍 쪽에서는, 인싱이 지금쯤 난리를 피우고 있겠지."

인싱. 말하는 분위기로 미루어 볼 때 샤오훙의 모친 이름인 듯했다. 시쿄에게는 여동생에 해당한다.

"교쿠준의 어머니는 어떤가요?"

"놀라기는 하겠지만 소란을 피우진 않겠지. 내게 주어진 건 그런 아내니까."

마오마오는 존재감이 별로 없던 교쿠준의 모친을 떠올려 보려 했다. 하지만 흐릿한 모습조차 생각나지 않았다.

'아내한테 실컷 민폐를 끼쳐 놓고선.'

정략결혼이라고는 해도 이런 식으로 말하면 아내가 너무 불쌍하다.

시쿄는 아들과 조카가 무사한 것을 확인한 뒤, 배가 고픈지 찬장을 뒤져 납작한 빵을 찾아내 베어 물었다. 옆구리살이 파여 나간 데 비하면 기운이 넘치는 모습이었다. 부족한 피를 보충하려는 본능이 강한 듯했다. 이름 그대로 짐승 같은 남자였다.

"제가 없어진 일도 난리가 날 것 같은데요."

기분 전환을 하러 온실에 간다고 나갔다가 반나절 이상 자리를 비웠다. 취에도 마오마오를 데려오면 큰 소동이 벌어지리라는 사실을 알면서 왜 데려온 걸까.

"그건 큰일이군. 하지만 내 탓은 아냐."

시쿄는 책임을 내팽개치고 집 안을 뒤지기 시작했다. 그러더니 찬장에서 건락*과 말린 고기를 추가로 찾아냈다.

'시쿄와 취에 씨가 손을 잡고 있었다니.'

즉, 시쿄를 덮친 것은 중앙이 아닌 다른 세력이며, 본 저택 또는 공소 안에서 습격을 당했다면 내부 소행일 가능성이 높다.

취에가 마오마오를 데려온 이유는….

'시쿄와 관계가 있다는 사실을 감추기 위해?'

아니, 가까운 것 같으면서도 먼, 다른 이유가 있어 보였다.

거기에 시쿄가 이곳이 숙박촌이라는 사실을 알고 있다는 전제가 더해지면….

'원래 취에 씨는 시쿄와 숙박촌에서 몰래 만날 약속을 했었나?'

그래서 바빠 보였던 건가. 어쩌면 마오마오에게 사무 일을 갖다 준 것도 쓸데없이 밖을 어슬렁거리지 못하게 하려는 의도였는지도 모른다.

하지만 취에라면 다른 장소에서 밀회하는 편이 나았다. 그렇다면 왜 숙박촌에서 만나기로 약속했는가….

'시쿄가 취에 씨 말고 다른 사람과 만날 약속을 한 건가?'

그리고 만나기 전에 시쿄가 습격을 받은 것이라면.

※건락 : 치즈.

'시쿄를 습격한 자는 시쿄가 그 누군가와 만나는 것을 막기 위해 범행을 저지른 거고?'

그리고 만날 장소는 외국인이 많은 숙박촌.

자연스럽게 답이 나왔다.

시쿄는 생각에 잠긴 마오마오를 가만히 응시했다.

"역시 칸 태위의 딸이라 그런지 촉이 날카로워 보이는군."

"그 아저씨는 저랑 완벽한 타인이에요."

"하하하. 딸이 아버지에게 반발하는 건 어느 집이나 마찬가지지."

시쿄가 호쾌하게 웃으며 말린 고기를 물어뜯었다.

"넌 똑똑해 보이니까, 여기가 남쪽 숙박촌이라는 사실을 알아차린 시점에서 내가 이제부터 뭘 하려는 건지 상상할 수 있겠지."

"모르겠는데요. 그런데 전 슬슬 돌아가면 안 될까요?"

마오마오는 이 이상 일이 커지기 전에 돌아가고 싶었다. 예전 '시 일족'의 난 때처럼 굴러갔다가는 곤란해진다.

'진시는 그렇지 않아도 바빠 죽어 가는 사람인데!'

"못된 짓은 안 할 테니, 거기서 취에가 돌아올 때까지 조금만 기다려."

시쿄는 마오마오를 전혀 신경 쓰지 않고 와구와구 식사를 이어 갔다.

"…사, 삼촌?"

침대에서 샤오홍이 눈을 떴다.

"오오, 일어났구나. 미안하다."

"상처, 괜찮아?"

"괜찮아, 괜찮아. 네 덕분에 살았다. 나 참, 교쿠쥰은 쫄아서 꼼짝도 못 하는데 넌 정말 대단해."

"헤헤."

시쿄는 샤오홍의 색소 옅은 머리카락을 쓰다듬었다.

"잠깐 네 엄마와 떨어져 있어야 하는데, 삼촌이랑 같이 있으니까 괜찮지?"

"…응."

샤오홍은 고개를 끄덕였다. 시쿄를 어지간히도 잘 따르는 모양이었다.

동시에 교쿠쥰이 샤오홍을 괴롭히는 이유의 한 조각을 엿본 기분이 들었다. 집에 잘 들어오지 않는 아버지가 자신이 아닌 사촌 여동생을 예뻐하는 모습을 보았다면 질투할 수도 있겠지.

시쿄는 건락을 살짝 구워 빵에 얹어서 샤오홍에게 건넸다. 샤오홍은 처음에는 망설였지만, 외삼촌이 준 음식이기에 작은 입으로 열심히 베어 물었다.

"알겠습니다. 그럼, 취에 씨는 언제쯤 돌아올까요?"

"며칠 안으론 돌아올 기야. 내가 상상하는 일은 전부 며칠 안으로 끝나. 단, 그동안은 밖에 나가지 못한다고 생각하고 있어."

"할 일이 없는데요."

"우리 입장에서도 네 존재는 예상 밖이었어. 어차피 또 무슨 쓸데없는 말을 했겠지."

"……."

그런 말을 하긴 했다. 만일 그때 아무것도 모르는 척했다면 취에는 자신을 얌전히 의무실로 돌려보내 주었을까.

'어땠을까?'

하지만 마오마오의 마음속에서 뚜렷해진 일이 있었다.

취에는 지금까지 상당히 자유롭게 행동했다. 재량권이 꽤 큰 모양이었지만, 바료의 아내이니 진시의 지시를 따른다고만 생각했다.

하지만 진시 직속 부하라면 이렇게 마오마오를 숙박촌으로 끌고 올 리가 없다.

그렇다면….

'취에 씨의 상사는 진시가 아냐.'

또한.

'진시와 다른 의도를 가지고 행동하고 있을 가능성이 높아.'

라는 말이 된다.

그리고 취에와 시쿄의 이해가 일치한다면 취에는 술서주 측 인간이라는 뜻일까.

'대체 뭘 믿어야 하지?'

마오마오는 커다란 한숨을 내쉬고 낡아 빠진 경전을 펼쳤다.

마침 펼쳐진 페이지에는,

'신이시여, 저희를 보고 계시나이까?'

라고 적혀 있었다.

약사의 혼잣말

12화 ∶ 리비토국

시간을 잠시 거슬러 올라.

"달의 귀인께 면회를 요청하는 자가 있습니다."

진시의 집무실에 찾아온 사람은 만악의 근원…이 아니라 리쿠손이었다. 교쿠오의 둘째 아들 페이룽도 함께였다.

"달의 귀인께서 기체후 일향 만강하신 모습을 뵈오니 참으로 기쁩니다."

뭘까, 이 은근무례조차 뛰어넘은 듯한 감각은, 하고 진시는 생각했다. 전에는 조금 신경이 쓰이는 정도였으나 최근 들어서는 거슬리는 자로 바뀌어 가고 있었다. 혹시 리쿠손 스스로도 자각을 갖고, 일부러 그러는 것이 아닌가 싶을 정도였다.

하지만 멀쩡하게 일 잘하는 사람이므로 함부로 대할 생각은 없다. 개인의 감정으로 인사人事를 좌우해 봤자 결국 진시가 할 일이 늘어날 뿐이다. 어설프게 한직으로 내쫓았다가는 오히려 상대가 기뻐할 것 같은 느낌마저 든다.

"무슨 일이지? 평소 같으면 서간으로 끝낼 수 있는 일이 많을 텐데."

진시는 리쿠손에게 물었다.

"이것은 구두로 설명해 드리는 편이 나을 거라 생각했습니다."

리쿠손이 주위를 흘끔 쳐다보았다.

"잠시 나가 있도록."

진시는 집무실에 있던 호위와 문관에게 명했다. 방 안에는 장막 뒤에 숨어 있는 바료, 그리고 바센도 있으니 문제는 없으리라. 가오슌은 야간 호위를 서기 때문에 지금은 자는 중이다.

"이야기가 길어질 것 같다면 앉아서 이야기하는 편이 좋겠군."

"배려 감사드립니다."

리쿠손은 사양하지 않고 긴 의자에 앉았다. 페이롱은 망설이면서도 마찬가지로 앉았다.

리쿠손은 괴짜 군사의 부관이었는데, 그 옛 상사를 방불케 하는 뻔뻔함이라고 진시는 생각했다.

옆에 있던 바센이 살짝 얼굴을 찌푸렸으나 딱히 트집을 잡지는 않았다. 호위로서는 아직 멀었지만 예전에 비하면 많이 성장한 편이었다. 다만 왜 옆에 집오리가 서 있는지는 잘 모르겠다.

"외국에서 온, 달의 귀인을 만나고 싶다는 자가 있습니다."

"누구지?"

진시가 단도직입적으로 물었다.

원래는 리쿠손보다 진시에게 먼저 들어올 만한 이야기였다. 외국인 유입 경로는 한정되어 있다. 해로를 통하거나, 또는 숙박촌에 남아 있는 자라면 다하이를 통해 이야기를 들었을 터였다.

"리비토국에서 온 자입니다."

"리비토국?"

진시는 머릿속으로 지도를 펼쳤다. 북아련에 속한 나라다. 위치로 따지면 술서주의 북측에 있다.

북아련은 나라 여러 개가 모인 연합이지만, 기본적으로는 큰 나라 하나와 거기에 속한 복수의 작은 나라들이라고 봐야 한다.

리비토국은 리국에 접한 나라이며 북아련의 방벽 형태로 존재하므로 리국에 함부로 싸움을 걸었다가는 국력 이상의 힘을 소모하게 된다. 그러나 영토를 확장하고 싶어 하는 동맹국이 있기 때문에 때때로 병력을 증강시켜야 한다.

꽝 제비를 뽑은 나라라는 인상이라 진시 입장에서는 동정하고 싶지만 동시에 우호국이라고 하기도 어렵다. 그러나 완전히 국교가 없는 것도 아니어서, 샤오를 통해 리비토국의 공예품을 수입하는 일도 있으며 때때로 외교 특사가 파견되곤 한다.

"어떤 연줄로 들어온 이야기지?"

진시가 단도직입적으로 물었다. 최근 리쿠손의 태도를 보면 완곡하게 묻는 것보다 그편이 빠를 것이라고 판단되었기 때문이다.

"그것은 제가 설명해 드려도 되겠습니까?"

페이롱이 입을 열었다. 교쿠오의 아들이지만 선이 가늘고, 부모를 별로 닮지 않은 외모였다.

"허락하마."

페이롱이 고개를 깊이 숙였다.

"리비토국의 특사에게서 제 숙부에 해당하는, 조부 교쿠엔의 둘째 아들을 거쳐 이야기가 들어왔습니다."

페이롱은 잘 알고 있다. 숙부가 워낙 여럿인 탓에 이름을 부르지 않고 둘째 아들이라고 이야기하는 것을 보니 말이다. 진시도 이름 정도는 파악했지만 그렇게 부르는 편이 제일 알아듣기 쉽다.

"육로 운송을 담당하는 자 말이군."

"네. 둘째가 육로, 셋째가 해로 운송입니다."

다하이와 달리 둘째 아들과는 별로 접촉한 적이 없다. 페이롱을 거쳐 이야기가 들어온 것도 이상한 일은 아니다.

"그 리비토국 특사가 내게 무슨 용건이 있다는 것이지?"

"그 점은 직접 만나서 말씀드리고 싶다고 합니다."

페이롱이 미안한 표정으로 말하는 데 반해 리쿠손은 싱글싱글 웃고 있었다. 진시가 어떻게 반응할지 기대하는 것 같아 보이기도 했다. 불경죄로 끌어낼까 하는 생각이 들었다.

"꼭 나여야만 하는 것인가?"

"서도의 최고 책임자를 내놓는 편이 좋겠다고 판단했습니다."

리쿠손이 가볍게 대꾸했다. 진시는 추후 무슨 트집이라도 잡아서 리쿠손에게 반드시 벌을 내리겠노라고 마음속으로 맹세했다.

"꼭 내가 아니어도, 너희가 가면 되지 않느냐? 리쿠손. 서도에 대한 지식은 네가 나보다 훨씬 풍부할 텐데?"

진시는 하기 싫으니 알아서 하라는 뜻을 완곡히 전달했다.

"저로서는 분에 넘치는 일이라고 생각합니다."

리쿠손은 여전히 웃는 얼굴로 말했다. 자기도 하기 싫다는 말을 마찬가지로 완곡하게 표현하고 있었다.

"분에 넘친다고? 타국의 사자 중 그만 한 거물이 있다는 말인가?"

"네, 추측입니다만."

리쿠손이 빙긋 웃으며 대답했다.

진시는 표정을 바꾸지 않은 채 눈을 감았다. 장막 뒤에서 탁자를 톡톡 두드리는 소리가 났다. 바료의 신호였다. 두 번 두드리면 '예', 세 번 두드리면 '아니오'. 두 번 두드린 것은 리쿠손의 말에 신빙성이 있다는 의미였다.

"왜 그렇게 생각하지?"

"리비토국의 작금의 상황을 고려하면 수상한 점이 몇 가지 있습니다. 아마 달의 귀인께서도 알고 계실 테니 굳이 제가 말씀드릴 일은 아니겠지만요."

바료가 또다시 탁자를 두 번 두드렸다.

진시는 할 수 없이 각오를 다졌다.

"알겠다. 시간을 내도록 하지."

"감사합니다."

리쿠손과 페이롱은 고개를 깊이 숙인 뒤 방을 나갔다.

두 사람의 발소리가 사라지자 진시는 한숨을 내쉬었다.

"달의 귀인이시여, 저 둘의 말에 귀를 기울이시는 겁니까?"

바센이 의아한 표정을 짓고 있었다.

"귀를 기울이고 뭐고, 그럴 수밖에 없다면 그렇게 하는 것이 내 역할이니. 그리고 바료."

"네, 달의 귀인이시여."

장막 안쪽에서 목소리가 울려 퍼졌다.

"리비토국은 현재 어떤 상황이지? 무엇을 요구하기 위해 찾아올지 예상이 되나?"

"짚이는 점이 두 가지 있습니다."

바료가 종이를 팔락팔락 넘기는 소리가 들려왔다.

"첫째로는 샤오와 마찬가지로 식량 위기라는 점이겠지요. 리비토국은 리국보다 북쪽에 위치합니다. 황해 때문에 식량난을 입었다는 점에서는 리국보다 훨씬 피해가 컸으리라고 상상할 수 있습니다."

진시도 상상이 되는 부분이었다. 하지만 우호국도 아닌데 식량을 지원해 달라는 뻔뻔스러운 말을 과연 할 수 있을까.

"또 하나는?"

"두 번째는 후계자 다툼입니다. 리비토국의 왕은 몇 년 전부터 병을 앓고 있다고 합니다. 직계 아들은 넷인데, 장남이 정실 자식이 아니라더군요. 둘째가 왕위를 계승하기로 했다고 하는데 이 정보도 최신의 것이 아니니 지금은 어떻게 되었을지 모릅니다."

"후계자 다툼에 리국이 관여하라고?"

"원래는 그 가능성이 한없이 낮습니다만⋯."

바료는 뭔가 말하기 껄끄러운 눈치였다.

"마음에 걸리는 일이라도 있나?"

"네. 얼마 전에 의사가 필요하다고 후랑 공이 찾아왔던 일을 기억하십니까?"

진시도 기억하고 있다. 마오마오가 가 보고 싶다기에 허가를 내려 주었다.

후랑은 현재 심부름 나가고 없다.

"마오마오를 파견했던 이야기 말이군. 어린 소녀의 진료였다고 들었다."

샤오홍이라는 교쿠오의 손녀도 진료한 적이 있으니, 같은 이야기일 것이라고 판단했는데….

"네. 그 소녀의 특징이 방금 말씀드린 리비토국의 넷째 아들과 매우 닮았습니다."

"…그런 보고는 못 들었는데."

진시가 차가운 시선을 던졌다.

"제 아내 취에와 검토해 보고, 달의 귀인께는 보고 드리지 않는 편이 좋겠다는 결론을 내렸기 때문입니다."

"형님, 그런 일을 왜 마음대로?"

"바센, 조용히 있어라."

진시는 목소리가 커지려는 바센을 막았다.

"달의 귀인의 입장에서 타국의 넷째 왕자가 자국에 와 있다는 사실을 아시게 되면 추후 문제가 발생할 것이기 때문입니다."

타국의 왕자가 리국에 숨어서 대체 무엇을 하고 있었을까.

"아는 것과 모르는 것, 그리고 모르는 척하는 것은 매우 다르지요."

타국이 관계되어 있는데, 그 사실을 부하만 알고 있다. 즉, 무슨 일이 생겼을 경우 진시가 꼬리 자르기를 하듯 바료를 쉽게 버릴 수 있게끔 하려는 의도인 셈이었다.

"지금 알아 버렸다만?"

진시는 분노를 억누르며 바료에게 말했다.

"여기까지 들으셨다면 모르는 것보다는 모르는 척하시는 것이 낫겠다고 판단했기 때문입니다."

바료는 단호하게 말했다.

만일 리비토국 사자의 목적이 넷째 왕자라면 그냥 내주면 된다. 그것이 리국 입장에서도 무난한 대응일 것이다. 그러나 진시가 넷째 왕자를 리국에 망명시키거나, 또는 넷째 왕자의 후견인이 되어 리비토국의 동궁으로 만들려 한다고 상대방이 생각하게 된다면 골치가 아파진다.

그래서 몰랐던 것으로 해 두고 싶었던 모양이었다.

그렇게 되면 한 가지 문제가 발생한다.

"그자가 넷째 왕자일 경우, 리국에서 접촉한 인물이 도망을 주선했다는 의심을 받을 가능성이 있다만."

"…네."

"넷째 왕자를 진료한 의관 보조는 어떻게 되지?"

"우연을 가장하면 얼버무릴 수 있습니다. 그 준비는 해 두었습니다."

의관 보조, 즉 마오마오에게 위험이 끼치지 않도록 배려해 둔 모양이었다.

"얼버무릴 방법이 있기는 한가?"

"네. 괜한 트집을 잡히지만 않는다면."

"트집…."

안타깝게도 외교란 서로서로 트집을 잡는 대화나 다름없다. 서로의 발목을 잡으며 어떻게든 자신에게 유리한 조건을 끌어내는 것이 관건이다. 추하지만 자국의 이익을 위해서라면 남의 낯빛을 무시하는 경우가 많다.

그리고 왕족이 엮이면 전쟁으로 발전할 가능성마저 있다.

"후랑은 왜 그런 인물의 용태를 봐 달라고 한 거지?"

"글쎄요, 하지만 연줄 같은 건 얼마든지 만들 수 있으니까요."

바료의 목소리에서는 '두 손 들었다'는 기색이 짙게 배어 나왔다.

"…달의 귀인이시여."

"뭐지, 바센?"

내내 말이 없던 남자가 입을 열었다.

"그게, 어디서 들은 이야기인데…."

"무슨 이야기를?"

"후랑 공은 큰형과 사이가 좋아, 외국인 이야기도 시쿄 공이 소개해 달라고 부탁한 것이라고 합니다."

"묘한 이야기로군. 후랑은 작은형 페이룽이 후계자 자리에 어울린다고 말하던데."

"하지만 큰형과 셋째 동생의 사이는 그리 나쁘지 않고 대화도 자주 한다더군요."

시쿄, 교쿠오의 사 남매 중에서 밉보인 큰아들. 무뢰한이라는 소리를 자주 듣는다.

만일 리비토국의 넷째 왕자를 몰래 끌어들인 자가 시쿄라면 어떻게 대응해야 좋을지 어려운 문제가 된다.

"달의 귀인이시여, 한동안 시쿄 공과 거리를 두시는 편이 좋겠습니다."

"음, 알고 있다."

다행인지 불행인지 아직까지 큰아들과 얼굴을 마주한 적은, 교쿠오의 유산 문제 논쟁에 끌려갔을 때밖에 없었다.

"다른 사람이라면 그래도 변명할 말이 있습니다. 하지만 달의 귀인이 관련될 경우 술서주뿐만 아니라 리국 전체가 리비토국에 싸움을 거는 꼴이 됩니다."

아무리 그래도 그런 사태는 피하고 싶다. 그 때문에 바료는 스스로 도마뱀 꼬리가 될 각오를 했던 것이다.

"시쿄라."

진시는 깊은 한숨을 내쉬었다. 마음이 무겁지만, 리비토국의 특사들을 만나야 했다.

회담 장소는 공소도 본 저택도 아닌 서도 최고의 고급 식당이라는 가게를 통째로 빌렸다. 페이룽과 그 숙부인 교쿠엔의 둘째 아들이 입회한 가운데 회담이 진행됐다.

리비토국의 특사들은 진시의 값어치를 따지는 눈빛으로 쳐다보았다. 얼핏 정중한 태도이기는 했지만, 후궁에서 늘 그런 시선을 받았던 진시가 그것을 꿰뚫어 보기란 너무나 쉬운 일이었다.

국력은 리국 쪽이 몇 배, 몇 십 배 강하다. 하지만 배후에 강대한 동맹국이 있다는 사실 때문에 교만해지는 듯했다. 또한 리국 사람들보다 체격이 좋고 털이 많은 자가 많다는 것이 특징일까. 이쪽을 얕보는 기색이 투명하게 들여다보였다.

따라서 호위로 키가 크고 건장한 자를 골랐다. 리하쿠라면 눈치도 빠르고, 어느 정도 신용할 수 있다. 그러나 마오마오가 넷째 왕자일지도 모르는 자를 진료하러 갈 때 동행했기 때문에 만일을 대비해 뒤에 숨어 대기하게끔 해 놓았다.

바센은 최근 들어 많이 성장했지만 체격은 아직 자라는 중이며, 수염도 없는 동안이기 때문에 호위 말고 문관 차림을 시켰다. 본인은 내키지 않는 모양이었지만 상대를 방심하게 만들기 위해서라고 말하자 납득해 주었다. 아무도 이 동안의 문관이 맨손으로 수십 명을 때려죽일 수 있는 완력의 소유자라고는 생각하지 않으리라.

리쿠손은 공무가 남아 있다며 사양했다. 기왕이면 함께 데려가고 싶었지만 귀찮은 일은 안 하려는 모양이었다. 놈은 최근 들어 거침없는 성격으로 바뀐 듯했다.

후랑과 취에, 바료도 회담 자리에서 제외했다. 왕자로 생각되는 자의 진료에 동행했기 때문인데, 바료와 취에는 그래 봬도 어학에 능통하니 통역으로 데려오고 싶었지만 어쩔 수가 없었다.

가까운 부하가 별로 없는 가운데 가오슌이 있어 주어서 정말이지 다행이었다.

외교는 그만큼 골치 아픈 일이다. 서로 어떻게든 트집을 잡으려 말다툼을 벌이는 자리인 데다, 우호국도 아니니 배려해 줄 의리도 없다.

하지만 진시는 자신의 얼굴이 외교 자리에서 도움이 된다는 사실을 알고 있었다. 안내되어 간 장소에서 맞대면을 하자마자 특사들은 한순간 굳어 버렸다. 그리고 오른뺨의 상처를 물끄러미 응시하더니 안타깝다는 듯 한숨을 내쉬었다.

때로 이 용모 때문에 무시당한다는 생각이 들 때도 있지만, 천녀처럼 아름다운 천상인의 미소는 외국인들에게도 통하는 모양이었다. 만일 성별이 여성이었다면 한층 더 큰 효과가 있었겠지만 그것은 또 다른 골칫거리를 불러온다는 사실을 진시는 알고 있었다. 때때로 남자라 다행이다, 덕분에 나라가 망하지 않는 거라는 말을 듣곤 하니 말이다.

이런 어처구니없는 용모를 내려 줄 바에야 차라리 견실한 재능을 내려 주는 게 나았다고, 진시는 몇 번이나 의미 없는 한탄을 했던가.

하지만 이 용모 때문에 귀찮은 일이 많이 생기는 만큼 도움이 되는 일도 많다. 이번에도 이용할 수 있는 것이 있다면 뭐든 다 이용하고 싶다.

회담 내용은 생각보다 훨씬 직설적으로 이루어졌다. 특사로 찾아온 사람은 리국 사람과 꼭 닮은 풍모의 남자였다. 누르스름한 피부에 갈색 머리카락과 눈동자를 갖고 있었지만, 짙은 체모와 뚜렷한 코와 눈에서 외국인의 피가 느껴졌다.

'우리나라 귀족이 행방불명되었다. 모르는가?'

그런 이야기였다. 통역으로 전달된 이야기였기에 상대가 진시에게 얼마만큼 경의를 표한 말투를 쓰고 있는지는 알 수가 없었다.

왕족이 아니라 귀족이라 말하고, 자세한 연령대까지 언급하지는 않았으나 예비 지식과 대략 일치한다.

'유괴당했을 가능성이 있다. 만일 정보가 있다면 바로 알려 주기 바란다.'

겉으로 보기에는 그 귀족인지 뭔지를 몹시 걱정하는 듯했다. 살짝 내리깐 속눈썹과 희미하게 떨리는 손. 연기라면 정말이지 대단한 배우다.

여기에 괴짜 군사가 있었다면 아무리 굉장한 연기력이라 해도 그 가면을 벗겨 버렸으리라. 그러나 외교가 필요한 국면에 괴짜 군사를 투입할 만큼의 용기는 진시에게 없었다. 그야말로 담배를 피우면서 화약 창고 앞에서 담소를 나누는 일이나 마찬가지다.

진시는 온갖 가능성을 다 고려할 필요가 있었다.

"만일 형이 무슨 문제를 일으켰을 경우 저도 이야기 자리에 참석하게 해 주십시오."

페이롱이 차분한 표정으로 말했다.

"조카의 실수는 제가 책임지겠습니다. 저희에게 신경 쓰지 마시고 공평한 판단을 부탁드립니다."

이것은 교쿠엔의 둘째 아들이 한 말이었다.

혈연이라 해도 처벌을 달게 받아들일 모양이었지만, 그 공평이라는 것이 어렵다. 본래는 확실한 정보가 없으면 할 수 없는 일이었다.

그러나 우선순위를 매긴다면 무엇을 제일 우선할 것인가.

상대가 거론하는 귀족이 정말로 그 넷째 왕자라고 가정해 보자.

특사의 이야기가 사실이라고 곧이곧대로 받아들일 경우, 넷째 왕자는 유괴를 당해서 리국으로 끌려왔다. 그 과정을 시쿄가 알선했다고 보는 것이 자연스러우리라.

아무리 전 영주의 아들이라 해도 타국의 왕족을 유괴하는 데 관련되어 있다면 옹호해 줄 수 없다. 하물며 파락호 건달이다.

웬만해서는 얽히지 않는 편이 좋다. 유사시에는 관계를 끊고 바로 내쳐 버릴 준비도 해 두어야 한다.

냉정한 말처럼 들리지만 그것이 외교다. 타국과의 알력이 발생하는 상황에서 전쟁의 불씨가 될 수도 있는 자를 방치해 두었다가는 그 수십 배, 수백 배의 사망자가 생겨난다.

그러나 특사의 말이 거짓일 경우 이야기가 달라진다.

명확한 정보가 없는 상태에서 결단을 강요당하는 셈이었다. 진시로서는 당분간 시쿄의 감시를 소홀히 하지 말라고 명령하는 수밖에 없었다. 상황에 따라서는 본 저택이나 공소 출입을 금지시켜야 한다.

식당이지만 제대로 식사도 하지 않은 채 이야기가 끝났다. 리비토국의 특사들은 한동안 여관에 체재하겠다고 한다.

얼마나 머무를지 모르지만 방심할 수는 없다.

그러나 이럴 때일수록 꼭 귀찮은 일이 벌어지는 법이다.

진시는 식당을 나와 마차에 탔다.

제대로 먹은 것 같지도 않은 음식을 위장으로 흘려 보내듯 물을 마셨다. 바센은 나설 기회는 없었지만 움직이기 불편한 문관복이 답답한지 목깃을 살짝 느슨하게 풀었다.

그때 누군가가 마차 문을 두들겼다.

"뭐지?"

바센이 눈을 가늘게 뜨며 창밖을 내다보았다.

"전령입니다."

밀랍으로 간단히 봉인한 편지가 안으로 들어왔다. 바료가 보낸 편지였다.

"무슨 내용입니까?"

진시는 봉투를 뜯었다.

"…왜 하필 이럴 때."

진시는 이마를 짚었다.

편지에는 본 저택에 시쿄가 찾아왔고, 억지로 들어오려 하는 바람에 싸움이 벌어졌다는 이야기가 적혀 있었다.

왜 하필 이럴 때 귀찮은 일을 일으키는 걸까, 정말 질릴 노릇이다.

그리고….

"……."

"진시 님, 안색이 안 좋으신 것 같은데요?"

"…그 멍청한 녀석."

부상을 입고 도망친 시쿄를 마오마오가 치료했다는 말이 적혀 있었다.

13화 ⁝ 표사(鏢師)

　마오마오는 다음 날 시쿄 간병과 샤오홍 시중, 교쿠준 교육으로 하루를 다 보냈다. 아니, 그것 외에는 할 일이 없었다. 샤오홍 시중이라고는 해도 식사가 나오면 음식을 나누어 주고, 먹은 후에는 양치와 목욕을 시켜 준 것 정도였다. 어린 나이치고는 야무지고 얌전한 아이였다.

　그에 비해 귀찮은 것은 교쿠준이었다.

　"야, 너. 나보고 이렇게 딱딱한 빵을 어떻게 먹으란 거야!"

　"그럼, 먹지 마."

　마오마오는 접시에 놓여 있던 빵을 빼앗아, 교쿠준의 손이 닿지 않는 찬장 위에 올려놓았다.

　"자, 잠깐! 그럼, 난 뭘 먹으란 건데!"

　"안 먹는다고 한 건 너잖아."

　마오마오는 딱딱한 빵을 뜯어서 꼭꼭 씹어 먹었다.

"아, 아버님! 이런 무례한 계집을 교수형에 처해 주세요!"

"나는 관리가 아니라 교수형을 내릴 수도 없고, 그건 나온 음식을 제대로 안 먹은 네 잘못이지. 봐라, 샤오홍은 얌전히 먹고 있잖아."

'아… 그건 역효과인데.'

자기편인 줄 알았던 아버지가 그런 태도로 샤오홍을 칭찬하니, 교쿠준은 토라져서 샤오홍을 더욱 괴롭히게 된다.

구제 불능 악동임은 분명하지만 자란 환경에도 원인이 있다고 마오마오는 생각한다.

교쿠준은 생떼를 쓰다가 지쳐 잠이 들었다. 그사이 샤오홍은 삼촌에게 어리광을 부렸다.

"있지, 이건 뭐라고 읽어?"

샤오홍이 낡은 경전을 펼쳐 들고 시쿄의 무릎에 앉았다.

"'묘廟'라고 읽는 거다. 네가 늘 참배를 하러 가는 곳이지."

"이건?"

"이건 말이다…."

삼촌과 조카의 관계는 매우 좋아 보였다. 소심해 보이던 샤오홍이 삼촌만은 잘 따랐다. 삼촌은 삼촌대로 좁은 방 안에서 조카가 지루해하지 않도록 신경 써 주고 있었다.

'아들 말고 딸을 갖고 싶었던 게 아닐까?'

그 말을 입 밖으로 낼 만큼 눈치가 없지는 않았기에, 마오마오는 침대에 큰대자로 뻗어서 잠든 교쿠준에게 홑이불을 덮어 주었다. 아들에게는 엄격한 교육 방침을 적용하는지도 모르겠지만 그것은 아버지 노릇을 제대로 할 때의 이야기다.

"좋아, 다음엔 구슬치기를 하자."

"응!"

두 사람은 나무 열매와 조약돌을 바닥에 늘어놓고 튕기며 놀았다. 사소한 놀이였으나 샤오훙은 즐거워 보였다.

옆에서 보기에는 친부녀지간 같았다. 교쿠준도 이렇게 신경 써 주면 좋을 텐데.

'부모와 떨어져 있는 게 그리 힘들진 않은가 보지?'

의외로 강한 아이라고 생각하며 마오마오는 샤오훙을 바라보았다.

마오마오는 할 일이 없었기에 여러 가지 생각을 했다. 식사를 가져오는 사람은 늘 똑같은 남자였고, 호위 노릇도 겸하고 있었다. 물도 많이 가져다준다.

그리고 식사를 건넬 때 무슨 종이를 함께 준다. 시쿄는 마오마오에게 그것을 보여 주지 않고 혼자 읽은 뒤 촛불에 태워 버린다. 귀중한 종이가 아깝기는 하지만 마오마오가 알아서는 안 될 내용인 듯했다.

마오마오와 교쿠준, 샤오훙이 사라지는 바람에 큰 소동이 벌어졌을 가능성이 높지만 주위 분위기는 크게 달라진 것이 없다. 적어도 숙박촌에서는 별다른 일이 일어나지 않았다.

만일 괴짜 군사가 마오마오의 부재를 알아차린다면 숙박촌까지 쫓아와서 난리를 피우지 않을까. 그 부분은 아마 마오마오를 데려온 취에가 교묘하게 수습했을 것 같다.

시쿄는 교쿠준과 샤오훙이 지쳐서 잠들 때까지 인내심을 갖고 놀아 주었다. 교쿠준은 여행 이야기 듣는 것을 좋아하는지, 자장가 대신 시쿄의 옛날이야기를 들으며 잠이 들었다. 샤오훙은 그것을 옆에서 몰래 훔쳐 들었다. 어린애 둘이 깊이 잠들자 시쿄는 마오마오를 쳐다보았다.

"너도 여러 가지로 눈치챈 게 있는 모양인데 나한테 뭔가 질문 없어?"

"질문해 봤자 대답해 주지도 않을 것 같고, 대답을 들은 후에 그냥 물어보지 말 걸 그랬다는 생각이 들 이야기가 많아 보여서요."

애당초 마오마오에게는 알고 싶지 않은 이야기가 너무 많이 굴러 들어온다. 이번에도 쓸데없는 감이 발동해 취에에게 괜한 말을 한 게 문제였다.

"그럼, 하나만 가르쳐 주지. 내일 아침 난 여길 나갈 거야. 그리고 넌 저녁 무렵에는 해방될 테고."

"듣던 중 반가운 소식이네요."

시쿄가 아침에 나가고 마오마오는 저녁 무렵 풀려난다. 즉,

그 사이 문제가 해결된다는 이야기였다.

'어딜 습격한다거나 그런 것만 아니라면 좋겠는데.'

누군가를 습격할 때, 마오마오가 진시에게 계획을 발설하지 못하도록 잠시 격리시켜 놓았다고 생각해도 좋을 듯했다.

'습격은 아닌 것 같아.'

그렇다면 더 수상한 냄새가 난다.

"그때 나는 별도로 행동해야 하는데, 교쿠준과 샤오홍을 대신 좀 봐 달라고 부탁하면 거절할래?"

"…거절할 수 없는 상황에서 하는 부탁은 부탁이 아니죠. 하지만 솔직히 교쿠준은 싫어요."

"부탁 좀 할게."

마오마오야 어차피 돌봐 줄 생각이긴 했지만 불평 한마디 정도는 해도 될 터였다.

그나저나 시쿄라는 남자는 아버지 교쿠오와 전혀 닮지 않았다. 닮은 것은 얼굴 생김새와 묘하게 호쾌한 성격 정도였다. 호쾌하다는 면에서는 교쿠오보다도 훨씬 자연스러워 보인다.

교쿠오의 호쾌함은 타고난 성격이 아니라 후천적으로 그렇게 되려 애쓴 결과.

시쿄는 애초에 그 품성을 갖고 태어난 자.

마오마오는 그렇게 느꼈다.

그런 호쾌한 남자가 몰래 방에 틀어박히면서까지 숨어 있으려 했다. 마오마오는 반쯤 예상은 했지만, 괜히 확인했다가 자신까지 위험에 처할 게 뻔했으므로 굳이 묻지 않았다.

"아무튼 서도까지 무사히 데려다주신다면 샤오훙 님과 함께 본 저택으로 돌아갈게요. 거기서 누가 뭘 물어도 전 모른다고만 하면 되는 거죠?"

"실제 일어난 일을 그대로 다 이야기해도 돼. 너는 부상자인 나를 치료했고, 그 뒤로도 계속 치료가 필요해서 여기까지 데려온 거다. 그게 전부야."

"교쿠준과 샤오훙 님은요?"

망할 꼬맹이에게 '님'을 붙여 부를 필요는 없다.

"나를 잘 따르는 애들이니까 걱정이 돼서 따라와 준 거라고 해."

아니, 그 변명은 너무 억지다. 샤오훙의 어머니에게 질문 공세를 당할 사람은 마오마오 자신이니 그 부분은 좀 더 그럴싸하게 지어내 줬으면 좋겠다.

'그리고 진시가 그런 변명으로 납득할까?'

뭐랄까, 괜히 더 귀찮아지기만 할 것 같은 예감이 든다.

아무튼 내일 돌아갈 수만 있다면 마오마오 입장에서는 큰 문제가 아니다. 빨리 자고, 내일 아침을 기다리기로 했다.

다음 날 아침, 마오마오는 부스럭거리는 소리에 눈을 떴다.

남자 여럿과 여자 한 명이 서 있었다. 다들 표사鏢師 복장이었다. 표사란 금전과 보물, 또는 중요 인물 호위를 생업으로 삼는 자들을 말한다.

"일어났나?"

시쿄도 비슷한 옷차림이었다. 무뢰한에서 표사로 바뀌었다고 분위기가 크게 달라지지는 않았다. 하지만 등을 곧게 펴고 있으니, 옆구리 살을 파낸 상처가 있다고는 도저히 생각할 수가 없었다.

"그렇게 등을 펴면 상처가 터질지도 몰라요."

"붕대로 꽉 감아 놨으니까 어느 정도 출혈은 괜찮지 않겠어?"

결국 움직일 수밖에 없다는 전제로 내뱉는 그 말에 마오마오는 부루퉁해졌지만, 이 이상 책임질 수는 없다.

마오마오는 잠에 취한 샤오훙과 교쿠쥰을 깨웠다. 눈을 떴을 때 시쿄가 없어서 울음을 터뜨리면 곤란해질 테니 말이다.

"응? 아버님, 어디 가?"

"일하러 가시나 봐."

마오마오가 잠이 덜 깬 아이들의 손을 억지로 잡고 흔들게 하고 있는데 표사 복장을 한 또 한 명의 남성이 들어왔다.

그리고 여성 표사에게 소곤소곤 무어라 귓속말을 했다.

"…서둘러 주셔야겠습니다. 눈치챈 것 같습니다."

낮고 차분한 목소리였다. 여성 표사는 마오마오 앞에 무릎을 꿇었다.

"눈치를 챘다뇨?"

"정말 죄송합니다. 서도로 보내드릴 수 없게 되었습니다."

'이럴 수가.'

마오마오는 얼굴을 찌푸렸다. 하지만 불평할 시간도 없었기에 여성 표사의 지시에 따라야 했다.

"옷을 들고 이동해 주십시오. 추후 저와 함께 행동하셔야 합니다."

"…알겠습니다."

마오마오는 고개를 끄덕일 수밖에 없었다.

준비된 마차에 올랐다. 표사들이 타는 표차가 아니라 평범한 덮개마차였다. 마오마오가 건네받은 옷은 꽤 질이 좋았다. 샤오홍도 같은 옷이어서, 마오마오는 먼저 샤오홍의 옷을 갈아입혔다.

"집에 가는 거 아냐?"

"조금 더 있어야 해. 자, 옷."

마오마오는 교쿠쥰에게 갈아입을 옷을 집어 던졌다.

"야, 입혀 줘."

"그 정도는 네가 알아서 해."

교쿠쥰은 뚱한 얼굴로도 마지못해 옷을 갈아입었다.

"어디로 이동하는 거죠?"

"안심하십시오. 무슨 일이 있어도 제가 여러분의 목숨을 지키겠습니다."

표사의 그 말은 질문에 대한 답변이 아니었다. 하지만 덮개마차 안에 여성 표사 한 명만 함께 타고 있는 것을 보면 자신들을 배려해 주는 듯했다.

"시쿄 님과 다른 길로 갑니다. 잘 숨어서 갈 수만 있으면 그대로 서도로 돌아갈 예정입니다."

"알겠습니다."

덮개를 씌운 마차는 밖이 보이지 않는다. 불안해진 샤오홍이 마오마오에게 매달렸다. 표사는 책상다리를 하고 앉았고, 손에서는 곡도曲刀를 놓지 않았다.

나이는 30대쯤 되었을까. 등을 곧게 펴고, 눈빛은 날카롭다. 볕에 그을린 가무스름한 피부와 늠름하고 낮은 목소리가 특징이었다. 마오마오는 사람 얼굴을 잘 기억하지 못하지만 아마 처음 만나는 사이일 것이다.

마오마오는 한동안 이 표사에게 목숨을 맡기는 수밖에 없었다.

약사의 혼잣말

1 4 화 ∶ 변장

　마차가 4시간 정도 달렸을까. 속도는 그리 빠르지 않으나 슬슬 말도 지칠 무렵이었다. 두 마리가 함께 끌고 가고 있지만 덮개마차는 무겁다. 보통은 이쯤에서 한 차례 쉬어 갈 시간대다. 그런데도 아직 쉴 기색이 없다는 것은….

　누군가에게 쫓기고 있을 가능성을 염두에 두어야 한다는 말일까.

　"아직이야? 아직 멀었어? 나 피곤해….”

　교쿠준은 덮개마차 안에서 큰대자로 드러누워 있었다.

　"금방이야, 금방.”

　마오마오는 교쿠준의 말에 대충 대답하며 밖을 살폈다.

　"?!”

　마차가 덜컹, 하고 멈추었다.

　"뭐지?”

표사가 마부에게 물었다.

"잠깐만 말들을 좀 쉬게 하면 안 될까요? 저 녀석들이 물 좀 먹게 해 달라고 자꾸 째려보는데요."

마오마오가 밖을 내다보자 덮개마차를 끄는 말 두 필이 이쪽을 노려보는 듯했다.

"알겠다."

표사는 짐칸으로 돌아와, 마오마오에게 다음 마을에서 쉬었다 가자고 말했다.

"세 분은 고향으로 돌아가는 모자로 보이게 마을에 들어가 주셔야겠습니다."

"왜 그런 짓을 해야 하는데? 그보다 집에나 돌려보내 줘!"

교쿠쥰이 흥, 하고 거친 콧김을 내뿜었다. 자기 손으로 옷을 갈아입은 것은 좋았는데, 옷깃 여밈이 반대였기에 한 번 벗겨야 했다.

"한동안 서도로는 돌아갈 수 없습니다. 돌아가려 할 경우 묶어서 가둬 놓아야 하는데, 괜찮으시겠습니까?"

말투는 정중했지만 표사의 눈빛은 진심이었다.

"나, 나한테 그런 짓을 해도 될 줄 알아?! 아버님이 용서 안 하실걸."

"시쿄 님의 명령입니다."

"……."

교쿠쥰은 눈물을 글썽이며 입을 삐죽였다.

꼴좋다고 생각하는 한편, 마오마오 역시 같은 입장이었기에 아무 말도 할 수가 없었다.

"이 두 아이와 제가 모자 관계라니, 그건 좀 무리가 있지 않을까요?"

마오마오는 샤오홍과 교쿠쥰을 돌아보았다. 전혀 안 닮은 데다 아무리 그래도 이렇게 큰 아이들이 있을 나이가 아니다.

"술서주에서는 중앙보다 어린 나이에 출산하는 경우가 드물지 않습니다. 게다가 자식이 닮지 않았다 해도, 아버지를 닮았다고 주장하면 그만입니다."

'으음….'

머리색이 다르기는 하나 교쿠쥰과 샤오홍은 사촌 남매이니 아주 안 닮은 것도 아니다.

그리고 표사는 재빨리 화장 도구를 꺼냈다.

"또한 여자는 화장으로 어느 정도 감출 수가 있지요."

익숙한 손놀림으로 마오마오의 얼굴에 마치 화폭처럼 색을 칠해 나갔다. 백분은 새하얀 색이 아니라 불그레한 기운이 돌아, 비교적 현지 사람에 가까운 피부색이 되었다.

"…질문이 있는데, 그냥 이대로 서도에 돌아가면 안 될까요? 저희가 돌아간다고 큰 영향을 끼칠 것 같지는 않은데요."

마오마오를 감금하면서까지 감추고 싶은 일이 무엇일까. 마오마오는 그것이 도대체 무엇인지 전혀 예상할 수 없었다. 그러니 진시에게 아무 말도 할 수가 없다.

어쩌면 입막음을 위해 죽여 버리지 않았던 것은 취에의 배려였을지도 모른다.

"지금 당신들을 돌려보낼 수 없는 건, 시쿄 님이 아니라 달의 귀인을 위해서입니다. 끌어들여서 죄송하지만요."

'진시를 위해?'

뭐가 뭔지 알 수 없는 상태로 마오마오는 휩쓸려 가는 수밖에 없었다.

화장을 한 마오마오는 실제 연령보다 몇 살 더 들어 보였다.

심지어 눈매와 눈썹 모양도 아이들과 비슷해 보이기까지 했다.

참 솜씨가 좋다고, 마오마오는 솔직히 감탄이 나왔다.

머무른 마을에서 마차와 말을 통째로 교환했다. 마부도 둘이 되었다.

"잘 부탁드립니다. 마님, 도련님, 아가씨."

마부는 호위도 겸하는지 체격이 듬직한 남자들이었다. 마차에는 표사 문양이 들어가 있었다.

"필요한 물건을 사러 다녀올 테니, 마차 안에서 기다려 주시겠습니까?"

"나도 갈래!"

교쿠준이 고개를 내밀었다.

마오마오가 목덜미를 움켜쥐었다.

"자, 자. 너는 여기서 기다려."

"나도 갈래~"

악동 녀석이 바둥바둥 날뛰었다. 차라리 묶어 버릴까 생각하고 있는데 표사가 마오마오의 손을 잡았다.

"그렇게까지 말씀하신다면 데려가도록 하죠. 오히려 제 눈에 띄지 않는 곳에서 도망치기라도 하면 더 큰일이니까요."

마오마오는 교쿠준과 샤오홍을 보았다. 샤오홍은 얌전히 기다려 줄 것 같지만 교쿠준은 어떨까.

'혼자 달아날 수도 있겠네.'

"잘 부탁드립니다."

마오마오는 표사를 믿고 교쿠준을 내보냈다. 교쿠준이 의기양양한 표정을 지었다.

"야, 과자 사 줘."

"그럴 여유는 없습니다."

표사가 단호하게 거절하자 교쿠준은 충격을 받았지만 마오마오와는 상관없는 일이었다. 하지만 마차 안에서 계속 기다리는 것도 지루했다.

"샤오홍, 화장실 안 가도 되겠어?"

"괜찮아."

"그래."

샤오훙은 혼자 구슬치기 놀이를 했다.

'그러고 보니….'

"저기, 네 삼촌이 다쳤던 장소 말이야. 비밀 통로가 있었잖아. 그건 교쿠준이 가르쳐 줬어?"

마오마오는 문득 궁금했던 것을 물어보았다.

"아니, 그건 아냐."

"그럼, 가족이? 그런 통로는 보통 더 은밀하게 감춰 둘 텐데."

"그건 삼촌이 가르쳐 준 거야."

"삼촌? 시쿄 말이야?"

샤오훙은 고개를 가로저어 부정했다.

"후랑 삼촌이 가르쳐 줬어."

"후랑이?"

"응. 시쿄 삼촌이 위험하니까 가서 구해 달라고."

"뭐?!"

마오마오는 전신에 비지땀이 배어나는 것을 느꼈다.

"마침 교쿠준도 같이 있어서, 안내해 줬던 거야."

'이, 이게 어떻게 된 거지?'

왜 후랑이 직접 시쿄를 구하지 않았을까.

왜 샤오홍 같은 어린애가 마오마오를 부르러 온 걸까.

시쿄는 왜 습격을 당했을까.

'그 자식….'

후랑의 꿍꿍이를 통 알 수가 없었다.

하지만 시쿄 습격 사건에 크게 관련되어 있으리라는 사실만은 알 수 있었다.

약사의 혼잣말

15화 ： 우선순위

누군가의 의도에 놀아나며 행동하는 것만큼 불쾌한 일은 없다.

마오마오는 서도로 돌아가면 우선 후랑을 두들겨 팰 허락부터 받기로 맹세했다.

그리고 뭘 해야 할지 모르는 상태로 여행은 이어지고 있었다.

'대체 어디로 가는 거야?'

마오마오와 교쿠준과 샤오훙, 그리고 표사는 덮개마차를 타고 중간중간 휴식을 취하며 이동하다가 마을과 도시에서 숙박하기를 거듭했다.

중앙과 달리 초원밖에 없기 때문에 이동을 하고 있는 건지 같은 장소를 빙글빙글 도는 건지 알 수가 없다. 하지만 태양의 위치를 여러 번 확인해 보니 대략 서쪽을 향해 가는 듯했다.

중간에 사원에 들러 참배를 하기도 하고, 옷을 산 적도 있있다. 세상 물정 모르는 귀부인을 연기하기 위해서 쓸데없는 행동을 약간 취할 필요가 있다는 사실을 이해했다.

무엇보다 호기심 왕성한 어린애 둘을 조용히 하게 만들려면 그런 일도 필요했다. 마오마오도 노점에 진열된 꼬치구이와 한 번도 본 적 없는 식재료를 구경하는 일이 싫진 않았다. 안타까운 것은 황해의 영향으로 가게가 별로 없다는 점이었다.

"아~ 걷기 싫어~ 가마 가져와~"

"배고파! 과일은 없어?"

"이렇게 딱딱한 빵을 어떻게 먹으라고?"

마오마오는 교쿠준의 정수리에 주먹을 몇 번 내리쳤는지 모른다. 아들이 딸보다 키울 때 손이 많이 간다는 이야기는 들었는데, 정말 그렇다는 사실을 통감했다. 샤오홍은 너무나 얌전하고 마오마오의 말을 잘 들었다.

"슬슬 어디로 가는지 알려 줄 수 있을까요?"

마오마오는 이동하는 마차 안에서 표사에게 물었다.

"마을 이름을 말해 봤자 모르실 텐데요."

대꾸할 말이 없는 답변이 돌아왔다.

"알고 계시겠지만 서쪽으로 가고 있습니다. 일단 친정은 술서 주 제2의 도시이고 황해 피해를 입어 장사가 기운 남편, 이대로는 안 되겠다고 생각한 세상 물정 모르는 아내와 아이들이 얼마 안 되는 돈으로 표사를 고용하여 친정에 곤궁한 처지를 알리러 간다는 흐름입니다."

의외로 자세한 설정이었다.

"잘 알겠습니다."

즉 목적지는 제2의 도시, 또는 그 코앞이라는 이야기였다.

'세상 물정을 모른다니, 너무하네.'

마오마오는 그렇게 생각했지만 사실 술서주에서도 더욱 내륙부로 들어갈 일은 거의 없다. 한 번도 본 적 없는 음식과 음료, 공예품을 보면 눈이 빛나고 만다. 생선 요리가 거의 없지만, 뱀이 꽤 팔리고 있었다. 전갈회도 있었는데 아무리 그래도 세상 물정 모르는 귀부인이 먹을 만한 음식은 아니라고 표사가 말렸다. 정말 먹어 보고 싶었다.

처음에는 시쿄와 떨어지는 바람에 위축되어 있던 교쿠준과 샤오홍도 어린애들다운 호기심은 있는 모양인지, 마오마오와 함께 노점 구경을 할 여유가 생겼다.

'망할 악동 녀석에 비하면 샤오홍은 정말 착하고 좋은 아이라니까.'

마오마오는 지금보다 더 훌쩍거리거나 제멋대로 굴 거라고만 생각했다. 마오마오는 아이들을 좋아하지 않고, 오히려 싫어한다. 말을 안 듣는 아이는 주먹으로 다스리는 일도 많았지만 샤오홍에게는 그럴 마음이 들지 않았다. 오히려 어른 눈치를 몹시 보는 아이였다. 샤오홍이 어떤 환경에서 자랐는지 상상할 수 있었다.

"야, 너무 샤오홍만 귀여워하는 거 아냐?"

교쿠쥰이 실눈을 뜨고 마오마오를 노려보았다.

"왜 너도 귀여움을 받을 거라고 생각해? 아니면 착하지~ 착하지~ 하면서 머리를 쓰다듬어 주면 만족할래? 어디, 머리카락이 다 빠질 때까지 쓰다듬어 줘?"

"아, 아니거든. 그런 거 아니야!"

교쿠쥰이 그렇게 말했기에 마오마오는 겨드랑이를 간질이며 있는 힘껏 귀여워해 주었다.

표사의 노림수대로 마오마오와 교쿠쥰, 샤오홍이 어머니와 자식들인 척하고 다녀도 아무도 의아하게 생각하지 않았다. 마오마오는 피부를 불그스름하게 칠한 데다 평소 하고 다니는 주근깨 화장처럼 눈가에 기미도 추가했다. 샤오홍은 머리색이 밝았기 때문에 외국인 아버지의 피가 짙어서 어머니를 별로 닮지 않았다는 설정에 설득력이 있었다. 교쿠쥰은 샤오홍과 남매라 해도 위화감이 없을 만큼은 닮았다.

"별로 위축되지 않네요."

식당에서 표사가 말했다. 4인용 탁자가 아홉 개쯤 있는 작은 식당이었다. 2층은 여관도 겸하고, 말도 돌봐 주는 곳이다.

"위축이고 뭐고, 내륙부를 돌아볼 기회가 그리 흔치는 않으니까요."

어차피 긴장하든 안 하든 결국 갈 길이 같다면 문제에 직면하기 전까지는 편하게 지내고 싶었다. 마오마오는 빵을 양고기 국물에 적셔 먹었다. 고기 맛이 잘 우러났지만 간은 비교적 싱거운 편이었다. 채소로는 뿌리채소와 부추가 조금, 그리고 음료의 경우 물이 귀중하기 때문에 술이 많았다. 교쿠준과 샤오홍은 조금 비싸긴 하나 물을 따로 주문해서 먹었다.

"나 포도즙 마시고 싶어."

"그런 건 없어."

"마시고 싶어, 마시고 싶어!"

교쿠준에게는 떼를 쓰는 습관이 있는 모양이었다. 자기 생각대로 되지 않으면 금세 신경질을 부린다. 결국은 마오마오에게 주먹으로 얻어맞고 울게 될 뿐이니 슬슬 학습을 좀 했으면 좋겠다.

"그나저나 사람이 별로 없네요."

"그러게요."

여관은 썰렁했다. 원래 교역 중계 지점으로 배치된 장소였으리라. 황해 때문에 식량이 부족해진 것은 물론, 교역 등 경제의 중심이 타격을 받았다는 사실도 알 수 있었다.

그래서인지 식당 안 손님들의 분위기도 좋지 않았다.

'얼핏 보기에 불량배는 없는 것 같지만.'

가게 한구석에서 술을 홀짝홀짝 마시는 손님이 보였다. 아까부터 계속 마오마오 일행의 자리를 쳐다보는 듯했다.

'누구를 표적으로 삼을지 물색하는 중인가?'

마오마오 일행의 자리에는 여자와 아이, 넷밖에 없다. 표사 외에도 마부 겸 호위가 두 명 더 있기는 하지만 식사하는 시간대를 따로 잡았다.

여자와 아이밖에 없는, 그야말로 덮쳐 달라는 편성이다.

"다른 표사를 고용하지는 않는 건가요?"

"신뢰할 수 있는 호위가 다음 마을에서 기다리고 있습니다."

즉, 정체 모르는 자를 함부로 고용할 생각은 없다는 모양이었다.

이 표사는 여성이지만 싸움 실력은 상당할 것이다.

"마부 두 분 중 한 명씩이라도 함께 식사를 하면 안 되나요?"

자리에 남자가 한 명이라도 있다면 달라질 텐데.

"술서주에서는 여성이 가족 이외의 남성과 동석하는 일을 도리에 어긋난다고 보는 사람들이 많습니다."

즉, 설정에 모순이 생긴다는 뜻인 모양이었다.

"저는 다음 마을로 갈 준비를 하고 오겠습니다. 여관에 호위를 한 명 남겨 두고 가겠습니다만 방 밖으로 나오지 마십시오."

"알겠습니다."

마을 구경을 하고 싶은 마음도 있었지만 얌전히 표사가 시키는 대로 했다. 중앙에서 멀리 떨어지니 치안도 점점 나빠진다.

"지루하실 테니 독서라도 하고 계십시오."

'독서라.'

지금 마오마오가 갖고 있는 책은 감금되었을 때 방에 놓여 있던 경전밖에 없다. 어느샌가 덮개마차 안에 있는 것을 보니 샤오홍이 가져온 모양이었다.

마오마오는 아무 흥미도 없었으나 할 일이 없으니 그거라도 읽는 수밖에 없었다. 물론 중간에 교쿠쥰이 샤오홍을 괴롭히는 바람에 조용히 읽을 수는 없었지만.

표사는 2시간쯤 후 돌아왔다. 장보기도 함께 해치우고 왔는지 커다란 자루를 들고 있었는데, 왠지 모르게 석연찮은 표정이었다.

마오마오는 독서가 지겨워져 샤오홍과 놀아 주고 있었다. 조개껍데기와 조약돌을 이용한 구슬치기나 실뜨기 등 정말로 시간 죽이기조차 되지 않는 일들이었지만. 교쿠쥰은 마오마오에게 얻어맞은 머리가 아픈지 토라져서 방 한구석에 웅크리고 앉아 있었다.

"좋은 화제는 없나 보네요."

"네. 다음 마을에서 동료와 합류할 예정이었는데, 현재 교역로에서 벗어나 버렸는지 정보가 들어오질 않았습니다."

표사는 커다란 자루를 마오마오 앞에 내려놓았다.

"교역로에서 벗어났다고요?"

마오마오는 그렇게 물으며 자루를 열었다. 자루 속에는 말린 고기 등의 건조 식량, 방한용 모피, 그리고 생약 종류가 들어 있었다. 마오마오는 눈을 빛냈다.

"도중에 거쳐야 하는 가도에 도적이 자주 출몰하기 때문에 상인들이 피해 다닌 결과지요. 안 그래도 도적은 수가 많았는데, 황해에 의한 식량 부족과 불경기가 겹쳐서 일자리를 잃은 자들이 그리로 가는 바람에 더 늘어났을 겁니다. 위험한 길을 지나갈 바에야 그곳은 그냥 지나치고, 그다음 마을로 가는 편이 낫습니다."

"아….”

아무리 끼니가 궁해진 도적이라 해도 상인들을 한 푼도 남기지 않고 다 털어 버리면 다음에 털 것이 없는데 거기까지 머리가 돌아가지는 않는 모양이었다.

"하지만 다음 마을에 신뢰할 수 있는 표국이 있는 것 아닌가요?"

마오마오는 생약을 늘어놓으며 히죽히죽 웃으면서 말했다. 저도 모르게 온 신경이 생약으로 쏠리고 말았다.

표사가 고개를 가로저었다.

"표사가 아니라 호위가 있다고 말씀드렸습니다."

"앗."

그러고 보니 표사라고 말한 적은 없었다. 마오마오는 생약 냄새를 킁킁 맡으며 납득했다. 샤오훙도 마오마오 흉내를 냈지만 냄새가 독한 생약이었기 때문에 코를 움켜잡으며 고개를 돌려 버렸다.

"솔직히 이제 슬슬 서도로 돌아가도 될 시기가 아닌가요?"

"그 판단은 아직 내릴 수 없습니다. 제 역할은 완전히 위험성이 사라졌다는 사실을 안 시점에 여러분을 돌려보내는 일입니다. 어렴풋한 예감만으로 돌려보낼 수는 없습니다."

표사는 확고하게 말했다. 무슨 꿍꿍이가 있어서 마오마오 일행을 데려왔는지는 모르지만 이 말만은 가식 없는 진실로 들렸다.

"하지만 다음 마을에서 동료와 연락을 취하지 않으면 무엇을 어떻게 해야 좋을지 알 수가 없습니다. 따라서 어느 정도 위험성을 고려하면서 그리로 가야 하지 않을까 생각합니다."

표사의 그 말을 듣고 마오마오는 생약이 얼마나 잘 말랐나 확인하면서 신음했다.

"그렇게 말씀하셔도 저한테는 거부권이 없죠. 어차피 어슬렁어슬렁 술서주를 돌아다니기만 하다가는 노잣돈도 바닥날 테니까요."

"그렇게 말씀해 주시니 마음이 조금 편해지는군요."

표사가 품에서 작은 단지를 꺼냈다. 꼼꼼하게 유약을 바른,

손바닥보다 작은 단지였다.

"그게 뭐죠?"

마오마오는 생약을 내려놓고 눈을 가늘게 떴다.

"신경 독입니다. 열에 약하니 너무 더운 곳에 두지 말아 주세요."

"뱀독이라면 저도 도와드릴 수 있었는데요."

마오마오는 단지를 받아 들고 살짝 흔들어 보았다. 작은 물소리가 들렸다. 이만큼 모으느라 얼마나 많은 뱀을 잡았을까. 뱀독은 광물 독에 비하면 불안정하고 독성을 잃기 쉽다. 특히 열에 약하다. 책에도 적혀 있었고, 마오마오의 체험과도 일치한다.

"뱀이라는 것을 용케 아셨군요. 푸줏간에 가면 의외로 모으기 쉽습니다."

내륙에서는 물이 적고 생선이 귀중하다. 생선과 비슷한 맛이 나는 뱀은 중요한 영양원이다.

"전갈은 없나요?"

"조금 섞여 있습니다."

표사가 진심이라는 사실을 마오마오는 알 수 있었다. 독은 여러 가지를 섞으면 섞을수록 해독이 어려워진다.

"그리고 이것을."

표사는 마오마오에게 바늘을 꽂은 천을 건넸다. 바늘은 고정

되어 있고, 천을 둘둘 말면 바늘에 찔리지 않게끔 가지고 다닐
수 있었다.

"무슨 일이 생기면 자신의 목숨을 최우선으로 생각하셔야 합
니다."

'무슨 일이 있어도 살아남으라는 말이군.'

최악의 경우 사람을 죽여서라도 살아남으라고, 표사는 말하
고 있었다.

약사의 혼잣말

16화 : 거짓말쟁이

마오마오가 시쿄와 접촉했다는 이야기를 들은 이후 진시는 제정신이 아닌 상태로 일을 하고 있었다.

"조금 쉬시는 게 어떻겠습니까?"

가오슌이 걱정했지만 당연히 그럴 생각은 들지 않았다.

"내가 잘 수 있을 것 같아?"

"그럼에도 주무시는 게 위정자라는 존재입니다."

가오슌의 말은 이치에 맞았지만 감정이 이성을 따라잡을 만큼 진시는 어른스럽지 못했다. 오히려 일하는 손을 멈추지 않는 것만으로도 칭찬을 받아야 할 상황이라는 생각이 들었다.

"처음에는 며칠 안에 돌아온다고 했잖아. 그런데 오늘로 며칠이 지났지?"

"열흘입니다."

"왜 이렇게 오래 끄는 거야?"

가오슌에게 화풀이를 하는 꼴이 되고 말았다. 이유는 진시도 잘 알고 있다.

열흘 전 진시와 리비토국의 회담 자리에서 넷째 왕자 이야기가 나왔다. 정확히 말하면 넷째 왕자라고 확실하게 언급하지는 않았으나, 아마도 틀림없으리라.

황위 계승권이 있는 자가 우호국도 아닌 타국에 있다면 큰 문제가 된다.

리비토국도 그렇지만 리국 입장에서도 귀찮은 안건이었다.

그쪽에서 멋대로 들어왔을 뿐인데 무슨 일이 생겨 트집이라도 잡혔다가는 난감해진다. 교쿠오라면 문전박대했을 테고, 아예 상대도 하지 않았으리라. 하지만 진시의 방식은 다르다. 진시 입장에서는 가능한 한 평온하게 일을 해결하고 싶고, 주위 부하들도 같은 마음이었으리라.

그러나….

하필이면 서도의 중요 인물이 넷째 왕자를 유괴했다는 의혹을 받고 말았다.

게다가 시쿄가 본 저택에 찾아온 날은 마침 리비토국 특사와의 식사 모임 날이었다. 방식이 너무 조악하여, 식사 모임을 방해하려 했다는 인상을 주는 것도 당연한 일이다.

결과적으로 진시의 부하인 바료가 시쿄와 진시의 접점을 최대한 적게 조작하고, 혹시 상황이 불리해질 경우 시쿄를 아예 꼬리 자르기용으로 써야겠다고 생각하게 되고 말았다. 잔혹해 보이지만 그것이 가오슌이 말하는 위정자라는 것이리라.

그런데 거기에 가까운 사람이 엮이는 순간 마음이 조급해지고 만다.

마오마오가 시쿄와 접점을 갖고 말았다. 엮인 시기도 좋지 않았다. 시쿄가 본 저택에 들어와 소란을 피운 후에 접촉했다고 한다. 치료까지 했으니 공범이라는 의심을 받아도 어쩔 수가 없다. 간단한 응급 처치라면 몰라도 실과 바늘을 이용한 외과 수술이라면 누가 치료했는지 얼버무리기란 어려운 일이다.

시쿄라는 인물에 대해 진시가 아는 것은 거의 없다. 무뢰한이라고 하던데 소문이 어디까지 진실인지도 알 수 없다.

하지만 시쿄를 꼬리 자르기 할 경우, 마오마오의 입장을 어떻게 지켜야 할까. 생각한 결과 시쿄에게 협박당하는 바람에 할 수 없이 치료한 것으로 해 두기로 했다. 협박당해 끌려갔다면 정상 참작의 여지가 있다.

그렇다면 왜 본 저택을 나갈 필요가 있었는가.

"시쿄 님이 무죄일 경우, 내부에 범인이 있습니다."

바료가 말했다. 시쿄를 노린 다른 인물이 있다는 뜻이었다. 그리고 누가 시쿄를 노렸는지 모르는 이상, 마오마오의 안전을 위해서도 본 저택 안에 두어서는 안 된다고 판단했다. 그것이 취에가 마오마오를 본 저택에서 데리고 나간 이유였다.

취에 또한 요 며칠 사이 모습이 보이지 않았다. 진시는 취에에게 마오마오를 지키라고 명령했다. 마오마오를 지키기 위해 동분서주하는 중이라 믿고 싶다.

진시가 할 수 있는 일은 그 무엇보다 최우선으로 넷째 왕자를 리비토국에 넘기는 것이다.

그럴싸한 인물이 남쪽 숙박촌에 있다는 이야기를 듣고 찾아가 보았더니, 머물렀던 여관은 텅 비어 있었다.

그 후 뒤를 쫓았더니 진시와는 다른 세력이 뒤쫓고 있다는 사실이 밝혀졌다. 결과, 리비토국 특사에게 넷째 왕자를 넘기지도 못하고 심지어 시쿄가 넷째 왕자를 납치한 것이 아니냐는 의심만 짙어졌다.

그것이 엿새 전의 일이다.

시쿄와 마찬가지로 마오마오 역시 아직 본 저택으로 돌아오지 않았다. 본 저택이 안전하지 않은 이상 계속 이동하며 다른 안전지대를 찾아다니고 있다는 사실은 알고 있다.

진시는 평상시 업무에 더해, 본 저택의 배반자를 색출하는 일과 리비토국에 대응하는 일까지 하느라 바빴다.

"잠시 바깥바람이라도 쐬고 와야겠어."

"알겠습니다."

진시가 집무실 밖으로 나서자 가오슌과 바센이 따라왔다. 바센 뒤로는 집오리도 따라왔지만 이제 그 부분은 지적하기도 지쳤다.

서도에 있는 교쿠엔의 저택이라 하면 정원이 훌륭했다는 기억이 있다. 그러나 지금은 반 이상이 밭이 되었고, 정원사들이 울면서 지면을 괭이로 파헤치고 있었다.

아주 조금 남아 있는 정원의 정자에 누군가가 있었다. 누구일까 가만히 쳐다보니 아저씨 둘이 보였다.

"오, 돌팔이 공. 맛있어 보이는 걸 갖고 왔구먼?"

"후후후, 역시 군사님은 눈이 높으시네. 올해 캔 고구마를 쪄서 으깨고, 거기에 유락과 벌꿀을 섞은 음식이거든요. 아주 살짝 태운 부분이 있는 게 진미지요."

다과회가 열리고 있었다. 누가 있나 했더니 괴짜 군사 라칸과 의관 공이었다. 의관 공은 솔직히 의술 실력을 신뢰할 수는 없지만, 묘한 인덕이 있었다.

마오마오라는 무뚝뚝한 소녀는 이러니저러니 해도 저 의관 공을 잘 따르고, 그 부친도 저 모양이다.

"잠깐, 잠깐. 의관님, 고구마는 아직 먹으면 안 된다고 했잖아."

괭이를 든 또 다른 남자가 끼어들었다. 라한네 형이었다. 정자 옆에는 의관 공의 호위와 라칸의 부관도 있었다.

"미안해. 무심코 생각나서 그만. 라한네 형도 하나 어때?"

의관 공이 라한네 형의 입에 고구마로 만든 간식을 쑤셔 넣었다.

"으으읍. 맛은 나쁘지 않지만 역시 조금 더 숙성시키면 설탕이나 꿀을 섞을 필요도 없다니까. 앗, 전에 먹었던 증류주 넣은 과자가 더 맛있었는데."

"그건 그렇지만, 뭐 어때? 맛있지 않아요? 군사님."

"괜찮군. 하지만 증류주는 넣지 말아 줘."

"저런, 술이 약하시구먼. 따님은 아주 좋아하던데."

"잠깐, 잠깐. 의관 아저씨, 설마 지난번에 만들었던 그 과자는 마오마오 술을 넣어서 만든 거였어?"

"아니야아. 특별히 식당에서 얻어 온 거야. 아가씨가 알면 다 마셔 버릴 테니까 살짝 감춰 뒀지만."

"뭐, 그 녀석이라면 홀랑 다 마셔 버렸겠지."

라한네 형도 진심 어린 태도로 납득했다.

"그렇단 말이야. 그리고 증류주는 고기를 구울 때도 잘 어울린다고 들어서 시험해 보고 싶었는데, 그건 좀 무섭더라고."

"뭐가 무섭다는 건데?"

"그게, 주정이 강하니까 고기에 끼얹어서 구우면 불길이 화악 치솟는다잖아."

"잊지 말고 물을 준비해 둬야겠군."

의관 공과 라한네 형이 이야기를 나누는 사이 라칸은 간식을 덥석덥석 먹어 치웠다. 그러다 목이 메었다. 부관이 다급히 다가와 등을 툭툭 두드려 주었다. 태도가 익숙한 것을 보니 여러 번 저지른 일인 모양이었다.

"달의 귀인이시여, 조금 멀리 떨어진 곳으로 가시지 않겠습니까?"

가오슌이 제안했다.

"그래야겠군."

요 며칠간 라칸에게는 마오마오가 사라졌다는 사실을 계속 숨겼다. 전에 황해 때문에 자리를 비웠을 때는 라칸도 할 일이 있었기 때문에 쉽게 감출 수 있었으나 이번에는 조금 버겁다.

"그나저나 마오마오가 슬슬 돌아올 때가 되지 않았어?"

"으음… 취에 씨랑 같이 항구 마을에 약을 사러 갔다는 얘기밖에 못 들었는데. 아가씨는 약이 될 만한 걸 보면 눈빛이 변하니까, 물건 사는 게 도통 끝이 안 나나 보지."

돌팔이 의관은 딱히 의문도 품지 않고 그렇게 대답했다. 진심으로 그렇게 생각하기 때문에 대답을 할 수가 있는 것이다.

라칸은 아무리 좋게 표현해도 일반인으로 살아가기에는 어려운 부류의 인간이다. 하루의 절반은 잠을 자고, 기본적으로 놀기만 하며 서류 보기를 싫어하고 분위기 파악도 하지 않는다.

그러나 사람을 꿰뚫어 보는 특기만큼은 리국 최고라 해도 좋다. 마치 장기짝처럼 한 눈에 부하의 적성을 판단한다. 그 연장선상으로서, 라칸 앞에서는 거짓말도 얼버무림도 통하지 않는다.

그런 연유로 진시가 라칸과 마주치면 거짓말을 하고 있다는 사실을 단박에 들키고 만다. 어떻게든 얼굴을 마주치지 않도록 조심해야 했다.

진시가 집무실로 돌아가려 할 때였다.

"꽤액!"

한심한 울음소리가 들려왔다. 무슨 일인가 보니 바센의 뒤를 따라온 집오리가 정원에 있던 개구리를 발견한 모양이었다.

"이 녀석, 가자."

바센이 재빨리 붙잡으려 했지만 한순간 망설임이 발생했다. 바센은 인간의 수준을 벗어난 완력을 갖고 있기 때문에 혹시 집오리를 잡다가 짜부라뜨리지 않을까 불안해진 모양이었다.

집오리는 폴짝폴짝 뛰는 개구리를 쫓아갔다. 날개를 퍼덕거리는 집오리에게 정자에 있던 사람들의 시선이 쏠렸다.

"아니, 달의 귀인이시군요."

의관 공이 얼굴을 살짝 붉히며 태평하게 이쪽을 돌아보았다.

"달의 귀인이다…."

라한네 형은 다소 거북한 듯 시선을 피했다. 마지막으로 제대로 된 대화를 했던 것이 술서주 횡단 여행 때고, 그 이후로는 처음이었으니 말이다.

"달의 귀인?"

어딘가 모르게 불쾌한 말투로 라칸이 말했다. 그러더니 의자에서 일어나 진시에게 다가왔다.

진시는 후궁 시절 익혔던 붙임성 있는 미소를 지었다. 가오순도 무표정을 관철했지만 바센은 집오리를 쫓아다니느라 바빴다.

"아니, 이런. 요 며칠 계속 찾았습니다. 어디 계셨지요?"

라칸이 비아냥거리듯 말했다.

"집무실에서 일을 하다가 가끔 바깥을 산책했지. 시기가 맞지 않아, 만날 기회가 없었던 모양이군."

거짓말은 하지 않았다. 사실을 말하지도 않았다.

진시는 어떻게 해야 하나 당황스러웠다. 여기서 마오마오가 어디 갔느냐고 묻는다면 얼버무릴 수 없다. 딸 일이라면 후궁도 폭파하려 드는 사람이다.

"그런데 마오마오를 못 보셨습니까?"

라칸이 직구를 던졌다. 어떻게 대답해도 라칸을 속일 방법이 없다. 진시가 고민하고 있는데 집오리가 라칸과 진시 사이를 뚫고 지나갔다.

"기, 기다려, 죠후! 이 녀석!"

"바센….."

쫓아오는 바센에게 가오순이 낮지만 주위에 울려 퍼지는 목소리로 주의를 주었다.

바센의 움직임은 멈추었지만 집오리는 계속 날개를 퍼덕이다 외부 복도를 걷던 사람과 부딪혔다.

"어엇! 갑자기 뭐죠?"

옷에 물갈퀴 자국이 찍힌 그 인물은 후랑이었다. 손에는 서류를 들고 있었다.

집오리가 그제야 멈추었다. 바센이 살그머니 집오리를 안아 올렸다.

"미안하다. 감독 불충분으로 그만."

바센은 지극히 고지식한 목소리로 사과했다.

"아뇨, 신경 쓰지 마십시오."

"리쿠손에게 가져갈 서류인가?"

진시는 큰 의미 없는 질문을 했다. 리쿠손이 진시에게 일을 떠넘기듯 진시 또한 리쿠손에게 일을 떠넘기곤 한다. 서로의 사이를 오가는 서류 양은 원래도 방대한데 오늘은 저렇게까지 많았나 싶을 정도였다.

"네, 그렇습니다."

후랑은 늘 그렇듯 정중한 태도로 대답했다. 딱히 이상한 점은 없었다.

"이봐, 왜 거짓말을 하지?"

라칸이 외알 안경을 만지작거리며 말했다.

"거짓말?"

진시가 라칸을 쳐다보았다.

"지금 리쿠손을 찾아가는 길이 아니잖아. 그럼, 어디로 가려는 거지?"

"어디로 가려는 것이냐니…. 아아, 저는 여러 가지 잡무를 맡고 있기 때문에 그쪽에 먼저 들렀다 가려는 겁니다."

후랑은 다양한 일을 편견 없이 해 보고 싶다며 허드렛일까지 맡아 하고 있었다. 중간에 다른 곳에 들르는 일 정도는 충분히 가능할 터였다.

하지만 라칸이 말하는 '거짓말'이라는 말은 왠지 다른 의미로 들렸다.

"그럼, 묻겠는데, 우리 딸 어디 있는지 알아?"

"마오마오 님이시라면 항구 마을에 물건을 사러 가시지 않았습니까?"

후랑은 고개를 갸웃거리며 대답했다.

라칸은 후랑 앞으로 성큼성큼 걸어가 오른손을 크게 휘둘렀다. 후랑이 들고 있던 서류가 와르르 쏟아졌다.

"무, 무슨 일이죠? 라칸 님."

싸움을 싫어하는 의관 공이 당황했다.

"돌팔이 공, 아까 말했던 증류주 말인데 지금 이리로 가져와 줄 수 있겠소?"

"아, 네에."

의관 공이 다급히 의무실로 돌아갔다.

"내가 왜 이런 짓을 하는지 알겠나?"

"모르겠습니다. 왜 그러시죠?"

후랑은 당황한 눈치였다. 후랑뿐만 아니라 진시 일행도 어리둥절했다.

"달의 귀인, 마오마오는 항구 마을에 약을 사러 간 겁니까?"

"……."

진시는 고개를 가로저어 부정했다. 이제 와서 거짓말을 해 봤자 소용이 없다고 생각해서였다.

"그럼, 이 거짓말쟁이는 마오마오가 다른 일을 하고 있다는 사실을 원래 알고 있었습니까?"

"모를 텐데…."

마오마오의 상황은 극히 일부의 부하들에게밖에 말해 주지 않았다. 거짓말을 들킬 수도 있기에 바센에게조차 말하지 않았을 정도였다.

그러니 사실은 몰라야 한다.

후랑은 그것이 거짓말이라는 사실을 어떻게 알고 있을까.

"후랑, 너는…."

진시는 눈을 가늘게 뜨고, 늘 저자세인 청년을 응시했다.

"라칸 님, 술 가져왔는데요."

마침 의관 공이 술병을 들고 왔다.

"고맙소."

라칸은 의관 공에게서 술병을 받아 들고 나무껍질* 마개를 땄다. 고개를 굳이 돌린 것은 주정에 취하지 않으려는 몸짓인 듯했다. 그리고 술병을 뒤집어, 쏟아진 서류에 술을 콸콸 부었다.

"아니, 아깝게. 뭘 하는 겁니까?"

저렇게 라칸 면전에서 따지고 들 수 있는 것은 의관 공이기 때문이리라.

"이렇게 하려고."

어느 틈엔가 부관이 불씨를 가져왔다. 라칸은 불씨를 받아 들고 증류주를 부은 서류에 던졌다. 커다란 불길이 화르르 치솟았다.

"무슨 짓입니까? 리쿠손 님께 드릴 서류에!"

"그게 무슨 상관이야! 지금 내가 묻고 싶은 건, 원래 알 수가 없는 정보를 네가 왜 알고 있느냐다!"

라칸의 얼굴이 타오르는 불길에 비쳐 시뻘겋게 물들었다.

"아니, 아무리 그렇게 말씀하셔도 전 그냥 수상쩍게 여겼을 뿐입니다. 그렇게 소중한 마오마오 님께서 물건을 사러 나가셨다가 며칠이나 돌아오지 않는 게 이상하지 않은가요?"

"그럼, 질문을 바꾸지. 너는 마오마오를 함정에 빠뜨리려 했지?"

※코르크.

"……."

후랑은 아무 말도 하지 않았다.

"시험해 보려 한 거지?"

"……."

여전히 아무 대답도 없었다.

진시는 이대로 라칸이 계속 질문을 이어 가 봤자 의미가 없다고 생각했다. 라칸의 목적어는 '마오마오'밖에 없으므로.

이 경우 올바른 질문을 한다면….

"후랑, 시쿄가 네게 방해가 되었나?"

진시의 질문에 후랑은 희미한 미소를 지었다.

"네. 시쿄 형님은 후계자로 적합하지 않으니까요."

"죽이고 싶을 만큼?"

"그러는 편이 뒤탈도 없고, 보다 원활하게 일을 진행할 수 있지요."

라칸은 아무 말도 하지 않았다.

"형님을 살려 놓으면 계속 아버지 교쿠오의 후계라고 다들 생각할 테니, 아무 해결책도 되지 않죠."

진시는 내부에서 배신자를 찾고 있었다. 그러나 그 꿍꿍이가 무엇인지는 아직 이해하지 못했다.

"서도를 보다 원활하게 다스리는 데에 시쿄 형님은 거치적거리는 부품입니다. 저는 그것을 제거해야만 합니다."

후랑은 싱긋 웃더니 천천히 신발을 벗었다.

"설령 이 몸이 불타더라도, 달게 받아들이겠습니다."

후랑은 웃으며 불타는 서류 속으로 발을 들였다.

"무슨 짓이야!"

바센이 재빨리 후랑을 불 속에서 끌어내려 했다. 그러나 후랑은 그것을 거부하듯 네 발로 엎드려 바닥에 몸을 딱 붙였다.

옷, 머리, 피부가 불타는 가운데 후랑은 웃고 있었다.

"뭐 하는 거야?"

라한네 형이 연못물을 퍼 와서 후랑에게 끼얹었다. 가오슌도 호위와 라칸의 부관에게 즉시 지시를 내렸다.

의관 공은 거품을 물고 기절했다.

라칸은 싸늘한 눈으로 엎드려 있는 후랑을 쳐다보았다.

"대체 무엇 때문에 이런 짓까지 저지르는 거지?"

진시는 도저히 이해할 수 없는 생물을, 뜻밖에도 냉정하게 바라보고 있었다.

"천, 천을 가져와!"

바센이 후랑을 침대보로 감싸, 의무실로 옮겼다.

의관 공은 도저히 치료할 수 없으므로 거리 진료소에서 다른 의관을 데려와야 한다.

"가오슌."

"네."

"시쿄는 무죄다. 이 경우, 놈과 협력한 넷째 왕자를 찾아내는 편이 오히려 나은 계책이 아닐까?"

"알겠습니다."

가오슌이 바로 움직이는 가운데, 라칸은 재미없다는 표정을 지었다.

"호오, 달의 귀인은 그렇게 생각하십니까? 시쿄라는 놈이 좋지 않은 생각을 하고 있을 가능성도 있는데요."

"그것은 라칸 공이 동행해 주면 확실해질 일인데? 아니면 내가 싫다는 이유만으로 딸의 구출을 늦출 셈인가?"

"꽤나 뻔뻔해지셨군요."

"누군가가 단련시켜 준 덕분이지."

배신자는 색출했다. 그럼, 다음에 할 일은 무엇인가. 진시는 바로 행동에 나섰다.

그것이 마오마오를 되찾을 최고의 방법이었다.

17화 ⦂ 신앙의 마을

마오마오 일행은 예정대로 다음 마을로 향했다.

도적이 많은 이유는 금세 이해했다. 비교적 녹음이 풍성한 지역이라 나무들이 자라고 있었다. 숲속을 지나간다면 도적들이 숨어서 기다리기도 좋을 터였다.

"초원과 사막밖에 없어 보이지만, 술서주에도 숲이 있습니다."

표사가 창밖을 보여 주며 설명했다. 마오마오에게 하는 말이기도 하지만 아이들이 지루해하지 않도록 배려해 주는 것 같기도 했다. 아직 열 살도 되지 않은 어린 아이들에게 마차 이동은 힘든 일이다. 그러나 표사는 줄풀을 엮어서 그 위에 침대보를 깔아 흔들림을 경감시키고, 언제든 잘 수 있도록 해 주었다. 덕분에 마오마오도 엉덩이가 아프지 않아 살았다.

"고원에 가깝기 때문인가요?"

"네. 고원에 내린 비와 눈이 샘이 되어 솟아나죠. 그것을 수

원으로 삼아 숲이 자라고, 사람이 안정적으로 거주할 수 있습니다."

"삼림을 벌채하지는 않나요?"

마오마오는 의문을 품었다. 자북주에는 질 좋은 목재가 많았기 때문에 민둥산이 되어 벌채를 금지했을 정도였는데 말이다.

"건축 자재로 사용할 만큼 목재가 풍성하지는 않거든요. 나무 열매 채취용, 또는 방풍림 취급을 받는 경우가 허다하죠."

"그럼, 평범한 농촌과 다를 바가 없네요."

마오마오는 솔직하게 말했다. 샤오훙은 이야기가 어려운지 고개를 갸웃하는지, 끄덕이는지 잘 모를 동작을 취하고 있었다. 교쿠준으로 말하자면 관심 없는 화제인 듯 줄풀 위에 큰대자로 뻗어 있었다.

"교역로가 된 데에는 편리성 외에 다른 이유도 있을 것 같은데 말이죠."

"그건 이겁니다."

표사가 책을 내려놓았다. 낡아 빠진 경전이었다.

"다음 마을에 교회가 있습니다."

그렇구나, 하고 마오마오는 납득했다.

종교 운운하는 문제를 마오마오는 잘 모른다. 굳이 따지자면 즉물적인 성격이며, 눈에 보이지 않는 것은 믿지 않는 마오마오다. 신령이나 신선 같은 것도 실제로 있을 리 없다고 생각한다.

그렇다고 타인에게 신을 믿지 말라는 말까지 하지는 않는다. 따로 마음 둘 곳이 없다면 정신적 지주로 삼을 것이 필요하며 그것이 우상인 경우도 때때로 존재한다.

실제 유곽에서 도움이 된 일도 있었다. 중병 말기에 사경을 헤매던 기녀들 중 몇 사람은 죽음 저편에 안온한 나라가 있다고 믿으며 숨을 거두었다. 고통스러운 말로이기는 했지만 그래도 어느 정도 편안하게 죽어 간 얼굴을 마오마오는 기억난다.

'남한테 민폐만 안 끼치면 상관없지 뭐.'

믿고 싶은 만큼 신이든, 신선이든, 요괴든 마음대로 모시면 되는 일이다. 그것이 마오마오의 생각이었지만, 때로는 그 신을 이용하여 못된 짓을 꾸미는 자도 생긴다. 그리고 거기에 속는 자도 있다.

약과 마찬가지로 신 또한 용법과 용량을 실수하면 돌이킬 수 없는 사태가 벌어진다.

그것이 마오마오의 종교에 대한 감상이었다.

도중에 도적의 습격을 받지 않을까 경계했지만 무사히 나아갈 수 있었다.

"슬슬 도착이네요."

나무들 너머로 지붕이 보였다. 적어도 3층 이상은 되는 건축물이다.

"저게 교회인가요?"

"네."

표사가 마부에게 무어라 말을 걸었다. 금세 마차가 멈추었다.

"아직 도착 안 했어?"

샤오훙이 의아한 듯 물었다. 마을은 보이는데, 마을에 도착하기 전에 정차했으니 말이다.

"제가 먼저 가서 마을 안을 살펴보고 오겠습니다. 여러분은 마차 안에서 기다려 주십시오."

"괜찮을까요?"

마오마오가 불안한 얼굴로 표사에게 물었다.

"마차에 호위 두 명을 놔두고 가겠습니다."

'그 얘기가 아닌데.'

표사는 자기 분야의 전문가다. 문외한인 마오마오가 그런 표사를 걱정하는 것이 오히려 실례되는 일일지도 모른다.

"문제가 없으면 제가 돌아올 테니 그때까지 기다려 주십시오."

"…아무리 기다려도 안 오면 어떻게 해야 할까요?"

마오마오의 물음에 샤오훙이 눈을 동그랗게 뜨고 표사를 쳐다보았다.

"저를 구하겠다는 얄팍한 생각은 마시고, 도망치십시오."

표사는 지극히 냉정하게 말했다.

'도망치라니, 말은 쉽지.'

마오마오는 신체적 기술이 하나도 없다. 그저 나무 그늘에 숨죽이고 몸을 숨기는 일밖에 할 줄 모른다.

마부 겸 호위인 두 사람의 도움을 받을 수밖에.

'표사란 수지가 안 맞는 직업이라니까.'

보수는 비싸게 받지만, 아무리 거금이어도 생명을 대신할 수는 없다. 호위 일을 하려면 신용이 매우 중요하기 때문에 한 번 의뢰를 받아들이면 목숨을 걸어야 한다.

마오마오는 마음을 진정시키기 위해 표사가 사다 준 생약 자루를 열었다. 그중 몇 가지를 쓰기 편하게 조금씩 나누어 천으로 싸서 늘 그렇듯 품에 숨겨 넣었다. 그 속에는 서도에서 가져온 생약도 있었다.

숙취를 유발하는 버섯도 건조시켜서 가져왔다. 서도로 돌아가면 버섯을 안주 삼아 한잔할 생각이었다.

샤오홍은 요 며칠 사이, 생약을 다룰 때는 마오마오가 자신을 전혀 상대해 주지 않는다는 사실을 깨달았는지 어이없다는 눈빛으로 혼자 조약돌을 가지고 구슬치기를 하며 놀기 시작했다. 교쿠준이 훼방을 놓았지만 전처럼 심각하지는 않았으므로 방치해 두었다. 과보호를 할 생각은 없다.

마차를 똑똑 두드리는 소리가 들렸다.

"무슨 일이세요?"

마오마오가 덮개 틈새로 고개를 내밀었다.

"실례하겠습니다."

호위 중 하나, 40대쯤 되어 보이는 수염이 덥수룩한 남자였다. 인상이 온화하며 딸이 있는지 샤오홍을 늘 신경 써 주었다. 또 한 명의 마부는 나이가 젊은데 반대로 무뚝뚝한 인상이었다. 이쪽은 교쿠준과 몸싸움 놀이를 하며 놀아 준다.

"별건 아니지만, 혹시 이런 걸 좋아할까 싶어서."

아저씨가 안으로 굴려 넣어 준 것은 솔방울이었다.

"솔방울!"

샤오홍이 눈을 빛냈다.

"해송자海松子!"

마오마오도 눈을 빛냈다.

"그게 뭔데?"

교쿠준만 관심이 없어 보였다.

"이 근방에 떨어져 있었나요?"

아이들보다 마오마오가 더 적극적으로 덤벼드는 바람에 호위 아저씨는 조금 당황한 눈치였다.

"아, 네. 커다란 소나무가 저기 있어서요."

"따 와도 될까요?"

"으음, 저한테서 떨어지지만 마십시오."

"좋아!"

마오마오는 마차에서 뛰어내렸다. 샤오홍도 마오마오의 뒤를 따랐다.

두 사람은 열심히 솔방울을 주웠다. 30분쯤 지났을까.

마오마오 주위에 솔방울의 잔해가 작은 산을 이루었다. 솔방울에는 관심이 없지만 그 속에 든 열매에는 관심이 있다.

얼핏 솔방울처럼 보이지만 이것은 잣이 든 잣방울이며 생약으로 말하면 해송자, 송자인松子仁이라고도 한다. 기름기가 많고 영양가도 높은 열매다. 살짝 볶으면 희미한 단맛이 느껴져 맛도 있다.

'잣 알갱이가 워낙 잘아서 채취하기 어려운 게 난점이지만.'

생약으로 쓸 수 있다면 마오마오에게 그 정도 노력은 별거 아니다. 샤오훙이 잣방울을 주워 오면 마오마오가 열심히 잣을 깐다. 샤오훙은 모으는 것은 재미있지만 가져오는 족족 마오마오가 전부 해체해 버리니 조금 싫은 표정을 지었다. 그러더니 마음에 든, 모양이 예쁘고 크기가 큼직한 잣방울만 품에 쏙 집어넣었다.

아저씨 호위는 마오마오와 샤오훙 곁에 있었고, 마차에서는 또 한 명의 호위가 밥을 먹고 있었다. 교쿠쥰은 마차 안에서 잠이 들었는지 가끔 호위가 안을 들여다보았다.

마오마오가 모아 놓은 잣방울 껍데기에서 더욱 깊은 속에 든 배유胚乳를 빼낼 수 있지 않을까 생각하고 있는데 아저씨 호위가 소매를 잡아당겼다.

"실례합니다."

아저씨 호위는 샤오홍을 안고 있었다.

"왜 그러시죠?"

"……."

아저씨 호위가 말없이 마차 쪽을 흘끔 쳐다보았다. 마차로 누군가가 다가와 있었다. 30대쯤 되는 남자였다.

"불러 오라고 하기에, 심부름을 왔는데."

"그렇군. 알았다."

또 한 명의 젊은 호위가 마차에서 내렸다.

크게 특별할 것 없는 움직임으로 보였으나 다음 순간 젊은 호위는 심부름 왔다는 남자에게 칼을 휘둘러, 목젖을 보기 좋게 찢어발겼다.

"?!"

마오마오는 순간 무슨 일이 일어났는지 이해할 수 없었다. 옆에 있던 아저씨 호위가 샤오홍의 눈과 입을 틀어막았다.

"숲 안쪽으로."

아저씨는 샤오홍을 옆구리에 끼고 달렸다. 젊은 호위도 자고 있던 교쿠쥰을 마차에서 안고 나왔다. 혀를 깨물지 않고, 또 고함을 지르지도 못하도록 교쿠쥰의 입 안에 천 뭉치가 물려 있었다. 일 때문에 자주 하는 행동인지 익숙한 솜씨였다.

'그렇구나.'

마오마오는 호위가 심부름꾼의 목을 냅다 그은 이유를 이해했다.

표사는 말했다.

'문제가 없으면 제가 돌아올 테니 그때까지 기다려 주십시오.'

표사가 아니라 심부름꾼이라 자칭하는 자가 왔다. 즉, 문제가 생겼다는 이야기였다.

마오마오는 불길한 식은땀을 흘리며 아저씨를 따라가는 수밖에 없었다. 일행은 숲속으로 도망쳤다. 때때로 추격자의 발소리가 들렸고, 그럴 때마다 몸을 숨겼다. 수가 적으면 호위 둘이 해치웠다.

그러나 언제까지 도망칠 수 있을지 모르는 일이다.

"으윽."

젊은 호위는 팔에 부상을 입었다. 추격자와 싸우다 칼에 베인 상처였다.

마오마오는 갖고 있던 생약 지혈제를 바르고 붕대를 감아 주었다. 신경에는 문제가 없지만 움직임이 둔해질 듯했다.

무엇보다 추격자가 몇 명이나 되는지, 도망에 끝이 있긴 한지 알 수가 없다.

마오마오 일행이 도망치는 것은 불리한 일이었다. 호위가 둘이 있지만 어린애도 둘이나 있다. 어린애를 안고 끝까지 도망칠 수는 없으니 결국 차례차례 붙잡힐 듯했다.

교쿠쥰은 눈물만 글썽일 뿐 상황이 이해가 되지 않는 모양이었다. 하지만 입에 물고 있는 천 뭉치는 빼 주지 않는 편이 나을 듯했다. 소란을 피웠다가 붙잡히면 안 된다.

샤오홍은 말이 없었으나 공포로 몸을 떨었다. 숨도 거칠고 체력도 한계에 가까웠다.

'막다른 골목이군.'

마오마오 같은 문외한이 그런 생각이 들 정도이니, 호위 둘도 잘 알고 있을 터였다.

"내 말 잘 들어."

아저씨가 차분한 표정으로 마오마오에게 말을 걸었다.

"추격자 쪽 수가 너무 많아. 솔직히 이 이상은 받은 돈을 넘어가는 업무가 돼. 한동안은 더 도망칠 수 있겠지만, 숲 밖으로 도망치지 않는 한 너희를 끝까지 지켜 내는 건 불가능해."

"……."

지극히 당연한 이야기였다.

숲 밖으로 도망친다 해도 마차에서 벗어나는 바람에 말도 없다. 식량도 물도 거의 없으니 원래 있던 마을로 돌아갈 수도 없다. 그렇다고 마차로 돌아갈 수도 없고, 무엇보다 다음 마을로 가는 일은 아예 무리일 것이다.

상당히 나쁜 상황이었다.

"솔직히 계속 도망치는 것도 무의미할 거야. 나는 싸움을 잘

해서 표사가 된 게 아냐. 보다시피 겁이 많아서 살아남았을 뿐이야."

마오마오도 알 수 있었다. 공연히 용맹하고 과감한 사람보다 위기 회피 능력이 뛰어난 사람이 호위에 더 적합하다.

"즉, 우린 너희를 여기 놔두고 갈 거야. 임무는 실패했어."

이 아저씨는 너무 솔직하다. 굳이 마오마오에게 그런 말을 남기지 않고 그냥 도망쳐도 이상하지 않은 상황이다. 무모하게 계속 도망치는 것보다 훨씬 호감이 간다.

"…알겠습니다."

마오마오는 한숨을 내쉬었다.

"그래도 확인 차 여쭙겠는데, 추가 요금을 지불해도 안 될까요?"

돈이라면 얼마든지 줄 수 있다는, 그런 진부한 말이 머릿속을 스쳤다.

어디서 말을 조달해 올 수만 있으면 자신들을 데리고 탈출할지도 모른다는 일말의 희망에 걸어 보았으나….

호위 둘은 얼굴을 마주 보더니 부정했다. 젊은 호위는 부상을 입은 자신의 팔을 내보였다.

"가장 가능성 있는 방법은 근처 물가에 모여 있는 야생마들을 잡아서 타고 가는 일인데, 우리는 그놈들을 탈 수 있지만 너희는 조교도 안 되어 있고 안장도 없는 말을 탈 수 있겠어? 우리는 등 뒤에 사람을 태우고 적을 떨쳐 낼 자신이 없어. 심지어 이 친구는 지금 혼자 타기조차 버거울 테고."

"……."

이럴 줄 알았으면 승마를 배워 둘 것을 그랬다고 마오마오는 생각했다.

목숨을 잃어서야 결국 아무것도 남지 않는다.

오히려 이 호위 두 사람은 상당히 양심적인 편이리라.

'배신하고 추격자들에게 우리를 넘기지 않았어. 그렇다고 돈만 빼앗고 방치하지도 않았고.'

맡은 역할에 최선을 다하려다 결국 불가능하다고 판단하고, 마오마오와 샤오홍에게 이렇게 설명해 주는 것이다.

"…너희는 아직 나이도 어리고, 또 여자니까 붙잡혀도 살아남을 가능성이 높아."

"……."

'살아남을 가능성이 높다, 라….'

무슨 짓을 당할지는 모른다. 도적들에게 붙잡혔다가는 멀쩡한 취급을 받기가 어려우리라.

하지만 이 호위들은 붙잡히자마자 바로 살해당할 것이다.

"알겠습니다. 하지만 한 명이라면 데려가 주실 수 있지 않을까요? 어린애 하나라면?"

"…뭐라고?"

아저씨 호위가 경계하면서 되물었다.

마오마오는 붕대를 꺼내서 잘랐다.

"샤오훙, 어머니 이름이 뭐지?"

"인싱銀星."

그랬다, 그런 이름이었다. 마오마오는 다른 형제들과 달리 이름에 동물이 들어가 있지 않다고 생각하면서 붕대에 간단한 편지를 적었다.

"그리고 이걸 좀 빌릴게. 괜찮겠지?"

"응."

샤오훙의 머리 장식에 붕대를 감았다. 그리고 입에 아직도 천 뭉치를 물고 있는 교쿠쥰에게 쥐여 주었다.

"우우웅?"

교쿠쥰이 뭐라고 말하고 싶은 것 같아 보였지만 무시했다.

"서도에 이 녀석 하나만이라도 데리고 돌아가 주실 수 있을까요?"

"이 꼬맹이 하나만?"

"네."

마오마오는 일단 여자다. 샤오훙도 여자고, 얼굴도 예쁘장하다. 그에 반해 교쿠쥰은 남자인 데다 분위기를 파악할 줄 아는 어린애도 아니다. 추격자에게 아버지 이름을 밝힐지도 모른다.

'시쿄의 이름이 길일지 흉일지 알 수가 없지만.'

몸값을 요구당할 가능성도 생각했으나 시쿄 본인부터가 이미 이곳저곳에서 원한을 샀을 게 뻔하다. 무엇보다 유괴당한 인질이 무사히 돌아갈 가능성은 낮다.

마오마오는 교쿠쥰이 있으면 자신들이 살해당할 가능성이 쑥 올라가리라고 판단했다.

원래는 나이가 더 어린 샤오홍을 우선시하고 싶었지만 어쩔 수가 없다.

"어린애 하나조차 어려울까요?"

마오마오는 품에 뭔가 없을까 뒤져 보았다. 돈이 조금 들어 있기는 했지만 용돈 수준밖에 되지 않는다. 그렇다면….

'정말, 정말 아깝기는 하지만.'

마오마오는 단장斷腸의 마음으로 작은 천 주머니를 꺼냈다. 그 속에는 일그러진 진주가 몇 개 들어 있었다. 언젠가 약으로 써먹고 싶었지만 어쩔 수 없다.

"지, 진주야?"

"네. 진짜예요."

호위 두 명이 마른침을 꿀꺽 삼켰다.

'정말로 아깝기는 하지만.'

이렇게 몇 알 안 되는 진주라도 집 한 채는 세울 수 있는 가격이라고 들었다.

마오마오는 교쿠쥰의 입에서 천 뭉치를 빼냈다.

"야, 이게 어떻게 된 거야?!"

"우리는 이 숲에 남을 거야. 너는 호위들을 따라 서도로 돌아가. 그리고 이걸 샤오홍 엄마한테라도 건네줘."

샤오홍의 머리 장식을 가리키며 말했다.

"아니, 왜 나만…."

"자, 어서. 시간이 없어."

마오마오는 교쿠준의 입에 다시 천 뭉치를 쑤셔 넣고 날뛰지 못하도록 팔다리를 묶었다.

아저씨 호위가 발버둥치는 교쿠준을 둘러멨다. 끈으로 몸을 꽉 고정시켜서 업은 형태였다.

"미안하다."

호위 둘이 마오마오와 샤오홍을 내버려 두고 숲을 떠났다. 샤오홍은 마오마오에게 매달린 채 슬픈 얼굴로 그 뒷모습을 지켜보았다. 똑똑한 만큼, 호위들이 자신들을 놓고 가는 것이 무엇을 의미하는지 알고 있으리라.

"미안해. 마음대로 결정해서."

"이게 제일 좋은 방법이었어?"

"그렇다고 생각하고 싶어."

자, 이제 우물쭈물하고 있어 봤자 소용이 없다. 행동에 나서야 할 때다.

마오마오는 주위를 둘러보았다. 아직 인기척은 없지만 금세 추격자들이 나타나리라. 그렇다면….

큰 나무를 찾아서 땅을 팠다. 그리고 낙엽 속에 몸을 숨겼다.

"…숨는 거야?"

"지금은 숨어야지."

"들킬지도 몰라."

"들키겠지."

들키는 것은 시간문제였다. 그러나….

잠시 후 발소리가 들렸다. 거칠게 성큼성큼 걸어오는 소리. 손에는 각자 무기를 들고 있다. 검을 갖고 있는 자도 있고, 농기구를 든 자도 있다.

'죽여서 입막음을 하거나, 아니면 인질로 잡거나.'

마오마오도 어느 쪽일지 알 수 없다.

그러나 인질로 잡힌다 해도 어떤 처우를 받을지 모를 일이다.

"조금만 참아."

마오마오는 작은 소리로 샤오훙에게 속삭였다. 그리고 옷소매를 뭉쳐서 샤오훙의 입 속에 쑤셔 넣었다.

성큼성큼, 사람 발소리가 점점 가까워져 왔다.

곁눈질로 흘끔 쳐다보았다.

'저 녀석은 아냐.'

마오마오가 안고 있는 샤오훙의 심장 소리가 크게 울려 퍼졌다. 샤오훙 역시 마오마오의 심박 소리를 느끼고 있으리라. 가을도 깊어 슬슬 추워지는 계절인데 이상하게 더웠다. 이러다 김이 피어올라 들킬지도 모른다는 생각이 들 정도였다.

'이 녀석도 아냐.'

도적들은 다가왔다가 스쳐 지나갔다. 그럴 때마다 마오마오와 샤오훙은 숨을 죽였다.

도적들의 움직임은 어설펐다. 방금 전까지 호위와 함께 도망쳤으니, 설마 호위도 없이 이런 구멍 속에 둘이서 웅크리고 있으리라고는 생각지 못하는 모양이었다.

'아직이야, 아직.'

마오마오는 가만히 기다렸다. 그리고….

손에 곡도를 든 남자가 다가왔다. 수염과 체모가 짙고 부스스한 머리카락에 지저분한 외투를 걸치고 있었다. 50대쯤 되었을까, 목에 무언가를 걸고 있다.

'이 녀석이다.'

이 녀석 외에 목표하는 인간을 또 찾을 수 있을지 없을지는 알 수 없다. 그러니 어떤 녀석인지 모른다 해도 이 녀석에게 걸 수밖에.

남자가 눈앞을 스쳐 지나가려는 순간, 마오마오는 일어섰다.

"너, 너는…."

"……."

마오마오는 입을 꾹 다물었다.

남자가 마오마오의 목에 곡도를 들이밀었다.

'침착해, 침착해.'

마오마오는 피가 주르르 흐르는 것을 신경 쓸 겨를도 없이 입을 열었다.

"신이시여, 저희를 보고 계시나이까?"

전에 취에가 가르쳐 주었던 외국 경전의 한 줄. 더듬지 않도록, 최대한 유창하게 말했다.

마오마오는 남자를 가만히 응시했다. 노려보았다고 해도 좋다. 심장이 빨리 뛰고 다리가 떨릴 것만 같았으나 그것을 들켜서는 안 된다. 허세를 부릴 때는 태도가 얼마나 당당한지가 중요하다.

"…뭐야."

남자는 포기한 목소리와 함께 곡도를 내렸다.

'…도박에 성공했나?'

주저앉을 뻔했으나 아직은 허세를 풀 때가 아니었다.

"이교도였으면 바로 처치했을 텐데."

'큰일 날 뻔했네.'

정말로 큰일 날 뻔했다.

마오마오는 남자의 목에 걸려 있던 목걸이를 바라보았다. 가죽 끈에 나뭇조각을 매단, 간소한 그것. 거기에는 마오마오가 심심풀이로 보던 경전과 같은 문양이 새겨져 있었다.

그리고 마을에 있던 교회는 그 경전이 사용되는 바로 그 종교였다.

약사의 혼잣말

18 화 : 도적 소굴

신앙의 마을 안은 의외로 조용했다.

커다란 종교 건축물 주위로 상점이 늘어서 있었으나 문이 닫혀 있었다. 대신 너저분한 남자들이 모여 있었는데 차림새로 볼 때 마을 사람들이라기보다는 아무리 봐도 도적이었다.

마오마오와 샤오홍은 신앙심 깊은 남자에게 함께 연행되어 갔다. 도적들은 두 사람을 값어치 매기는 듯한 눈길로 쳐다보았으나 중년 남자가 노려보자 시선을 피했다.

이 마을은 이미 도적들에게 지배당하고 있는 모양이었다. 도적들에게 생산성은 없다. 분명 이 마을을 다 먹어 치우고 나면 다른 장소로 이동하리라.

'황충 같아.'

마오마오는 구역질이 나려는 것을 겨우 참았다.

하지만 마오마오는 자신의 판단이 옳았다는 데 한숨이 나왔다. 중년 남자는 교섭 상대로 그리 나쁘지 않았다.

우선 이 교회의 신자일 것. 다음으로 어느 정도 확립된 지위가 있을 것.

목걸이 문양으로 볼 때 신자라는 사실은 금방 알았다. 지위는 차림새로 확인했다. 너저분한 외투를 걸친 중년 남성. 결코 유복해 보이지는 않으나 도적의 입장이 되어 보면 알아볼 수 있다. 무기인 곡도는 꼼꼼하게 관리되어 있고, 너저분한 외투도 튼튼한 양모라 칼로 살짝 베는 정도로는 찢어지지 않을 물건이었다.

도적 등의 날건달들에게 힘은 곧 권력으로 이어진다. 마오마오는 장비가 그 지위를 나타내리라 판단했다.

덕분에 마오마오의 목은 칼끝에 스쳐 온통 피투성이였다. 그리 대단한 출혈은 아니었기에 금세 딱지가 졌지만 피가 실제보다 더 많이 흐른 것처럼 보였기에 샤오홍이 걱정했다.

'이 아이가 얌전해서 정말 다행이야. 하지만….'

불안이 차오르면 샤오홍은 머리카락을 뜯어먹는 습관이 있다. 심적 부담이 있으면 이물질을 먹는 증세가 있는데 그 한 예인 듯했다.

"이 안으로 들어와."

마오마오와 샤오홍은 마을 중앙에 있는 교회로 안내되었다.

'무슨 교일까?'

취에게 들었으나 발음이 어려워 마오마오는 잘 기억이 나지 않았다.

교회 예배당 한가운데에는 서른 살쯤 되어 보이는 남자가 유세를 부리며 자고 있었다. 한쪽 눈은 칼에 맞았는지 뭉개져서 그야말로 험상궂은 인상 그 자체였다. 이민족 같은 차림에 소매 없는 옷 위로 여우 모피를 두르고 있었다.

원래 신에게 기도를 올리는 장소가 완전히 엉망이 되어 있었다. 겹겹이 모피를 깔고, 술병과 먹다 만 고기를 주위에 마구 어질러 놓은 채 쿨쿨 자고 있다. 주위에는 겁먹은 여성 두 명이 남자의 시중을 들듯 대기하고 있었다.

"두령님, 데려왔습니다."

중년 남자가 말했다.

'의외로 젊네?'

더 나이가 많을 줄 알았다. 근육이 불끈불끈 굉장한 것을 보니 실력으로 우두머리가 된 걸까.

"그 녀석이야?"

"네."

뭐가 그 녀석이라는 걸까, 하고 마오마오는 의아하게 생각했다.

"흐응~ 같이 있는 여자는 필요 없다고 하지 않았어?"

"…같은 종교를 믿는 자라면 봐주라고 하지 않았습니까. 밥 짓기 정도에는 써먹을 수 있겠죠."

'같이 있는 여자? 봐줘?'

마오마오는 생각했던 것과 조금 다르다는 느낌을 받았다. 마치 본래 목적이 마오마오가 아닌 듯한 말투였다.

'내가 아니라면….'

시선이 샤오홍을 향했다.

두령은 부스스 몸을 일으켰다. 곰 같은 거구가 샤오홍의 앞으로 다가와 섰다. 샤오홍은 눈물을 글썽이며 마오마오 뒤에 숨었다.

"흐응~ 이봐."

"네."

"수배서 어딨어?"

여자들이 움찔거리며 조심조심 양피지를 갖다 바쳤다. 두령은 그것을 펼쳐 들고 샤오홍과 대조해 보았다.

"닮은 것 같기도 하고, 안 닮은 것 같기도 한데?"

'초상화?'

아이의 얼굴과 특징이 적혀 있었다. 마오마오는 그 초상화가 낯이 익었다.

'이건 혹시?'

얼마 전 마오마오가 진료했던 외국 아가씨와 닮은 느낌이 들었다.

'아니, 아무리 그래도 설마.'

마오마오는 샤오홍을 쳐다보았다. 샤오홍의 머리카락은 상당히 밝은 색깔이다. 멀리서 보면 외국인으로 착각해도 이상하지 않다. 눈은 파란색이 아니지만 멀리서 보면 알아차리지 못할 수도 있다.

'나이도 꽤 차이가 나는데.'

샤오홍은 기껏해야 7, 8세 정도다. 많이 잡아도 열 살로조차 보이지 않는다.

그에 반해 그 충치 아가씨의 외모 연령은 12, 3세쯤 되었으나….

'외국인은 어른스러워 보이니까.'

실제 연령은 열 살쯤 되지 않을까 싶었다.

'아니.'

외국인의 나이는 햇수로 세는 것이 아니라 태어난 날로 결정된다고 한다. 태어나서 1년을 채워야 한 살이 된다고 계산하면 연령이 10세라 적혀 있어도 이상하지 않다.

'혹시 동행하던 교쿠준과 목격 정보가 섞여 버린 게 아닐까?'

마오마오는 초상화를 흘끔흘끔 쳐다보았다. 주의 사항이 몇 가지 적혀 있었다.

'옅은 금발, 파란 눈, 나이는 열 살….'

아무리 그래도 파란 눈이 아니니 주의 사항과 다른 인물이라는 사실을 바로 알아볼 수 있을 텐데, 두령은 통 모르는 눈치였다.

'혹시 글자를 못 읽나?'

그리고 특기 사항이 한 가지 더 있었다.

'여장을 하고 있을 가능성이 있음.'

자신들이 끌려온 이유가 그제야 판명되었다.

"아~ 이젠 모르겠네. 분명 남자라고 했는데. 홀딱 벗겨 보면
알겠지, 홀딱 벗겨 보면!"

두령이 샤오훙의 손을 잡고 끌고 가려 했기에 마오마오가 앞
으로 나섰다.

"어엉?"

불쾌한 듯한 두령의 목소리가 들렸다.

마오마오는 움찔하며 마른침을 꿀꺽 삼켰다. 역시 자신의 판
단이 옳았다. 여기에 교쿠준이 있었다면 일이 더 골치 아파졌
으리라.

"그런 번거로운 일까지 하실 필요는 없습니다. 이 아이는 여
자아이입니다. 제가 옷을 벗길 테니 용서해 주십시오."

마오마오는 샤오훙을 앞에 세웠다. 설마 남자인지 여자인지
는 알아볼 수 있으리라.

"조금만 참아."

울음을 터뜨릴 듯한 샤오훙을 앞으로 내밀고 치마를 들쳐 올
렸다. 여자라는 사실만 확인하면 문제없을 것이다.

그런 가운데 술 시중을 들던 여자가 다가왔다.

"도, 독안룡獨眼龍 님. 제가 확인하겠습니다."

"…음, 알았다. 어린애 알몸 따윈 관심 없으니까."

두령은 독안룡이라 불리는 모양이었다.

'독안룡이라니?'

꽤나 거창한 이름을 붙였다는 생각에 마오마오는 감탄했다. 옛 무장의 별명이었던 것으로 기억한다.

여자가 다가와 눈물을 머금고 샤오훙의 치맛자락을 잡았다.

"미안해."

"……"

아무리 어린아이라고는 해도, 샤오훙이 굴욕적인 꼴을 당하지 않게 해 주기 위해 여자가 대신 와 준 모양이었다. 샤오훙의 다리 사이에 아무것도 없다는 사실을 확인한 여자가 안심한 표정으로 독안룡을 돌아보았다.

"여자아이예요."

"…여자였냐. 누구야, 다음에 오는 마차가 수상하다고 했던 놈은?"

"옆 마을에 정찰 보냈던 녀석입니다."

"그럼, 100대 때리고 사흘 굶겨."

"알겠습니다."

중년 남자가 묵묵히 임무를 수행했다.

"아~ 젠장, 겨우 시쿄한테 한 방 먹여 주려나 했더니."

독안룡은 마치 어린애처럼 발을 굴렀다. 체격이 큰 탓에 땅울림이 느껴졌다.

'시쿄라고?'

마오마오는 샤오훙을 감싸 안았다. 샤오훙은 삼촌의 이름을 듣고 동요하고 있었다. 괜히 아는 사이라는 사실을 들키면 곤란해진다.

'그 인간, 대체 무슨 짓을 하고 다닌 거야?'

수배서를 보아하니 그 외국의 충치 아가씨, 아니 충치 꼬마가 원인이 되어 싸움이 일어났다고 봐도 문제가 없어 보였다. 귀한 집 출신으로 보이기는 했는데 상당한 중요 인물인 모양이었다.

'그리고 나를 도망치게 했던 건 진시에게 해가 가지 않게끔 하기 위해서.'

그 충치 꼬마에게 무슨 정치적 요소가 있는 게 틀림없다.

"이 녀석들은 어쩌죠?"

중년 남자가 독안룡에게 마오마오와 샤오훙의 처우를 물었다.

"아, 알아서 해. 맡길 테니."

완전히 흥미를 잃어버렸는지, 아니면 토라졌는지 모피 침상에 웅크리고 누워 버렸다. 그 모습은 마치 곰이나 호랑이 같았다.

"이봐."

중년 남자가 샤오훙에게 사과했던 여자를 불렀다.

"안내해 줘. 같은 교인이야."

"알겠습니다."

여자는 중년 남자에게 공손히 고개를 숙였다. 독안룡 앞에서는 겁을 먹은 듯했지만, 중년 남자에게는 경의를 표하는 듯했다.

"이쪽으로."

마오마오와 샤오훙은 여자를 따라가는 수밖에 없었다.

19화 ⦂ 도적 마을 전편

　마오마오와 샤오홍이 안내받아 간 곳은 여자와 아이들이 모이는 집회소였다. 벽 앞에 각자의 베개와 이불이 놓여 있는 것을 보니 집단으로 자는 곳이라는 사실을 알 수 있었다. 그리고 집회소 앞에서는 험상궂은 남자가 망을 보고 있었다.

　'그랬군.'

　마을 주민들이 도적들에게 지배당하고 있는 듯했다. 여자와 아이들은 인질 입장인 것 같았다.

　아까의 '미안해' 발언은 아무 상관없는 샤오홍에게 한 사죄일까. 아니, 마을 사람들도 피해자이리라. 어떻게 돌아가는 상황인지 마오마오는 아직 알 수가 없었다.

　"흐응, 신입이 왔구먼."

　둘은 체격 좋은 중년 여성 앞으로 안내되었다. 중년 여성은 마오마오와 샤오홍을 값어치 매기는 눈빛으로 훑어보았다.

"둘 다 비쩍 말랐잖아. 써먹을 수 있을까 모르겠네. 어차피 선생님이 데려왔겠지?"

"네, 같은 교인이래요."

마오마오와 샤오훙을 데려온 여자가 말했다.

'아까 그 아저씨가 선생님?'

교사일까, 아니면 교회 관계자일까, 그 둘 중 하나겠지. 그렇다면 도적이 아니라 마을 주민이라는 말이 된다.

'즉, 마을 주민들이 도적들과 협력하고 있거나, 또는 협력을 강요당하고 있거나.'

그렇다면 아까 여자의 사과도 이해가 된다. 무엇보다 농기구를 든 도적이 있을 리가 없으니, 사실은 처음부터 알고 있었다.

퉁퉁한 중년 여성이 마오마오를 바라보았다.

"너, 미안하지만 지금 입고 있는 건 다 벗어. 이 방 안에는 여자밖에 없어. 후딱 벗고 후딱 갈아입어."

"…알겠습니다."

마오마오는 크게 신경 쓰지 않고 옷을 훌렁훌렁 벗기 시작했다. 여자들밖에 없다고도 하고, 후궁에 들어갈 때마다 신체검사를 받았기에 익숙한 상황이었다.

하지만 문제가 있다면….

"이게 뭐지?"

"그건 지혈제예요."

"이건 뭐고?"

"그건 해열제예요."

"이건 뭐야?"

"그건 기침약이에요."

마오마오의 품에서 약초 봉투가 끝도 없이 나오는 모습을 보고 중년 여성은 어처구니없다는 표정을 지었다.

"이건 뭔데?"

"…그건 정력제예요."

마지막은 표사가 주고 간 단지에 대한 질문이었다.

'어떤 의미에서 정력제이긴 하니까.'

독뱀은 술에 담가 두면 맛이 좋다.

"너, 대체 정체가 뭐야?"

"약사예요."

마오마오는 이제 와서 속일 일도 아니라는 생각에 솔직히 대답했다. 화장도 다 지워졌기에 모녀 설정이 어디까지 통할지는 나중에 판단해야 했다.

"약사라. 그럼, 이 약은 다 잘 갖고 있어. 어차피 그런 녀석들 손에 넘어가 봐야 쓸 줄도 몰라서 다 버릴 테니까."

"감사합니다."

중년 여성은 쌀쌀맞아 보였지만 본성은 나쁜 사람이 아닌 듯했다. 물론 그것은 같은 교인이라는 동지 의식 때문인지도 모른다.

'이교도라고 할 정도까지는 아니지만, 그래도 들키지 않게 조심해야겠다.'

마오마오는 그렇게 판단했다.

"너희 옷을 빨 테니까 겸사겸사 갈아입어. 혹시 스스로 빨래할 수 있어?"

"네. 그리고 죄송한데 혹시 저희가 타고 온 마차의 짐을 주실 수 있을까요?"

"그건 어려운데. 뭐 중요한 물건이라도 있어?"

"아뇨, 애용하던 경전을 거기 놔두고 왔거든요. 이 아이를 가르치는 중이어서."

거기서 샤오홍이 마오마오에게 매달렸다.

'즉흥 연기가 제법인데, 이 녀석.'

마오마오가 제멋대로 하는 생각일지도 모르지만, 샤오홍과는 잘 지낼 수 있을 듯했다.

"경전? 그렇다면 어쩔 수 없네. 내가 선생님한테 부탁해 볼게."

중년 여성은 쉽게 받아들여 주었다.

마오마오는 안도했다.

두 사람에게 주어진 옷은 변변찮지만 튼튼한 모직물이었다. 방금 전까지 입고 있던 옷은 면직물이었기 때문에 마을 안에서는 꽤 눈에 띄었으리라.

표사에게 호위를 맡기는 귀부인이라면 몰라도 반쯤 포로 취급을 받게 된 처지이니 이 차림이 훨씬 그럴싸하다.

"그럼, 난 다른 할 일이 있으니까 저기 있는 애들한테 할 일을 받아다 해."

"알겠습니다."

마오마오는 정중하게 고개를 숙였다.

"잘 들어. 여기서는 일하지 않으면 바로 처분당해. 살아남고 싶으면 지금까지의 귀부인 생활을 잊어버리고, 수치심도 버리고 열심히 일해야 하는 거야."

중년 여성이 거듭거듭 이르자 마오마오와 샤오훙은 고개를 열심히 끄덕였다.

"그런데 너희, 이름은 뭐니?"

"이, 이름요?"

마오마오는 당황했다. 여기서 솔직하게 본명을 말해도 좋은 걸까. 독안룡의 태도로 볼 때 시쿄에게 원한을 품은 모양인데.

만일 샤오훙이 시쿄의 조카라는 사실을 들켰을 때가 무섭다. 하지만 진시 일행이 마오마오를 찾고 있을 경우, 알아차려 주지 않으면 큰일이다.

'음⋯.'

고민한 끝에 나온 이름은⋯.

"저는 슝슝熊熊, 이 아이는 샤오랑小狼이에요."

순간적으로 그런 이름밖에 튀어나오지 않았다.

샤오홍 쪽을 흘끗 쳐다보니 미간에 주름을 잡고, 마치 털벌레라도 보는 눈빛을 하고 있었다.

"흐음, 송송에 샤오랑이라. 꽤 험악한 이름들이네?"

방금 전 독안룡인지 뭔지에게 술을 따라 주던 또 한 명의 여자가 붙임성 있게 말을 걸었다. 볕에 그을려 다소 어른스러워 보이지만 나이는 17세. 이미 세 아이의 어머니여서, 마오마오와 샤오홍이 모녀 관계라 해도 큰 문제가 없다는 확신을 주었다.

"네, 저희 집안은 병을 이겨 낼 수 있도록 여자들에게 센 이름을 지어 주거든요."

마오마오는 숨 쉬듯 거짓말을 하며 채소 껍질을 깎았다. 일단 본격적으로 힘쓰는 일을 맡기기는 어렵다고 판단했는지, 두 사람은 밥 짓는 일을 돕게 되었다.

마오마오는 껍질을 깎고, 샤오홍은 채소를 물로 씻었다. 수원이 가까워서인지 다른 곳보다 물을 풍요롭게 쓸 수 있었다.

지금 마오마오가 껍질을 깎는 채소는 마령서였다.

굉장히 기시감이 느껴지는 채소다.

"불편하겠지만 참아. 살해당하는 것보다는 낫잖아."

수다스러운 여자는 함께 껍질을 깎으며 마을 이야기를 해 주었다.

황해가 일어난 후 마을 방문자가 확 줄어든 일. 굶주리다 못한 사람들이 도적 떼에 가세하여 차츰 세력이 커져 나간 일. 게다가 한 달쯤 전부터 저 건달 같은 두령이 와서 마을을 제압한 일.

서도에서 파견된 병사들이 마을에 있었으나 전부 살해당했다.

'한 달이라.'

그렇다면 소식이 서도에 아직 전해지지 않은 이유도 알 수 있었다. 예상보다 상황이 훨씬 나쁘다.

"싸움깨나 하던 녀석들이 도적들에게 덤볐지만 다 죽었어. 독안룡이니 뭐니 하면서 허세를 부리고, 머리도 나쁘지만 실력은 장난 아니거든. 도저히 저 녀석을 거역할 수가 없어서, 선생님이 제안하셨던 거야."

선생님이란 마오마오를 붙잡았던 신앙심 깊은 중년 남자를 말한다.

결과적으로 마을은 지금의 상황이 되었다고 한다.

'오래가지는 않을 텐데.'

선생님인지 뭔지는 그 점을 알고 있을까. 타개책이 없는 채, 그저 목숨만 연명하길 바라는 걸까.

마오마오는 의문을 품으면서도 다 깎은 마령서를 통에 넣었다.

"껍질은 어디다 버리나요?"

"껍질은 안 버려. 볶아서 남은 이교도들한테 밥으로 주거든."

왠지 모르게 불편한 표정으로 여자가 말했다.

"껍질은 맛있다고는 할 수 없을 텐데요. 혀가 아리고."

마오마오는 껍질과 싹에 독이 있다는 이야기를 듣고 몇 번 먹어 본 적 있었다.

"하지만 그 도적들이 허락하지 않거든. 맛은 이걸로 대충 숨기면 돼."

여자는 향신료가 든 단지를 보여 주었다.

"마령서에는 인색하게 굴면서 향신료는 많이 써도 되는 건가요?"

암염과 후추뿐만 아니라 육계와 육두구, 서홍화* 및 기타 등등 여러 가지가 있었다. 향신료는 사용법에 따라 생약이 되기도 하기에 마오마오는 눈을 빛냈다.

"쓸 데가 없어. 대상을 습격해서 손에 넣은 것까지는 좋았는데 팔 방법이 없었거든. 그러니까 마음대로 써도 돼."

"아깝네요."

"후후, 하지만 편리해. 식재료 품질이 떨어져도 향신료로 속일 수가 있으니까. …그래서 가끔 썩은 채소를 도적들 밥에 막 집어넣기도 해."

※서홍화 : 사프란.

여자의 눈빛은 싸늘했다.

"그나저나 너희가 같은 교인이라 정말 다행이야. 만약 이교도 였다면 큰일이었을 거야."

"그게 무슨 뜻이에요?"

마오마오는 최대한 평정을 가장하며 물었다.

"독안룡이라는 그 녀석, 주민을 반으로 줄일 생각이었던가 봐. 하지만 선생님이 주민들을 통솔해서 노동을 시킬 테니까 제발 살려 달라고 빌었어. 하지만…."

여자의 눈에서 눈물이 주르륵 흘러내렸다.

"독안룡은 그럼, 반의 반만 줄이겠다, 그 선별 작업을 선생님 한테 맡기겠다고…."

선생님이라는 자는 줄일 대상으로 이교도를 선택했다.

"어, 어린아이들도 있었어. 우리 애랑 자주 놀아 줬던…. 노 동력으로 쓸 수 있는 사람들 외에는…."

여자가 오열하기 시작했다.

마오마오는 주위를 둘러보았다. 감시하는 남자가 보고 게으 름을 피운다고 생각할까 무서웠다.

"알겠습니다. 괴로운 이야기를 물어서 죄송해요."

마오마오는 여자의 등을 쓸어내리며 그 끔찍한 독안룡을 어 떻게 해치워야 하나, 하고 이를 갈았다.

마오마오는 며칠 지내고 나니 마을 안 사정을 대충 파악할 수 있었다. 여자들은 음울한 기분을 수다로 발산하기 위해 신참인 마오마오에게 많은 것들을 떠들어 댔다.

독안룡이니 하는 별명은 허세만 가득하다는 둥, 생김새는 곰 같다는 둥, 머릿속까지 근육으로 꽉 차 있다는 둥, 발 냄새가 지독하다는 둥. 들었다가는 바로 살해당하는 게 아닐까 불안해질 정도로 험담을 마구 퍼부었다.

하지만 독안룡은 머리가 나빠도 감이 좋고, 싸움 실력으로 도적들을 휘어잡고 있었다.

"그놈만 없으면 전부 잔챙이들뿐인데."

아줌마가 밥을 지으며 이야기했다. 마오마오는 옆에서 계속 마령서만 깎았다. 껍질까지 다 먹기 때문에 싹만 확실하게 도려냈다.

마오마오가 들어온 집회소에는 여자와 아이가 모두 합쳐 30명 정도 있었다. 주로 밥을 지을 목적으로 모여 있었고, 그 외 빨래와 청소 등으로 역할이 분담되어 있었다. 원래 1000명쯤 살던 마을이었지만 황해 피해로 반 정도는 다른 지역으로 가 버렸다. 이주한 사람들은 주로 상인들이었고, 마을에 남은 대부분은 교회를 지키는 신앙심 깊은 자, 농민, 그 외 딱히 갈 곳이 없는 사람들뿐이었다.

'도적들도 원래는 수가 그리 많지 않았던 것 같네.'

50명이 채 될까 말까다. 하지만 비전투원밖에 없는 이 마을을 덮치기에는 충분했던 모양이다. 처음에 서도에서 파견된 병사들만 죽여 버리면 성직자와 농민밖에 남지 않으니 말이다.

'원래 농민들은 몸이 튼튼하니까 잘 싸울 텐데.'

싸우는 방법을 모르는 게 문제다. 라한네 형이 좋은 예다.

남은 주민들 중 남자들을 시켜 도적 비슷한 짓을 시키고 있는 것을 보니 부하들은 별거 아닐 듯했다. 그야말로 오합지졸이라 할 만하다.

"그러고 보니 시쿄인지 뭔지 하는 얘길 하던데, 그게 누군가요?"

마오마오는 물을까 말까 고민하다 결국 물었다.

"아아, 몇 년쯤 전에 그 곰의 한쪽 눈을 뭉개 버린 남자야. 그 남자가 호위하는 대상을 덮쳤다가 반격을 당한 주제에 원한을 품고 있거든."

'장남 그 자식….'

아니, 잘못은 아니지만. 마오마오가 지금 곤경에 처해 있는 건 그 방탕한 아들 때문이다. 더 근원을 파헤치면 마오마오를 의지하는 샤오홍에게 있지만….

'걔는 귀여우니까 봐주지 뭐.'

아무래도 정이 든 모양이다.

지금까지 성격도 비뚤어지고 돼먹지 못한 악동들만 봐 와서인지, 시키는 대로 고분고분 잘하는 아이는 귀여워 견딜 수가 없다. 세상에 온통 그런 아이들만 있다면 마오마오도 아이를 좋아한다고 말하고 싶어지리라.

'링리 공주도, 뭐 나름대로 귀엽기는 했지만 그건 일이었으니까.'

문득 비취궁 생각이 났다. 다들 잘 지내고 있을까.

그나저나 이런 꼴을 겪을 줄 알았다면 정말로 그때 샤오홍의 말을 무시할 것을 그랬다고 후회가 된다. 그런 샤오홍도 후랑의 꼬드김에 넘어간 것이기는 하지만.

'그 자식, 왠지 마음에 안 든다 했어.'

시쿄를 함정에 빠뜨리려는 수작이었으리라.

'부아가 치민다.'

마오마오는 마령서를 쥔 채 주먹을 휘둘러 댔다.

그렇게 이런저런 생각을 하다 보니 마령서 깎기가 끝났다. 껍질을 다 깎은 마령서를 도마에 올려놓았다. 알맹이는 쪄서 주식으로 먹고 껍질은 채 썰어서 볶는다.

마오마오는 마령서 껍질을 집어 들고 미간에 주름을 잡았다.

'이거 말고 제대로 된 음식을 먹어야 할 텐데.'

주민 중 4분의 1을 솎아 냈다고는 하지만 전원이 살해당한 것은 아니고, 노동력으로 쓸 만한 자들은 노예 취급을 받고 있다는 이야기였다. 그래서 식사가 너무나 허술했다.

마령서 껍질을 볶은 것이 주식이고 거기에 싱거운 탕이 따라 오는 게 전부다. 그에 반해 도적들은 귀중한 양고기와 유락 등을 먹는다.

밥 짓는 아줌마들도 불만이 있지만 거역할 수는 없다. 하다못해 고기를 볶은 냄비에 마령서 껍질을 볶아서 고기 풍미를 묻혀 주고 있었다.

이 마을에서는 본래 이교도였다고 차별을 받지는 않았던가 보다. 그래서 그 방침을 정한 선생에게 반감을 품은 사람들도 있었다.

"정말 너무해. 아무리 이교도라고 그렇게 어린애까지 저버리다니."

"사람 잘못 봤어. 지금은 그 곰 같은 놈의 앞잡이가 다 됐잖아."

그런 사람들도 있는가 하면….

"하지만 우리가 죽었을 가능성도 있잖아."

"일종의 선별이 꼭 필요했다면, 입장상 어쩔 수 없었겠지."

라는 사람도 있었다.

"어쨌든 이교도들에게도 신세를 많이 졌으니까. 애당초 이 마령서도 이교도 총각이 갖다 줬잖아."

마령서를 냄비에 넣으며 아줌마가 말했다.

'이교도 총각이라면….'

마오마오의 머릿속에 한 남자가 떠올랐다.

'라한네 형.'

이 마을에도 라한네 형은 농업을 가르치러 들렀던가 보다. 마령서가 주식으로 정착되어 있는 것을 보니 성공했다고 할 수 있겠다.

"맞아. 겨우 며칠 있다 간 사람이긴 하지만 참 부지런했지. 내가 열 살만 젊었으면 청혼했을 텐데."

다른 아줌마가 말했다.

"넌 열 살 어렸을 때도 이미 남편이 있었잖아? 우리 딸한테 딱이었는데. 조금만 더 오래 머물렀으면 밤에 몰래 들여보냈을지도 몰라."

"아… 옆집 사람도 그 소리 하더라. 생김새는 농민인데 실은 굉장한 명문가 출신이라고."

"에이, 설마~ 그렇게 허리에 힘 딱 주고 괭이를 휘두를 줄 아는 청년이 명문가 출신일 리가 있겠어? 선조 대대로 농민이었겠지."

'아뇨, 일단 무가武家 중에서 명문가이긴 해요.'

마오마오는 입 다물고 이야기를 들었다.

"그럴 거야. 정말 괭이질 솜씨가 일품이었는데."

'라한네 형, 인기가 대단하네.'

지금 이 이야기를 서도에 있는 라한네 형이 들으면 어떻게 생각할까. 상황이 좀 진정되면 이 마을에서 선이라도 보고, 데릴 사위로 들어와도 좋을지도 모르겠다.

취사장에는 감시자가 없기 때문에 목소리들이 제법 크다.

"저기…."

"왜 그러니, 송송?"

스스로 짓기는 했지만 참 익숙해지기 어려운 가명이다. 다른 이름을 생각할 걸 그랬나 싶었지만 떠오르지 않았으니 어쩔 수 없다. 평소엔 큰 불평 없는 샤오훙까지 경멸했을 정도였다.

"저희가 오기 전에 혹시 여자 표사가 오지 않았나요? 저희 호위로 고용했던 사람인데요."

궁금했던 표사 이야기를 물어보았다.

아줌마가 음식 맛을 보면서 끙 앓았다.

"음… 그런 소동은 일어난 적 없는데. 하지만 난 내내 여기 있어서, 바깥일은 잘 모르는 게 많아."

"나도 잘 모르겠네. 하지만 이교도라는 사실이 밝혀지면 감옥에 가둬 놓았다가 나중에 처분이 정해지곤 해."

"…감옥 말인가요?"

그렇게 신중했던 표사가 쉽게 잡혔을 리는 없다고 생각하지만, 예상치 못했던 사태임은 분명하다. 설마 마오마오 일행만 놔두고 도망쳤을까.

마오마오도 신음히면서 마명서를 계속 쏹았다.

"씻어 왔어요."

샤오훙이 마령서를 가져왔다.

"넌 아직 어린데 정말 대견하구나."

아줌마가 거무스름한 손바닥으로 샤오훙의 머리를 쓰다듬었다. 샤오훙은 수줍게 웃었다.

"너희가 그럭저럭 쓸 만해서 다행이야. 밥 짓는 데 써먹지 못했다면 다른 일이 맡겨졌을 테니까."

"다른 일은 여기보다 힘든가요?"

"청소나 빨래는 힘쓰는 일이고, 밭일도 고생스럽지. 편한 일은 없지만 그래도 밥 짓기 일은 끼니 걱정은 없으니까 나은 편이야. 하지만 딱 한 가지만 명심해 둬."

"뭐, 뭔가요?"

아줌마가 얼굴을 바짝 들이밀었다.

"우린 순서대로 두 명씩 돌아가면서 그 곰 같은 놈의 술 시중을 들어줘야 하거든. 그때 괜한 기색을 보이지 마. 전에 몰래 식칼을 숨겨 가지고 들어가서, 방심한 틈에 죽이려던 애가 있었는데⋯."

아줌마들의 어두운 표정을 보면 알 수 있다. 실패한 것이다.

'그럼, 독이라면?'

"밥도 술도 절대 제일 먼저 젓가락을 대지 않아. 항상 여자들에게 독 시식을 시키니까."

'체엣.'

마오마오는 깎은 마령서 껍질을 냄비에 넣었다. 냄비에는 고기를 볶은 기름이 남아 있었다.

약사의 혼잣말

20화 : 도적 마을 후편

"얘, 숑숑. 너, 약사라고 했지?"

취사장 여자들을 통솔하는 중년 여성이 마오마오를 불러 세웠다. 어두운 표정이었다.

"잠깐 좀 와 줄래?"

"알겠습니다."

시키는 대로 따라간 곳은 마을 외곽 어느 한구석이었다. 건초 위에 널브러진 남자가 한 명. 숨이 거의 끊어질락 말락 하는 상태였다. 다리가 기괴한 방향으로 꺾이고, 얼굴 절반은 얻어맞아 퉁퉁 부었으며 입에서는 피가 흘렀다. 이가 부러진 모양이었다. 그 외에도 칼에 베인 상처가 다수 있었다.

나이는 아직 채 스물도 되지 않아 보였다. 소년이라 해도 좋다.

마오마오는 일단 손을 움직이며 상황을 확인했다.

"이게 대체 어떻게 된 건가요?"

마오마오는 부러진 다리를 심장보다 높은 위치로 들어 올렸다. 주위에 취사용 장작이 있었기에 그것을 가져다 부목 삼아 부러진 다리를 고정시켰다. 깔끔하게 부러졌기에 그나마 다행이었다. 속에서 분쇄 골절이 일어났다면 절개해서 뼈 파편을 꺼내야만 하니 말이다.

"독안룡이 귀여워해 준 거야."

"귀여워해…."

즉, 지도가 지나쳤다는 말일까. 중년 여성의 걱정스러운 눈빛을 보니 당한 소년은 원래 마을 주민인 모양이었다.

"먹고 자기만 하다가 질리면 대련을 하자면서 아무나 적당히 데려다 두들겨 패지. 그래도 이 아이는 나은 편이야. 사람이 죽은 적도 있어."

아줌마는 아득한 눈빛으로 말했다.

"대련을 하다가 사망자가 발생하다니, 상식 밖의 일인데요."

"이 아이는 독안룡에게 크게 한 방 날렸거든. 별로 대단한 상처도 아닌데 독안룡이 놀라서 입 안을 깨물었다는 이유로 이렇게 만신창이가 되도록 얻어맞았어."

마오마오는 피투성이가 된 소년의 입을 벌렸다. 부러진 이가 남아 있는지 확인한 후, 붕대를 둘둘 말아 입에 물렸다. 압박으로 피를 멎게 하고 싶은데 의식은 있는 걸까.

"꼭 물 수 있겠어요?"

"……."

소년이 가볍게 고개를 끄덕였다.

그러고 나서는 지혈제지만 귀중한 포황蒲黃을 전부 사용해야 했다.

옷을 벗기고 몸뚱이를 살폈다. 딱히 부러진 곳이 없어서 다행이었다. 이 상태에서 내장에 상처라도 났다면 생명이 위태롭다.

"지금 있는 걸로는 이게 한계예요. 여기서부터는 영양가 높은 식사와 안정이 필요하고요."

"…그건 무리겠네."

중년 여성이 포기한 듯 말했다.

"쓸모없는 사람은 이교도들 방에 집어넣거든. 식사라고는 멀건 탕과 마령서 껍질밖에 주어지지 않아. 영양 상태가 안 좋아서 그런지 다들 금세 배탈이 나더라고."

마오마오는 아마 마령서 껍질과 싹이 원인일 거라고 판단했다. 껍질을 쓸 때는 싹을 깔끔하게 도려내긴 하지만 껍질 자체에도 독성이 남아 있을 것이다.

'그걸 먹어야 하나.'

하지만 주의를 주어 봤자 먹을 것이 사라질 뿐이다.

"고마워. 이 녀석은 하인을 시켜서 옮길 테니까 넌 그만 돌아가 봐도 돼."

"알겠습니다."

"앗, 그 전에."

중년 여성이 마오마오를 손짓으로 불렀다. 무슨 일인가 했더니 자신과 샤오훙이 입고 온 옷이었다. 돌려받을 줄은 생각도 못했기에 의외였다.

"터진 부분은 꿰매 놨어. 다른 사람들이 보면 금방 빼앗아 갈 테니까 얼른 숨겨 둬."

"감사합니다."

마오마오는 고개를 숙이면서 옷을 확인했다.

'터진 부분이 있었던가?'

숲속을 도망쳐 다닐 때 어디 걸렸나 싶어서 훑어보니 소맷자락에 바느질을 한 부분이 있었다.

'?!'

터진 부분을 꿰매기만 한 것이 아니라 새 모양 자수가 들어가 있었다. 소맷자락 속, 잘 찾아보지 않으면 보이지 않는 장소에 참새[*] 자수가 아주 작게 놓여 있었던 것이다.

'이건….'

작은 자수 문양인 척하지만 잘 보니 글자였다. 외국어 단어여

※참새 : 취에.

서 마오마오는 간신히 읽어 냈다.

「저녁 식사, 술 시중, 틈, 만들어.」

우연이라고는 생각할 수 없는 단어 나열에 마오마오는 중년 여성의 등을 쳐다보았다.

'그러고 보니.'

'살아남고 싶으면 지금까지의 귀부인 생활을 잊어버리고.'

그때 마오마오는 샤오홍과의 모녀 설정을 설명하지 않았다. 그런데 이 중년 여성은 알고 있었다.

'그랬구나.'

마오마오는 납득이 되었다.

밥 짓는 여자들은 저녁 식사 설거지를 하면 일이 끝난다. 설거지에는 사람이 그리 많이 필요하지 않으므로 당번제로 일한다. 마오마오와 샤오홍은 모녀 설정이기 때문에 함께 배치되는 일이 많았다. 둘이 함께 달빛 아래에서 묵묵히 설거지를 했다.

마오마오는 나서서 이야기를 하는 일이 별로 없다. 샤오홍도 마찬가지여서, 둘이 함께 있으면 늘 조용했다. 하지만 오늘은 마오마오가 먼저 입을 열었다.

"부탁할 게 있는데."

다른 사람은 없었지만, 그래도 작은 목소리로 샤오홍이 대답했다.

"뭔데?"

똑똑한 아이는 마오마오의 의도를 알아차린 모양이었다.

21화 : 술 시중

마오마오는 마령서 요리를 하고 있었다.

"새로운 식단이라니, 그게 뭔데?"

도적들은 안 그래도 양이 적은 식사에 툭하면 불평했다. 그래서 어떻게 하면 불평을 줄일 수 있을까 머리를 맞대고 고민하고 있을 때, 마오마오가 손을 들었다. 라한네 형 덕분에 감자와 고구마 요리는 꽤 자신이 있었다.

"찐 마령서를 자를 거예요."

"껍질째?"

"껍질째로요."

큰 가마솥에 기름을 넣고 고기를 볶았다. 그리고 거기에 네 등분한 마령서를 넣고, 술과 장으로 간을 했다. 매콤한 향신료도 듬뿍 넣었다. 사치스럽지만 윤기를 내기 위해 벌꿀도 넣었다.

'오오!'

냄새부터 그럴싸했다. 술을 부르는 맛이 되리라.

"이거라면 확실히 마구 덤벼들어 먹어 치우겠네."

아줌마가 한 조각을 맛보았다.

"음… 그딴 녀석들에게 먹이기에는 너무 아깝지만."

"안 돼, 아줌마. 들키면 맞아 죽을 거야."

"알아. 하아, 왜 이렇게 좋은 걸 갖다 바쳐야 하는지 모르겠네."

마오마오도 먹고 싶지만 고기는 엄중히 관리되고 있다. 독안룡과 도적 수하 외에는 제대로 고기를 먹을 수 있는 사람이 없었고, 자잘한 부스러기를 탕에 조금 띄워서 먹는 것이 전부였다. 도적들이 먹고 남은 찌꺼기를 먹는 일도 많다.

"그럼, 이거, 더 많이 만들게요."

"부탁할게. 마령서도 더 쪄야겠네."

"앗, 그거라면…."

샤오훙이 바구니를 들고 왔다. 그 속에는 작은 마령서가 가득 들어 있었다.

"찌기 쉽도록 작은 것들을 많이 넣죠. 쪄 버리면 자르는 수고를 덜 수 있으니까."

마오마오는 찜통에 마령서를 잔뜩 집어넣었다. 열심히 요리하지 않으면 저녁 식사 때를 맞추지 못할 것이다.

"얘, 있잖아."

마오마오가 추가로 고기를 볶고 있는데 아줌마 중 한 사람이 말을 걸었다.

"너희가 오늘 저녁에 술 시중을 들 차례인데, 괜찮겠니?"

마오마오와 샤오훙을 보며 묻고 있었다. 술 시중 차례는 밥 짓는 담당들에게 평등하게 돌아온다. 나이와는 상관없다.

"그 곰 같은 놈, 기본적으로 과부랑 이교도 여자들로 만족하고 있긴 한데 가끔 술 따르던 여자들한테도 손을 대거든. 너… 남편이 아직 살아 있지?"

혹시 손을 댈지도 모른다고 걱정해 주고 있었다. 계율상 간음에 해당하는 행위는 금기일 터였다.

"조심할게요."

마오마오는 고기를 볶으며 아줌마의 충고를 받아들였다. 세상에 그런 호사가가 그리 많지는 않으리라 생각하지만, 조심하라는 걱정은 받아들여도 문제없을 터였다.

도적들의 저녁 식사가 교회 안으로 운반되었다. 아침 식사는 각자 원할 때 먹지만 저녁 식사는 보고를 겸해, 교회 안에서 모두 함께하는 모양이었다.

마오마오는 도적 수가 50명 정도일 것이라고 예상했다. 그러나 실제로는 30명쯤 되어 보였다. 의외로 적다.

마오마오와 샤오훙은 독안룡 옆에 앉았다.

식단은 마오마오가 만든 마령서와 양고기 조림에 유락과 빵, 그리고 양고기와 채소 탕이었다. 탕에는 염소젖을 넣어 걸쭉하게 만들었다. 술은 마유주였는데, 독특한 냄새가 풍겼다.

독안룡에게는 특별히 생고기 떡 같은 것이 곁들여졌다. 새콤하게 무친 말고기 요리였는데 잘게 으깬 고기에 후추와 향초를 섞어 만들었다.

"자, 먹어라."

독안룡의 말과 함께 부하들이 식사를 시작했다. 마령서와 양고기 조림은 비교적 호평인지 덥석덥석 집어 먹었으나 입에 맞지 않는 녀석은 다른 음식으로 손을 뻗었다.

'가리지 말고 다 먹어라, 좀.'

마오마오는 그렇게 생각했지만 제멋대로인 도적들에게 전달될 리가 없었다.

"너희도 먹어라."

독안룡은 마오마오와 샤오홍의 접시에 마령서, 빵, 유락, 말생고기, 그리고 탕을 마구 퍼 담아서 건넸다. 마치 가축에게 먹이를 주는 듯했다.

"잘 먹겠습니다."

마오마오는 젓가락도 쓸 수 없어, 손으로 마령서를 집어 먹었다. 질척질척한 생고기는 맛이 괜찮았다. 향신료를 골고루 잘 섞어 넣은 뒤 맛까지 본 것이 마오마오 본인이니 당연한 일이었다.

독안룡은 그 모습을 물끄러미 쳐다보았다. 식사를 나눠 주는 것 같지만 사실은 독이 들었는지 확인하는 모양이었다. 다 먹어도 멀쩡한 것을 보더니 이번에는 술잔을 두드렸다.

마오마오는 마유주를 따라 마시려 하였으나….

"너 말고, 이 녀석한테 먹여."

독안룡은 마오마오가 아니라 샤오홍에게 술잔을 내밀었다.

코앞으로 다가온 술잔을 보고 샤오홍이 당황했다.

마오마오가 샤오홍을 보며 고개를 끄덕이자, 샤오홍도 마주 끄덕였다.

"잘 먹겠습니다."

샤오홍은 술잔의 내용물을 전부 마셨다.

"푸흡."

의외로 잘 마시는 모양이었다. 술잔에는 마유주가 들어 있었다. 술이라고는 해도 주정이 적어, 술서주에서는 갓난아기도 마실 수 있다고 들었는데 정말인 모양이었다.

"만일을 대비해서 저도 마실게요."

마오마오도 술을 잔에 따라 마셨다.

'역시 주정이 옅어.'

조금 더 도수가 세면 좋을 텐데, 하는 생각이 들었다.

"……."

독안룡은 이제 안심하고 먹을 수 있겠다고 생각했는지 술과 식사에 손을 대기 시작했다. 마오마오는 술이 끊어지지 않도록 계속 따르며 주위를 둘러보았다.

저녁 식사라기보다는 술자리에 가까워 식사 속도가 느렸다. 술을 흘리거나 빵을 집어 던지는 등 온통 난장판이었다.

'우리는 식재료를 절약하고 있는데.'

바닥에 떨어진 고기와 마령서가 아까웠지만 그렇다고 주워 먹을 수는 없었다. 남은 음식조차 전부 주인의 식사이기에.

소란이 벌어진 가운데 한 명이 자리에서 일어섰다.

"잠깐 뒷간 좀."

그러더니 교회를 나갔다.

마오마오는 빈 술병을 집어 들었다.

"추가로 가져오겠습니다."

그리고 샤오홍을 불러, 함께 나가서 술을 더 가져오려 했다.

"기다려."

독안룡이 붙잡았다.

"둘이나 갈 필요는 없을 텐데."

"…알겠습니다."

마오마오는 샤오홍에게 술병을 쥐여 주었다. 대신 독안룡의 빈 접시에 음식을 채웠다. 고기 외에는 거의 줄어들지 않았다. 독안룡이 계속 오른쪽으로만 음식을 씹는 것을 보니 왼쪽 입 안에 구내염이라도 생긴 모양이었다.

샤오훙은 술병이 무거웠는지 그만 넘어지고 말았다. 우당탕 소리가 났다.

"죄송합니다. 바로 치울게요."

독안룡은 말고기 무침을 다 먹은 뒤 계속 술만 마시고 있었다.

"나도 뒷간."

"앗, 나도."

차례차례 자리에서 일어나는 부하들을 보고 독안룡이 한쪽 눈썹을 치켜올렸다.

'…조금만 더, 조금만 더.'

그리고 또 한 명, 자리에서 일어서려던 남자가 입을 틀어막았다. 안색이 나빴다. 벽을 짚고 비틀비틀 걷다가 제자리에 주저 앉았다.

"우웨에에엑!"

토사물이 주위로 흩어졌다. 곁에 있던 자들이 더럽다며 비키려 했으나 하나같이 안색이 좋지 않았다. 그리고 방금 전까지 맛있다며 열심히 먹던 음식을 내려다보았다.

한 명뿐이라면 술에 취했다고 생각할 수도 있겠지만 한 명, 또 한 명, 계속 늘어 갔다.

마오마오는 매섭게 노려보는 시선을 느꼈다.

"독을 넣었군."

"식중독일지도 몰라요. 원래 신선한 식재료가 부족한 상황이어서."

마오마오는 어디까지나 불가항력이었다는 표정을 지었다.

그러나 그런 변명은 통하지 않았다. 독안룡은 머리에서 김을 뿜어 낼 기세였다. 마오마오는 재빨리 교회 선반 뒤에 숨었다.

"이 자식!"

자리에서 일어나려던 독안룡의 몸이 비틀거렸다. 손이 떨리고 있었다.

"내 음식에도 탔구나!"

"저희가 독이 들었는지 확인했잖아요."

독 시식을 한 결과, 어째서 마오마오는 멀쩡한데 도적들은 괴로워하고 있는가.

'네, 탔습니다.'

간단히 말해 먹은 양이 달랐다. 마오마오가 맛을 본 양은 배탈이 날 정도로 많지 않았다.

마령서 싹과 껍질에는 독이 있어 구토, 설사 등의 증상을 일으킨다. 서도에서는 한가했기 때문에 여러 번 먹어 보고 어느 정도의 양을 먹어야 복통이 일어나는지 시험해 보았다. 물론 주위 사람들은 어이없어했지만 어쩔 수 없는 일이었다.

마령서의 독은 얼얼한 자극을 준다. 평소라면 알아차렸겠지만 식량이 얼마 안 되고, 때로 썩은 식재료도 섞여 있었다고 하니 혀가 마비되었으리라. 무엇보다 며칠 전부터 마오마오는 식사에 마령서 싹을 계속 넣었다.

마령서는 싹에 독성이 제일 강하고 녹색 껍질도 독성이 제법 된다. 미숙한 마령서일수록 껍질이 녹색이며 햇빛을 보면 녹색이 더욱 짙어진다.

샤오훙에게 부탁한 것 중 이게 첫 번째였다.

작은 마령서를 모아다가 햇빛이 잘 닿는 곳에 놓아 달라는 것.

물론 그래도 마령서를 먹을 수 있는 사람과 못 먹는 사람이 갈릴 수 있었다. 미각이 둔해지지 않은 자들은 다른 요리를 먹었지만 거기에도 섞어 넣었다. 갈아 내린 육두구를 잔뜩, 그야말로 내다 팔아도 될 정도로 많이 있었기에 양은 걱정할 필요가 없었다.

육두구는 생약으로 사용되는 한편, 지나치게 많이 넣으면 독성을 띠기도 한다. 구토와 경련을 일으키며 심장 박동을 빠르게 하고, 정신 착란 상태도 불러온다.

그리고 마오마오는 독안룡이 먹을 특제 말고기 초무침에도 그것을 듬뿍 갈아 넣었다.

"이 망할 년이!"

독안룡은 덜덜 떨며 잇몸을 드러냈다. 그 손에는 장기인 도끼가 들려 있었다. 마오마오는 공포에 집어삼켜지지 않기 위해 자리를 옮겼다. 휘청휘청 다리가 떨리는 독안룡은 마오마오를 따라잡지 못하고 도끼를 휘두르려다 자꾸만 떨어뜨렸다.

아까 샤오홍이 넘어졌을 때 마오마오는 자리를 정리하는 척하며 도끼 자루에 기름을 발라 놓았다. 자루에 천이라도 감아뒀으면 좋았을 텐데, 그냥 나무 그대로였기에 자꾸 미끄러진다.

"왜, 왜지? 나는 그, 그렇게, 많이, 먹지도, 않았는데…."

'하지만 술을 많이 마셨지.'

독안룡이 술과 고기만 먹는 편식가라는 사실은 요 며칠간의 식사를 지켜보며 알았다. 마령서에 손을 대지 않을 가능성이 높았다. 덩치도 크니 육두구 독만으로는 너무 약할지도 모른다.

그래서 마오마오는 술에 독을 더 많이 넣었다.

"수, 술인가. 아니… 아까 그 꼬맹이도 마셨는데, 문제, 없었잖아."

마오마오도 샤오홍도 멀쩡했다.

'통해서 다행이야.'

마오마오는 술에 표사에게서 받았던 뱀 독을 넣었다. 그리고 왜 두 사람이 멀쩡한가 하면….

'마침 입 안에 상처가 나서 잘됐지 뭐야.'

독안룡은 입 안을 깨무는 바람에 화풀이로 마을 사람을 두들겨 팼다고 들었다.

뱀 독은 강장제가 된다. 먹어서 섭취해 봤자 위액으로 소화될 정도다. 샤오홍에게는 음료의 독 시식을 할 가능성이 있다는 사실을 암시해 놓았다. 독한 술이 아니라 마유주를 내놓은 것은 그 때문이었다.

샤오홍의 입 안을 미리 꼼꼼히 살펴, 충치도 구내염도 없다는 사실을 확인했다. 샤오홍에게 한 부탁 그 두 번째였다.

단 입 안에 상처가 났다면 이야기는 달라진다. 상처를 통해 독이 침투하기 때문이다. 뱀 독에는 여전히 독성이 남아 있었고, 마유주는 독특한 맛이 나기 때문에 섞어도 들키지 않았다.

"가만 안 둬…."

독안룡이 비틀거리며 손을 치켜들었다.

"이봐… 거, 거기, 그 여자, 붙잡아."

혀가 잘 돌아가지 않아도 부하에게 지시를 내릴 정도의 기력은 남아 있었다. 부하 중에서도 비교적 여유가 있는 자들이 마오마오에게 다가왔다. 하나같이 마오마오가 생각한 대로 독을 잔뜩 먹은 것은 아니었다. 체격에 따라 독이 듣는 정도도 다르다.

하지만 마오마오도 지금보다 더 나쁜 상황까지 예상한 입장이었다.

'나는 승산 있는 승부가 아니면 안 해.'

시간을 벌며 계속 도망쳐야 한다.

마오마오는 기둥과 기둥 사이를 빠져나가며 기름병을 엎었다. 비틀거리는 도적들은 마오마오를 쫓아오다가 기름에 미끄러져 자빠졌다. 희극 같지만 본인은 목숨을 걸고 하는 행동이었다.

도망치면서 교회의 종을 요란하게 울렸다. 비상사태라는 사실을 모를 수가 없을 정도로.

'빨리, 빨리 좀!'

마오마오에게 다가오는 손이 늘어나고, 점점 교회 한구석으로 몰렸다.

'붙잡히겠어!'

마오마오가 견디다 못 해 가까이 있던 접시를 집어 던졌을 때였다.

우당탕거리는 소리와 함께 교회 문이 성대하게 박살났다.

"누, 누구냐?"

비틀거리는 독안룡의 눈에는 과연 보일까.

'왜 이렇게 늦었어?'

마오마오는 내심 욕설을 퍼부으며 들어온 사람들을 쳐다보았다.

"오랜만이다, 이 곰 같은 놈."

"그, 그 목소리는!"

독안룡이 비틀거리다 기둥에 몸을 기댔다. 남은 한쪽 눈에 비친 사람은….

"실컷 제멋대로 날뛰고 다닌 모양인데, 이럴 줄 알았으면 두 눈 다 파내 버릴 걸 그랬군."

남자가 얄미운 말을 내뱉었다. 잘생겼지만 야성미가 넘치는 얼굴이었다.

"시쿄, 너 이 자식!"

표사 여럿을 끌고 들어온 시쿄였다. 그 속에서는 여자 표사의 모습도 확인할 수 있었다.

"자, 그럼, 어디 청소를 시작해 볼까!"

시쿄가 손을 크게 들어 올리자 표사들이 거기에 동조했다.

'진짜 너무 늦었다고!'

마오마오는 숨을 헐떡이며 바닥에 주저앉았다.

약사의 혼잣말

도적들은 어이없을 정도로 금세 일망타진되었다.

뒷간에 갔던 도적들은 포박되고, 교회 안에 있던 도적들도 저항은 했지만 거의 무혈입성에 가까운 형태로 붙잡혔다.

하지만 도적들이 구토와 설사 증상을 보이며 다른 의미로 아비규환의 사태가 벌어졌으므로 자세한 묘사는 피하기로 한다. 그 자리 청소만큼은 죽어도 하기 싫다.

그리고 마오마오는 미간에 주름을 바짝 잡은 채 시쿄와 마주 보고 있었다. 옆에는 샤오홍과 여자 표사도 있었다. 샤오홍은 삼촌과의 재회에 환한 미소를 지었다.

집회소의 한 방을 빌렸다. 방 밖에는 호위를 세워 아무도 엿듣지 못하게 했다.

"이제 슬슬 설명 좀 해 주시면 안 될까요?"

마오마오는 체중이 자신의 두 배는 나갈 듯한 남자 앞에서 겁

먹은 기색을 보이지 않았다.

여자 표사는 배려해 주려는지 샤오훙을 데리고 방을 나갔다.

"나도 설명하고 싶긴 한데, 일단 서로 자기소개 좀 제대로 해 보자고. 넌 나에 대해 어디까지 알고 있지? 기탄없이 말해 줘."

시쿄의 말에 마오마오는 정직하게 대답하기로 했다.

"교쿠엔 님의 손자. 교쿠오 님의 큰아들. 교쿠요 황후 전하의 조카이니 혈통으로는 부족함이 없지만 평소 행실이 바르지 못하기 때문에 후계자 싸움에서 사람들이 그리 좋게 봐 주지 않는 아들이죠. 밀조주를 만들어 내다 팔고, 도적과 연줄이 있는 게 아니냐는 인식도 있어요. 겸사겸사 말하자면 본인 아들 교육도 제대로 하는 편이 좋겠네요. 그 상태로 그냥 키울 거라면 차라리 아이를 하나 더 낳는 편이 낫지 않을까요?"

"정말 기탄이 없구만. 덕분에 교쿠쥰은 무사히 돌아왔어. 도적한테 쫓겨 다닌 게 꽤나 큰 충격이었던 것 같긴 하지만."

시쿄는 마오마오의 말을 듣고도 화를 내지 않았다.

"그럼, 나도 말하지. 너는 칸 태위의 딸. 표면상으로는 의관 보조로 따라온 관녀지만 실제로는 달의 귀인이 아끼는 애지?"

"제가 칸 태위와 인연이 있었던 기녀의 딸이라서 자기 딸이라고 착각하고 있을 뿐이에요. 달의 귀인으로 말하자면 독 시식 담당으로 요긴하게 부려 먹히고 있다고만 말씀드릴게요."

반드시 정정해 두어야 할 부분이었다.

"응. 뭐, 그런 걸로 해 둘게."

시쿄의 말투가 마음에 걸렸지만 무시하지 않으면 이야기를 진행시킬 수가 없다.

"어쩌다 이런 상황이 되어 버렸는지 말하려면, 어디서부터 이야기를 해야 하나."

시쿄는 끙끙거리며 탁자를 손가락으로 톡톡 두들겼다.

"다들 나를 보고 건달 두목 노릇이나 한다고들 하지만, 뭐, 표국을 갖고 있다고 말하면 이해가 되려나. 정확히 말하면 작은 표국을 사들여서 이어 나가는 거지."

"도적과의 연줄은 어떻게 된 건가요?"

"도적들하고 사이가 좋을 리 있겠어? 그 곰 같은 놈은 내가 한쪽 눈을 뭉개 버린 후로 나한테 원한을 품었어. 표사로 일하기 시작한 내 영역 안에 출몰해서 괜한 시비를 걸어 대고, 가끔 우리 표사의 이름을 사칭하는 일도 있었지. 결과적으로 도적과 손을 잡았다는 헛소문이 퍼져서 오히려 내가 곤란할 지경이라고."

시쿄의 말을 전부 곧이곧대로 받아들일 수는 없지만, 마오마오가 아는 이야기는 거의 취에가 해 준 이야기였다.

'오히려 취에 씨의 정보가 수상한데.'

취에의 이야기를 믿는다면 모순이 발생한다. 애당초 자기 입으로 시쿄를 구제 불능 탕아로 묘사해 놓고서 이 남자와 함께 마오마오를 도망치게 했던 일 자체가 이상하다.

'취에 씨라면 교묘하게 사실을 섞어 넣어서 날 유도했을 가능성이 높아. 그렇다면 불량배 시쿄에게 내가 말려들지 않도록 배려해 준 걸까?'

그렇다면 시쿄의 이야기를 제대로 듣고, 사실과 비교해 보아야 한다.

"당신은 왜 목숨의 위협을 받았고, 왜 저는 서도를 떠나야만 했던 거죠?"

마오마오는 본론으로 들어갔다.

"얘기하자면 길어."

"알아요."

뭐든 좋으니까 빨리 이야기나 하라고 마오마오는 생각했다.

"일의 시작은 이래. 달의 귀인이 서도에 온 지 얼마 안 됐을 무렵, 어떤 대상隊商을 서도로 데려다 달라는 의뢰가 내게 들어왔지. 도중까지는 다른 표국이 맡았는데, 자기네 구역에서 멀리 떨어지게 된다고 하기에 내가 이어 받았어."

"외국의 대상이라는 사실을 알면서 이어 받은 거예요?"

"뭐, 대충. 상대도 날 잘 알았기 때문에 의뢰한 것이기도 하고. 만약 우리 아버지 교쿠오에게 들킨다 해도 아들이 잘 달래 주리라고 계산했겠지. 표사들 사이에서 우리 아버지의 외국인 혐오는 유명하거든."

"교쿠오 님의 아들인 당신 입장에서 외국인 운운하는 이야기는 어떻게 들리나요?"

어린 교쿠요 황후는 교쿠오의 자식들에게 괴롭힘을 당했다고 들었다. 그렇다면 이 남자에게도 해당될 터였다.

"…예전에는 아버지 영향으로 싫어했어. 하지만 국경 사이에 낀 이 지방에서 외국인을 배제한다는 건 불가능해."

'흐응….'

마오마오는 차 대신 마유주를 마셨다. 물론 뱀 독은 들어 있지 않았다.

"그런데 우리가 안내한 외국인은 함부로 리국을 안내해 줘서는 안 되는 놈들이었던 거야."

"외국의 요인이라거나 뭐 그런 건가요?"

"처음에는 몰랐지만 말이지, 차츰 수상하다는 생각이 들었어."

"어떻게요?"

시쿄는 검지를 치켜들었다.

"달의 귀인이 체재하고 있다는 이야기를 듣고 쫓아온 눈치였거든. 그자들이 오자마자 바로 추격대도 오더라고. 상인을 노리는 것치고는 집요하고 아주 귀찮게 굴었지. 아무래도 수배서가 뿌려진 모양이었어. 범죄자인가 싶었지만 또 그런 것과도 좀 다른 분위기야. 그리고 샤오에서 왔다던데 북쪽 억양이 느껴지더라고. 국교가 있는 샤오라면 몰라도, 북아련 녀석들이라면 큰 문제가 돼."

"북아련…."

마오마오는 수배서라는 말을 듣고 곰 같은 남자가 들고 있던 물건을 떠올렸다.

"달의 귀인 암살을 꾀하는 놈들인가 했는데 또 그것도 아냐. 목적은 달리 있었지."

"어떤 목적이었는데요?"

진시가 와 있을 때를 노렸다는 게 요점인 모양이었다.

"어쩌면 망명 생각이 있었을 수도 있어. 달의 귀인이 거기 있으면 혹시 자국에서 쫓아온 추격대가 이 땅에 들어오기 어려울 거라 생각했던 게 아닐까? 천재와 바보의 사이를 아슬아슬하게 오가는 방식만 쓰는 참모가 있었던 모양이야."

'그거 귀찮긴 하겠네.'

아무튼 이 남자는 도망쳤던 것 같지만….

"황해가 일어나는 바람에 내내 발이 묶여 있었어. 외국인에 대한 반감은 위험했지만 다하이 숙부가 숙박촌에서 보호해 준 덕분에 살았지. 도중에 요인이 병에 걸리는 바람에 의사가 필요해졌을 때는 정말 당황스러웠고."

"……."

'외국인, 숙박촌, 의사….'

마오마오는 짚이는 데가 매우 많았다.

"그 요인은 어린아이였나요?"

"그래."

역시, 하고 마오마오는 머리를 부둥켜안았다.

"계속 숙박촌에서 시간만 죽이고 있을 수도 없었지. 그때 아버지가 죽는 바람에 여러 가지 진전이 있었던 거야."

"교쿠오 님이 안 계시면 뭐가 바뀌나요?"

"외국인의 이야기를 멀쩡하게 들어 주는 상대와 들어 주지 않는 상대 중 어느 쪽하고 얘기하고 싶어? 한마디로 외국인, 이제 이름을 얘기해도 되겠지, 리비토국 사람들이 요인인 그 어린아이를 데리러 온 거야. 국내의 복잡한 정세가 많이 진정된 거지."

'리비토국….'

아마 북아련에 속하는 어느 나라였던 것 같다. 마오마오는 그 이상은 모른다.

"그래서 내가 사이에 끼어서 달의 귀인에게 말을 전달하기로 했어. 하지만 그 이야기를 하러 가다가 이 꼴이 된 거지."

시쿄는 옆구리를 툭툭 쳤다. 독화살에 맞아 부상을 입은 자리였다.

"본 저택에 들어가자마자 바로 당했다. 나는 조건반사적으로 근처에 있던 문지기들을 두들겨 팼지. 그건 실수였지만. 아무튼 어디에 사객이 있을지 모르니까 그 통로에 숨어서 화살을 파냈던 거야."

"그리고 교쿠준과 샤오홍이 왔고, 샤오홍이 의사를 찾아와서 제가 처치를 했던 거로군요."

이야기가 연결되었다.

"그럼, 알고 계세요? 샤오홍과 교쿠준에게 그 비밀 통로를 안내해 준 인물이 누구인지를."

"……."

시쿄는 말이 없었다. 동생 후랑이 그런 일을 저질렀다는 사실을 인정하기 싫은 모양이었다.

"그럼, 저까지 도망쳐야 할 이유는 뭐였는데요?"

"나는 어느 틈엔가 외국 요인을 유괴한 범인이 되어 있었어. 나를 치료한 너도 연관이 있다는 혐의를 받을 테고. 외교 문제에서는 자국에 불리한 부분을 상대국에 보여 주지 않는 게 기본이지."

그래도 교쿠오의 큰아들로서 교육을 받은 만큼 그런 부분은 알고 있는 모양이었다.

"저택 안에서 입으로 부는 화살을 쏘았다는 점을 생각하면 안에 내통자가 있을 가능성이 높아. 취에는 그렇게 말했어. 그래, 네 말이 맞아. 분명 후랑이 한 짓일 거야."

"그렇군요."

마오마오를 끌고 나온 것은 취에의 판단이었던가. 그런 줄도 모르고 이미 외국의 요인과 접촉한 마오마오였으니 아무것도 모른다고 시치미를 뚝 뗄 수는 없다. 무엇보다 내통자가 이미 존재하는 시점에서 마오마오가 본 저택에 있다가는 누명을 뒤집어쓸 가능성이 있었다.

"외국의 요인을 만나, 오해를 풀고 리비토국에 돌려보내기만 하면 해방될 수 있지. 물론 돌려보내는 상대가 요인의 정적이 아니라는 점을 확인하고 나서. 그동안 우리는 말할 것도 없이 너와 내 조카딸을 숨겨 둬야 했고, 추격자도 떨쳐 내야 했지. 그리고 달의 귀인과도 어떻게든 연락을 취해야 했어. 오히려 달의 귀인에게 연락하는 일이 제일 큰 문제였지."

'말은 쉽지만 할 일이 많다, 너무 많아.'

"뭐, 다 잘되지는 않았어. 위험을 느낀 요인은 숙박촌을 빠져나와, 사전에 정해 둔 유사시의 약속 장소로 향했어. 결과적으로 또 너희를 끌고 돌아다녀야 하는 상황이 되었던 거야."

"…그 요인을 쫓던 사람들 중 하나가 독안룡이었군요."

"그런 이름으로 부르기도 아깝다. 그냥 곰 같은 놈이라고 해. 그놈은 나한테 원한을 품고 있었거든. 당연히 기쁘게 일을 받아들였지. 이 마을은 내가 일을 준비할 때 자주 이용하던 곳이었기 때문에, 숨어서 우릴 노렸을 거야. …정말 미안하게 됐어."

도적들이 이 마을을 소굴로 삼은 이유가 자신 탓이라는 사실을 알았으니 풀이 죽는 것도 당연한 일이다. 그 곰 같은 놈 때문에 대체 몇 명이 죽었는지.

"지금 여기 계신다는 건, 요인을 무사히 돌려보냈다는 말이네요."

"그래. 이틀쯤 전 달의 귀인이 보낸 증원이 온 덕분에 원활히 끝났어. 더 빨리 가고 싶었지만 그 곰 같은 놈이 괜히 눈치를 챘다가는 무슨 짓을 당할지 모르니까. 변명 같겠지만, 난 너도 샤오홍도 미끼로 삼을 생각은 없었어. 설마 그놈이 외국 요인과 샤오홍을 혼동할 줄은 생각도 못 했거든."

"알아요. 보통은 착각 안 하죠."

독안룡, 아니 그 곰 같은 놈이 샤오홍을 외국 요인으로 착각한 이유는 글자를 읽지 못했기 때문이리라. 초상화는 색칠이 되어 있지 않았고 세세한 특징은 옆에 단서 조항으로 적혀 있었다. 머리색은 몰라도 눈 색깔까지 착각했다는 것은 단서 조항을 읽지도 않았기 때문이다.

'안 읽은 게 아니라, 못 읽은 거지.'

그리고 도적들 대부분이 글을 읽지 못한다면 그것을 이용해 얼마든지 앞질러 나갈 수 있다.

마오마오는 옷소매를 보았다. 모직 옷이었다가, 지금은 세탁해 놓았던 옷으로 갈아입은 상태였다. 그 소매에는 취에가 놓은 자수가 있었다. 아주 섬세한 자수로, '터진 곳을 꿰맨' 정도가 아니었다. 무엇보다 옷에 터진 부분이라고는 하나도 없었다.

그런 섬세한 자수를 그렇게 짧은 시간 안에, 일하는 틈틈이 놓는 것은 불가능하다. 그러니 처음부터 자수가 놓여 있었던 것이라고 마오마오는 생각했다. 나열된 단어는 나중에 추가로 새겨 넣었으리라.

그 자수를 놓은 사람은 마오마오가 옷 따위에는 관심이 없으리라고 생각한 듯했다. 그리고 '터진 곳을 꿰맸다'는 말이 암호라는 사실을 알아차리리라 예측했다. 마오마오를 잘 아는 사람이 아니면 불가능하다.

자수에는 마오마오만 알아볼 수 있는 지시가 들어가 있었고, 마오마오는 그 지시대로 행동했다.

마을 안에 이미 조력자가 있었으리라. 바로 그 아줌마 말이다. 그렇다면 마오마오와 샤오훙의 모녀 설정을 알고 있어도 이상하지 않다. 순박한 주민들 중에서 어쩐지 혼자만 어휘력이 풍부하다 싶었다.

"뭔가 사전에 정해 놓은 연락 방법이 있었나요?"

"그냥 몰래 숨어 들어가서 알려 줬어. 뭐, 정해 놓은 장소에 지시를 써 놓았을 뿐이었지만."

"그런 사람이 있었어요?"

"있어, 그런 게 특기인 인간이."

"…혹시 그 여자 표사님이었던가요?"

"정답이야."

"…혹시 그…."

마오마오가 물으려 할 때 문이 열렸다.

여자 표사가 서 있었다. 30대쯤 되는 날카로운 외모의 소유자였으나, 표정은 묘하게 친근감이 느껴졌다. 마오마오는 눈을 가늘게 뜨고 표사의 전신을 훑어보았다. 키가 크고, 목소리도 낮고 늠름하다.

하지만 왠지 모르게 마음에 걸리는 부분이 있었다.

그 위화감을 근거로, 신경 쓰이던 부분을 입 밖에 냈다.

"춰에 씨인가요?"

마오마오는 조심조심 물었다. 설마 했으나….

"헤헷, 들켜 버렸나요? 정답이에요."

표사가 장난기 넘치는 자세를 취했다.

그때까지 냉정하고 차분하다고만 생각했던 그 표사의 인상이 와르르 무너져 내렸다.

"일단 그 모습으로 이상한 동작 좀 하지 말아 주세요. 머리가 혼란스러워져요."

아니, 대체 어떻게 그렇게까지 다른 사람이 될 수가 있는 것일까. 키는 3촌* 이상 크고, 골격도 완전히 딴 사람이다. 평소에는 독특한 발소리를 내며 다가오는데 지금은 무인의 움직임

※3촌 : 9센티미터.

그 자체였다.

무엇보다 구성 요소의 9할 이상이 장난기로 이루어진 취에가 저 무뚝뚝한 표사였으리라고 대체 누가 생각할 수 있었을까.

"그나저나 절대적인 자신감을 갖고 변장했는데 마오마오 씨는 알아봤네요. 흐음, 요즘 자신감을 잃는 일이 자꾸 생겨요."

"이 자수가 없었으면 절대 못 알아봤을 거예요."

마오마오는 소매의 자수를 보여 주었다. 취에의 자수는 오히려 아직도 못 알아차렸나는 도발로 느껴졌다.

취에는 여자 표사의 정체를 어렴풋이 암시함으로써 이제 곧 마오마오와 샤오훙을 구하러 가겠다는 뜻을 전했다. 마을 안에는 취에의 조력자가 몇 명 있었는데 암호를 이용해 정보를 교환했다고 한다.

"혹시 선생님이라고 불리던 그분도 취에 씨의 지인인가요?"

"용케 알았네요."

마오마오는 휴우, 하고 한숨을 내쉬었다. 어쩐지 취에가 그토록 마오마오에게 경전의 한 구절을 열심히 가르친다 했다. 처음부터 이유를 알려 줬으면 좋았을 것을.

아무튼 지금은 불평해 봤자 소용없는 일이다.

"취에 씨도 저한테 여러 가지로 설명할 일이 많을 것 같은데요."

"맞아요~ 뭐부터 이야기해야 좋을까요?"

그렇게 말한 취에는 묶고 있던 머리를 풀어 내렸다. 날카롭던 눈매가 왠지 모르게 애교 있는, 원래의 익숙한 얼굴로 돌아왔다. 취에가 손가락으로 피부를 문지르자 하얀 조각이 벗겨져 와스스 쏟아졌다. 화장으로 피부색의 농담을 조절했을 뿐만 아니라 특수한 접착제로 얼굴의 조형까지 바꾼 모양이었다.

"우선 두 분의 관계를 알려 주시겠어요?"

마오마오는 취에와 시쿄를 교대로 쳐다보았다. 취에가 씨익 웃었다.

"취에 씨는 처음에 시쿄 님을 구제 불능 날건달처럼 묘사했죠. 적어도 친하게 지낼 만한 사람은 아니라는 식으로 말했잖아요?"

"네. 하지만 거짓말은 안 했어요~ 예전에 저랑 마오마오 씨를 습격한 도적이 있었죠? 그 녀석들, 시쿄 씨의 옛 부하거든요~"

라한네 형과 함께 농촌에 갈 때 있었던 일이다. 그때의 도적은 바센이 박살을 냈다.

"내가 산 표국에 원래부터 있었던 불량배들이야. 호위 일을 시키기에는 도저히 신뢰할 수가 없어서 쫓아냈더니, 내게 원한을 품고 우리 구역 주위에서 도적질을 하거나 그 곰 같은 놈 밑으로 들어가더라고."

'표국에 신뢰할 수 없는 부하를 놔둘 수는 없겠지.'

혹시 마오마오와 샤오홍에게 사정을 설명한 후 숲에 방치해 놓고 갔던 아저씨들도 그런 부류였을까. 어디까지나 이건 일일 뿐이라는 태도였으나, 그래도 성실한 편이라는 인상이 들었는데.

"그럼, 밀조주를 만든 데에도 이유가 있었나요?"

"아니, 그건, 그러니까, 자가 소비용이었는데 담을 병이 없어서…. 마침 괜찮아 보이는 빈 병이 있기에 거기 담았더니, 실수로 운송용 짐에 섞여 들어가는 바람에…."

시쿄는 횡설수설 변명했다. 진실은 어떨지 몰라도 주위에 폐를 끼친 것은 사실인 모양이었다.

"이런 사람이라 마오마오 씨는 접근하지 않는 편이 낫겠다고 저는 생각했던 거예요~"

화장을 완전히 지운 표사는 이제 분명한 취에의 얼굴로 돌아왔다.

"흐응, 그랬군요."

마오마오는 아직 감추고 있는 것이 있다고 생각했지만 일단 납득해 주기로 했다.

"시쿄 님과 취에 씨가 어떤 관계인지는 모르겠지만, 취에 씨가 뭘 하고 있었는지는 설명해 주실 거죠?"

"네. 마오마오 씨를 본 저택에서 끌고 나간 뒤로 난리도 아니었어요~ 시쿄 씨를 덮친 내부범을 찾아내야지, 달의 귀인께 설명해야지, 돌팔이 씨 및 기타 등등의 눈을 일버무려야지. 제일 귀찮았던 건 군사님이었죠. 아시겠어요? 이 고생, 아시겠어요~? 뭐, 저는 중간부터 마오마오 씨 쪽으로 합류했으니 군사님 대처는 달의 귀인이랑 돌팔이 씨한테 맡긴 셈이지만요~"

어떻게 얼버무렸는지는 모르겠지만 힘들긴 힘들었던가 보다.

"내부범 문제를 제외한 나머지를 전부 해치우고 나서 마오마오 씨를 데리고 이동. 서도는 아직 위험한 동시에, 달의 귀인께 요인 유괴 혐의가 씌워지지 않도록 해야 했기에 어쩔 수 없는 일이었다고 생각해 주시면….'

"그렇군요."

취에가 마오마오조차 알아볼 수 없을 만큼 완벽하게 변장한 것도 그 때문인 듯했다.

"요인을 리비토국에 인도하는 사이 마오마오 씨네를 그 바로 직전 마을, 즉 이 마을에 머물게 해 유괴 혐의가 풀린 상태에서 서도에 돌려보낼 예정이었죠."

"그런데 그 곰 같은 놈이 여기 있었단 말이죠?"

"네, 가장 큰 오산이었어요~ 불길한 예감이 들긴 했지만 그렇게까지 이 마을을 지배하고 있었을 줄이야. 게다가 설마 샤오홍 씨를 외국 요인으로 착각해서 쫓아오리라고 누가 생각이나 했겠어요~?"

장기나 바둑을 둘 때, 오히려 초보일수록 말을 어떻게 움직일지 예측하기가 힘들다. 책사가 아닌 그 곰 같은 놈이 어떤 식으로 움직일지는 정말로 몰랐던 모양이었다.

"그렇게 되니 저도 예정을 바꾸는 수밖에 없었어요~ 마오마오 씨를 계속 호위할 수도 없었죠. 그래서 마오마오 씨의 목숨이 보장됐다는 사실을 확인한 뒤 이 마을을 벗어났답니다."

"…제가 그 선생님이라는 사람과 접촉하는 것까지 확인하고 나서 자리를 뜬 거죠?"

"네."

마오마오는 '야, 이 자식아!' 하고 고함을 지르고 싶어졌으나 뱃심을 주고 꾹 참았다. 취에에게도 취에의 입장이 있으니.

"저는 마을 상황을 확인하고 나서 내부 조력자 몇 명과 접촉을 시도했을 뿐이라, 도적들에게는 존재를 들키지 않았어요. 하지만 제가 돌아오기 전에 이미 도적들이 마차를 발견해 버리는 바람에 더는 도망칠 수 없다고 판단하고 계획을 변경한 거죠~"

"그래서 저를 그쪽 교인으로 만들어서 비호를 받게끔 한 건가요?"

"네. 선생님은 예전부터 같은 교인에게는 손을 대지 않았으니까요. 동시에 같은 교인을 지키기 위해서는 수단을 가리지 않았죠."

'지키기 위해서는 수단을 가리지 않았다….'

그래서 이교도를 저버릴 수 있었던 건가, 히고 마오마오는 어이가 없었지만 실제 그 덕분에 자신은 살아남았으니 할 말이 없다.

"시쿄 씨네 일행은 아직 이 마을에 도착하지 않은 상황이었어요. 곰 같은 놈과 마주쳐서도 안 되고, 리비토국의 요인이 근처에 있다는 사실을 들킬 수도 없었고. 그래서 저는 이 마을을 피해 다른 장소로 가겠다는 이야기만 해 놓고 요인 인도를 최우선으로 삼았어요. 괜히 저 혼자 돌아와 봤자 그 인원을 다 제압할 무력은 없으니까요. 제반 사정 때문에 달의 귀인에게서 무력을 빌려올 수도 없었어요. 결국 도중에 달의 귀인께서 내부범을 색출해 내고, 시쿄 씨와 협력함으로써 원활하게 일을 끝내긴 했네요. 그래서 요인 인도가 끝난 뒤 시쿄 씨와 그 표국 사람들을 데려올 수 있었던 거예요."

"그래서 조력자를 통해 조만간 데리러 갈게, 하는 언질을 남겼군요?"

"네, 어차피 알아차리든 못 알아차리든 상관은 없었는데 역시 마오마오 씨예요. 도적들에게 독을 먹여 준 덕분에 훨씬 일이 쉬웠거든요. 아니, 그보다 어떻게 독을 넣었는지가 궁금한데 대체 어떻게 한 거예요?"

취에는 칭찬했지만 별로 기쁘지 않았다. 애초에 그런 건 약사가 할 일도 아니다.

"도적들 중에 미각치가 많아서 다행이었죠."

독이 든 마령서를 먹으면 아린 맛에 혀가 얼얼해진다. 그것을 속이기 위해 향신료를 잔뜩 뿌려도 알아차리는 자가 분명 있을 터였다. 증상이 가벼운 몇 명은 아마 마령서 맛이 이상해서 많이 먹지 않았을 것이다.

"마령서 껍질과 싹 외에도 육두구와 뱀 독을 넣었어요. 그리고 마유주에는 주정을 섞어서 취하기 쉽게 만들고, 거기에 숨겨진 맛으로 숙취를 유발하는 버섯도 살짝 섞었죠."

"".......""

"왜 두 분이서 나란히 저를 그렇게 째려보는 건가요?"

"마오마오 씨, 독을 넣어도 너무 많이 넣었네요~"

"살살 했다가 잘못하면 제가 죽을 수도 있으니까요."

마오마오도 살해당할 바에야 차라리 살해를 하는 쪽이 되고 싶다.

"독을 용케 그렇게 많이 모았군."

"독 같은 건 아무 데나 굴러다녀요. 사용법을 아느냐 모르느냐의 차이죠."

이야기가 탈선했기에, 원래 궤도로 돌려놓아야 했다.

"…두 가지만 확인해도 될까요?"

"가능한 범위 내에서라면요."

"요인을 인도했다고 들었는데, 어떤 분에게 넘긴 건가요?"

마오마오의 질문에 취에는 눈을 가늘게 떴다.

"안심하세요. 마오마오 씨가 걱정할 만한 상대는 아니에요."

애매한 말투였으나 요인의 신변 안전은 확보된 모양이었다. 충치 때문에 제멋대로 굴며 소란을 피우던 어린아이였으나 그렇다고 괜히 죽기라도 했다가는 뒷맛이 좋지 못할 것이다.

"두 번째는 뭔가요?"

"…시쿄 님을 덮친 게 누군지 궁금해요."

"마오마오 씨는 이미 알아차린 것 같은데요~"

취에는 항상 예리하니 참 난감하다.

알아차렸어도 굳이 말하지 않는 게 마오마오다.

마오마오에게는 의문이 있었다.

왜 샤오홍이 자신을 부르러 왔는가.

샤오홍이 어떻게 비밀 통로를 알고 있었는가.

그래서 샤오홍에게 몰래 물어보았다.

"그 장소에 시쿄 님이 있었는지 어떻게 알았어?"

그 대답은….

"삼촌이 가르쳐 줬어."

여기서 말하는 삼촌은 대체 어느 삼촌일까.

"후랑 삼촌이 가르쳐 줬어."

후랑. 늘 저자세인 교쿠오의 셋째 아들이다. 네 남매 중 혼자서만 나이 차가 난다.

"…후랑 님의 의도는 대체 뭐였죠?"

이야기가 진행되지 않으니 마오마오가 대놓고 언급할 수밖에 없다.

"네, 별것도 아닌 그냥 후계자 싸움 때문이었어요~"

태평한 말투의 취에와는 반대로 시쿄는 복잡한 표정이었다.

"뭐, 그보다 취에 씨가 여기 온 데에는 여러 가지 이유가 있는데요."

취에가 시쿄를 쳐다보았다.

"왜 도적들을 살려 준 건가요~?"

평소와 다름없이 길게 끄는 말투였으나 묘한 박력이 있었다.

"나는 관리가 아냐. 교수형을 시키는 것도 참수를 하는 것도 내가 정할 일은 아니잖아?"

"물러 터졌네요~ 애당초 한쪽 눈만 뭉개서 놓아줬으니까 이런 일이 벌어진 거예요. 모가지를 후딱후딱 베어 버려야죠. 지금이라면 얼마든지 변명할 수 있잖아요~"

취에가 목을 베는 시늉을 했다. 익살스러운 말투에 비해 잔혹한 이야기였다.

"아무것도 못하게끔 팔을 부러뜨려 놨어. 관리에게 넘기기만 하면 되잖아."

"그런가요~?"

취에는 고개를 갸웃하며 등을 돌렸다.

"그렇게까지 말한다면 어쩔 수 없죠~ 끝까지 책임져 줘야 해요~ 부상당한 짐승만큼 무서운 건 없으니까요."

"알아."

"정말 알아요~? 그렇게 물러 터져서는 후계자가 될 수 없다고요~"

"…안다고."

그 말을 남기고 취에는 방을 나갔다.

'별것도 아닌 그냥 후계자 싸움 때문이었어요~'

마오마오는 묘하게 마음에 걸렸다.

취에의 말처럼 단순한 이야기는 아닌 것 같았다. 그렇다고 마오마오가 끼어들 이유도 없다.

'자, 그럼, 이제.'

마오마오는 눈에 보이던 여러 가지 문제가 해결된 덕분에 겨우 서도로 돌아갈 수 있게 되었지만, 마차 안은 지루하다. 함께 타고 있는 샤오훙은 잠들었다. 취에는 마부석에 앉아 있기 때문에 마오마오로서는 멍하니 창밖을 내다보는 일밖에 할 것이 없었다.

'생각을 정리해 볼까.'

마오마오는 도움이 될지 어떨지도 모르는 서도의 사 남매를 떠올렸다.

교쿠오의 큰아들, 시쿄. 영재 교육을 받았지만 본인은 의욕이 없고 지금은 표국을 경영하고 있다. 본인에게 의욕만 있으면 후계자 싸움 같은 것도 일어나지 않고 모든 일이 잘 풀릴 것처럼 보인다. 소문으로 듣던 것만큼 나쁜 사람은 아니지만 동시에 다소 부족한 점도 있어 보인다.

큰딸, 이름은 인싱이라고 했던가. 샤오홍의 어머니, 기가 세 보이는 여자지만 술서주에서 살아가기는 갑갑할 것 같았다. 그나저나 숲에서 헤어진 호위 아저씨들에게 샤오홍에 대해 쓴 편지를 맡긴 것은 어떻게 되었을까. 괜한 걸음을 시킨 셈이고, 보수로 건넨 진주도 아까웠지만 나중에 시쿄한테라도 위자료를 청구해 볼까 싶다. 사 남매 중 홍일점이며 유산 분배 문제에 꽤나 불만이 많아 보인다.

둘째 아들, 페이롱. 큰아들이 반면교사가 되었는지 꽤나 고지식해 보이던 남자였다. 몇 번 만났을 뿐 제대로 대화도 나누어 본 적 없지만 이상한 소문은 들려오지 않았다.

마지막으로 셋째 아들, 후랑. 조금 수상쩍게 느껴지긴 했으나 이번 일로 이 녀석의 수상함이 뚜렷하게 드러나고 말았다. 지금 생각하면 교쿠오 사후 대부분의 귀찮은 일들은 이 셋째 아들이 가져왔던 것 같다. 겉으로는 작은형을 지지하는 분위기였다. 그러니 큰형의 목숨을 노린 이유에도 설득력이 있다고 느껴진다.

'하지만 취에 씨는 후계자 싸움이라고 했으니까.'

물론 큰아들과 둘째 아들의 후계자 싸움이라면 이야기는 이해가 된다. 셋째 아들은 작은형 측에 붙어서 큰형을 끌어내리려 했다. 설명은 되지만….

'묘한 꿍꿍이가 느껴져.'

취에가 사실을 이야기하지 않았다는 느낌이 든다.

마오마오는 고민하면서 마차 바닥에 이름들을 적었다.

'사 남매 중 교쿠玉가 들어가는 이름은 하나도 없네.'

새로운 요우楊 씨네 집안에서는 이름을 짓는 독자적인 규칙이 있는 듯했다.

남자는 동물 이름, 여자는 색 이름일까. 알아보기 쉽고 일반적인 규칙이라고 하면 그럴 수도 있겠지만.

'큰아들이 스스로 '교쿠'를 버렸다면 이해가 돼. 그렇지 않고서야 시쿄라는 이름을 붙였을 리가 없지.'

시쿄, 올빼미의 다른 이름이지만 '흉악한 자'를 빗대어 부르는 말이기도 하다. 어떤 의미에서는 큰아들이 악역을 자처하고 싶어 하는 듯 보이기도 했다.

그 아버지, 교쿠오가 스스로를 무생이라고 생각했기에 아들은 그 반대의 길을 걸어갔다. 이 또한 반면교사다. 그러나 아무리 몹쓸 놈인 척해도 그 솔직한 성격은 교쿠오보다 훨씬 무생에 어울린다고 마오마오는 생각했다.

'일부러, 내가 그 곰 같은 놈에게 쫓겨 다니는 장면을 노려서 돌입한 건 아니겠지?'

마치 연극의 마지막 부분 같은 행동거지였다.

둘째 아들의 이름, 페이롱. 이것은 흔한 이름이다. 아들이 용처럼 높이 날아올라 출세하기를 바라는 이름.

그러나 셋째 아들은 어떨까.

후랑, 이름이라고 하기에는 시쿄와 마찬가지로 별로 좋은 의미가 아니다. 욕심 많고 잔인하다는 의미가 더 짙다.

'중앙과 술서주 사이에 의미 차이가 있나?'

아니, 양과 염소를 방목하는 유목민들 사이에서 늑대는 그리 좋은 의미가 아닐 터.

마오마오는 창밖으로 고개를 내밀고 마부석에 앉아 콧노래를 부르는 취에를 불렀다.

"취에 씨, 취에 씨."

"마오마오 씨, 마오마오 씨. 왜 그러세요?"

취에는 딴전을 피우지 않고 고삐를 잘 잡고 있었다. 바람 때문에 목소리를 알아듣기가 조금 힘들었다.

"술서주에서는 막내에게 불길한 이름을 지어 주는 풍습이라도 있나요?"

"으응~ 글쎄요. 일찍 죽지 말라고 이상한 이름을 붙이는 풍습은 없었던 것 같은데요~"

취에는 보기와는 다르게 박식하다. 마오마오도 그런 풍습에 대해 얼핏 들어 본 적이 있다. 귀여운 아이가 하늘의 눈에 들어 일찍 죽지 않도록, 일부러 더러운 이름을 붙인다는 이야기였다. 개중에는 배설물을 이름으로 붙여 주는 곳도 있다고 한다.

"그런데 그런 건 왜 물으세요~?"

"아뇨, 후랑이라는 이름은 너무 악역 같다는 생각이 들어서요."

"아아, 그렇군요~ 막내고, 제일 당주에 어울리지 않는다면서 마님이 지으셨대요~"

'마님이?'

샤오훙의 할머니고, 샤오훙의 용태를 보러 갔을 때 마주친 적이 있다.

"마님은 이름을 참 기묘하게 지으시네요."

"몇 년간 외국에 있었다 보니 감수성이 조금 바뀐 게 아닐까요~?"

"그러고 보니 그런 얘기가 있었죠."

후랑이 사 남매 중 혼자만 나이 차가 나는 것이 그 때문이라고 했던가.

"그때 여러모로 망가졌는지, 후랑 님을 낳은 후로는 완전히 텅 빈 껍데기가 되어 버린 거예요~"

"그랬군요."

마오마오는 문득 불경한 생각을 했다.

'후랑이 교쿠오의 자식이 아니라면?'

외국에서 생긴 아이라면 나쁜 의미의 이름을 붙이는 것도 이해가 된다.

말할까 말까 고민하다가, 그냥 이참에 물어봐야겠다고 마오마오는 생각했다.

"혹시 후랑 님은 교쿠오 님의 친자식이 아닌가요?"

"풉!"

무엇이 그리 재미있는지 취에가 평소와 다르게 폭소를 터뜨렸다. 늘 생글생글 웃는 얼굴이지만 배꼽을 쥐고 웃는 모습은 처음 보았다. 그런데도 고삐는 놓치지 않고 꽉 쥐고 있었다. 정말 놀라운 조종 기술이었다.

"하하하, 실례했네요. 그, 그런 일은 절대 없어요~"

"어떻게 그렇게 단정할 수 있나요?"

"마님이 돌아오시고 나서 1년 후에 태어났으니 외국인의 자식을 임신해서 돌아왔을 리가 없거든요. 앗, 물론 저택 안에서 밀회를 가졌다면 이야기가 달라지겠지만요."

취에는 어지간히도 재미있었는지, 다시 생각난 듯 웃음을 터뜨렸다. 마오마오와는 웃는 지점이 다른지 도대체 어디가 재미있는지 알 수가 없었다.

'뭐야, 아니었나.'

마오마오는 창을 닫았다. 아직 마차 안에서 흔들려야 할 시간은 길었다. 얌전히 잠이나 자야겠다.

서도까지는 며칠이 걸린다. 올 때에 비해 인원이 많았기에 중간에 마을에 들르지 않고 야영을 하기로 했다. 전직 유목민이 많은지 야영은 익숙해 보였고, 그래서 간이 천막이 눈 깜짝할 사이 설치되었다. 그 안이 생각보다 편안하다는 사실을 마오마오는 알고 있었다.

진두지휘는 시쿄가 맡았고 마오마오와 샤오홍은 물론 취에까지도 손님 기분으로 지켜보기만 했다.

"삼촌, 대단해."

부하를 지휘하는 시쿄를 보고 샤오홍이 눈을 반짝반짝 빛냈다. 따뜻하게 데운 염소젖을 먹는 모습은 제 나이 또래 아이로 보였다.

'이번 사건에서 가장 큰 공로자는 샤오홍일지도 몰라.'

이러니저러니 해도 이렇게까지 시키는 대로 잘 따르는 아이가 정말 존재하다니. 어른 중에도 제대로 못 하는 사람이 많은데 샤오홍은 마오마오가 지시한 바를 전부 해냈다. 아예 중앙으로 돌아갈 때 데려가서 약사로 키워 보면 재미있지 않을까, 하고 마오마오는 쓸데없는 생각까지 할 정도였다.

"마오마오 씨, 마오마오 씨. 뭔가 불온한 생각을 히고 있는 건 아니죠~?"

"취에 씨, 취에 씨. 전 아무 생각도 안 했거든요?"

마오마오는 시치미를 뗐다. 길바닥의 개나 고양이처럼 주워가서는 안 되는 모양이었다.

"그나저나 솜씨가 좋네요. 야영인데 이렇게 식사가 맛있으리라고는 생각도 못 했어요."

살짝 탄 부분이 있는 빵에 불에 구운 유락을 얹었다. 쭈욱 늘어나는 유락의 소금기가 빵과 잘 어울려 맛이 좋았다. 탕 역시 건더기는 거의 없지만 가축 뼈로 국물을 냈는지 식욕을 자극한다.

"취에 씨 입장에서는 양을 좀 더 늘려 줬으면 하지만요~ 최근 들어 제대로 식사를 한 적이 없어서."

취에는 표사로 변신해 있을 때는 식사량이 평범했다. 만일 평소대로 식사를 했다면 마오마오도 더 빨리 알아차렸을지도 모른다. 오히려 평소 그렇게나 특징적인 행동을 취하는 이유가 변장을 들키지 않으려는 의도가 아닐까, 하는 생각이 들 정도였다.

"아무리 그래도 야영을 하면서 배 터지게 먹는 건 어렵지 않을까요?"

"하지만 도적들에게도 밥을 주고 있잖아요~ 그만큼을 취에 씨한테 주면 좋을 텐데."

"죄인도 배는 고플 테고, 관리들에게 넘기기 전에 굶겨 죽일 수는 없으니까요."

"어차피 목매달아 죽일 건데 그냥 한 번에 정리해 버리는 편이 낫다고 생각해요~"

취에의 말은, 명랑한 목소리에 비해 매서웠다.

'교수형을 당하는 건 확정이겠지.'

마을 하나를 통째로 제압해서 주민들을 살해 및 노예화. 게다가 외국 요인 유괴까지 꾸몄다면 변명의 여지가 없다.

그래서 말단 잔챙이들은 옆 마을 관리에게 넘겼는데, 바로 교수형에 처해졌다고 한다. 두령인 곰 같은 놈 외 몇 명은 벌인 일의 규모가 너무 커서 서도로 데려가고 있는데….

"도적들을 도운 주민들은 어떻게 될까요?"

"으음… 무죄라고 딱 잘라 말할 수는 없겠네요. 정상 참작의 여지는 있지만…."

'그 선생인지 뭔지는 어렵겠지.'

주민들이 그만큼이나 살아남은 것은 선생 덕분이다. 하지만 그 과정에서 같은 종교인지, 이교도인지에 따라 목숨이 선별되었다. 게다가 살아남기 위해 도적들을 추종하는 길을 택했다.

"선생님은 어떻게 되나요?"

"무죄는 아니고, 벌을 받고 돌아온다 해도 있을 곳이 없겠죠. 이교도의 죽음을 못 본 척했으니 원래 지위가 다시 주어지진 않을 거예요."

"그렇군요."

어째서인지 마오마오는 안타까운 기분이 들었다. 어쩔 수 없다고는 하나, 사람 마음이 그렇게 무 자르듯 딱 정해지지는 않는 법이다.

"마오마오 씨가 걱정할 일은 아니에요. 선생님은 그 어떤 일이 있어도 같은 교인을 지킨 일을 후회할 사람은 아니니까요."

취에는 묘하게 잘 아는 말투였다. 분위기로 미루어 볼 때 취에는 역시 술서주에 있었던 적이 있는 모양이었다.

"무엇보다 이번 일은 뒷마무리가 허술했던 시쿄 씨가 원인인 셈이니까요. 지난번에 한쪽 눈만 뭉갤 게 아니라 두 눈을 다 멀게 해 버렸어야 했어요. 지금도, 그 곰 같은 놈을 서도 관리들에게 넘기지 말고 그 자리에서 잽싸게 처분해 버렸어야 했고요~"

"삼촌이 착해서 그래."

샤오훙이 취에를 살짝 노려보았다. 삼촌 험담을 했다고 생각하는 모양이었다.

"당주 자리에도 삼촌이 제일 잘 어울려."

"삼촌을 되게 좋아하네요."

마오마오는 염소젖을 마셨다.

"네, 삼촌분은 착한 데다 남들 위에 설 사람이니 당주에 어울릴 수도 있겠죠. 하지만 후계자 자리에는 안 맞아요~"

"모순 아닌가요?"

"모순 아니에요."

취에는 아쉬운 듯 손가락에 묻어 있던 빵부스러기를 빨아 먹고는 염소젖을 훌쩍 다 마셔 버렸다.

다음 날, 마차는 왔던 길과는 다른 길을 달려갔다.

"방향이 다르네요?"

마오마오는 취에에게 물었다. 오늘은 마부석이 아니라 함께 덮개마차 안에 앉아 있다. 샤오훙은 삼촌과 함께 말을 타고 있다. 마차보다 경치 구경하기 편해서 즐거운 모양이었다.

"네, 산맥을 따라 지나가고 있어요~"

초원을 달리는 편이 빠르지 않을까 생각했는데 어째서인지 멀리 돌아가는 길이었다.

"왜 길을 바꿨나요?"

"똑바로 나아가다 보면 시쿄 씨와 동갑인 숙부랑 마주치게 되거든요~ 전에 말하지 않았던가요, 두 사람 사이에 대해?"

동갑인 숙부, 즉 교쿠엔의 여섯째인가 일곱째인가 하는 아들을 말하는 듯했다.

"그거 말이에요? 진검을 들고 결투를 벌였다는 얘기?"

마오마오는 얼핏 들은 이야기를 떠올렸다.

"네. 시쿄 씨가 저희보다 늦게 도착했던 건 그분과 마주치는 걸 피하려 했던 거예요. 어떤 의미에서 그 두 분은 다른 누구보다 친한 사이라서."

취에가 진지하게 말했다.

'귀찮은 놈이네.'

마오마오는 또다시 주위를 둘러보았다. 초원이라기보다는 암석 사막. 양옆에 절벽이 있었다.

"그래서 이런 길로 가는 거예요?"

"거리로 따지면 지름길이랍니다~ 올 때는 마차 한 대였으니까 피했지만, 대규모 대상들은 이쪽 길을 주로 사용해요."

소규모 일행은 쓸 수 없는 길. 즉, 도적이 출몰하는 길이라고 추측할 수 있었다. 물론 호위가 줄줄이 딸린 지금 상태를 습격하는 멍청한 녀석들은 없겠지만.

그렇게 생각했으나 마오마오는 불안을 씻을 수가 없었다.

"전 그냥 보통 길이 더 좋아요."

산맥을 따라 난 길. 마차를 탄 입장으로서는 너무 흔들려서 속이 울렁거린다.

"다른 우회로는 없었어요?"

"이 계절이면 북쪽 우회로는 이미 눈이 내리고 있을 거예요~ 말들의 체력 소모가 격심하고, 야영할 경우 연료를 많이 사용하게 되죠."

종합적으로 판단해서 이 길을 선택했다니 어쩔 수 없다.

하지만 취에의 표정도 아주 조금이지만 어두웠다.

"빨리 빠져나가 버리고 싶네요~"

밖을 바라보니 온통 불모의 대지만이 펼쳐져 있었다.

말의 체력을 아껴 주기 위해 틈틈이 휴식을 취했다. 마차 중 한 대는 말 먹이 및 말 식수 운반용이었다. 말은 통에 든 여물을 맛있게 먹었다. 샤오홍도 먹이를 주고 싶은 눈치인지, 손에 뭔가 하얀 것을 들고 있었다.

"말에게 암염을 주나 보네요."

"네, 말은 땀을 많이 흘리니까요."

아깝지만 필요한 일이리라. 먼 북쪽에 사는 거대한 사슴은 인간의 소변을 좋아한다고 들었다.

"음…."

취에가 애매한 표정을 지으며 식사 준비를 했다.

"왜 그러세요?"

"아뇨, 역시 불안 요소가 남아 있으니 신경이 쓰이네요."

취에는 말린 고기를 썰던 단도를 재주 좋게 빙글빙글 돌렸다. 낙천적인 취에가 걱정을 하다니, 보통 일이 아니다.

마오마오는 그 모습을 보고 무어라 형언하기 힘든 불안을 느꼈다.

"취에 씨, 제 앞에서 그런 말을 해도 되는 건가요?"

마오마오는 확인하듯 물었다.

취에가 의아한 표정을 지었다.

"…그렇군요, 경솔했네요. 하지만 지금 제가 할 일은 마오마오 씨의 신변 안전 확보니까, 확실히 지켜 드릴 테니 안심하세요."

취에치고는 드문 일이었다. 조급해하는 기색을 마오마오도 느꼈을 정도이니, 정말로 심상찮은 상황이 아닐까.

"그래도 걱정인데요."

"이래 봬도 취에 씨는 완벽주의자라서, 불안 요소를 전부 제거하고 싶은 거예요~"

"어떤 불안 요소가 있는데요? 그 곰 같은 놈은 이제 도망 못 치잖아요?"

"네. 사지를 묶고 양팔을 부러뜨려 놓았으니까요. 무기를 휘두를 수는 없겠지만…."

취에는 속눈썹을 살짝 내리깔았다.

"그렇게까지 해 놓았으니 아무것도 못 하지 않을까요?"

"정면으로 싸우면 취에 씨는 그 곰 같은 놈을 때려눕히지 못하죠~ 아무리 팔다리를 묶었다 해도 상대가 곰이라면 한 번 물리기만 해도 끝장이니까요~"

취에가 크앙, 하고 곰 흉내를 냈다.

"무엇보다 무서운 건 호랑이처럼 용맹한 사람이 아니라, 자라처럼 끈질긴 사람이에요~"

378

'뭐, 그건 이해가 돼.'

곰 같은 놈은 한쪽 눈이 멀었다는 원한 때문에 시쿄의 일을 꾸준히 방해했다. 이번에 붙잡지 않았다면 앞으로도 계속 시비를 걸었으리라.

그리고 이번 일로 마오마오에게 상당한 원한을 품었음이 틀림없다.

"설마 도망은 못 치겠죠."

"그럴까요~"

취에가 단도를 내려놓았다.

마오마오는 아무 일 없기만을 바랐다.

하지만 취에의 직감은 들어맞았다.

약사의 혼잣말

2 4 화 ⦂ 부상당한 짐승

그날 밤 결국 암석 사막을 완전히 빠져나오지 못하고 야영을 하게 되었다. 늑대 울부짖는 소리가 들려 잠이 잘 오지 않았다. 마오마오는 추워서 웃옷을 겹쳐 입고 그 위에 모피를 둘렀다. 내뱉은 숨이 하얗게 물들고, 귀가 떨어져 나갈 정도로 아팠다. 초원이 아니니 지면에 말뚝을 박을 수가 없어 천막을 치기도 어려웠다. 그래서 마차 안에서 자고 있었다.

취에가 벌벌 떠는 마오마오를 보고 모피를 더 가지러 마차를 나갔다.

일단 잠이 들기만 하면 금방 아침이 올 것이다. 그러나 수마가 좀처럼 찾아오지 않았다. 겨우 잠들 만한 분위기가 되어 가고 있는데 눈꺼풀 위로 뭔가가 어른거렸다. 추위와 잠기운과 나른함 때문에 눈꺼풀을 들어 올리기도 힘들었지만 간신히 눈을 떴다. 마차 덮개가 붉게 물들어 있었다.

마오마오는 다급히 모피를 두른 채 마차 밖으로 몸을 내밀었다.

마차가 불타고 불꽃이 솟구쳤다. 말이 울어 대고 남자들이 불을 끄려 이리 뛰고 저리 뛰었다. 아마 말여물을 싣고 온 마차에 불이 붙은 모양이었다. 불타는 모습이 심상치 않았다.

모두가 불타는 마차에 주목했다.

그래서 마오마오 앞으로 다가온 자를 아무도 보지 못했다.

"?!"

옆구리에 쿵, 하는 충격이 느껴졌다. 통증을 느낄 틈도 없이 마오마오는 마차에서 지면으로 굴러 떨어졌다.

"…이 망할 년."

고개를 들자 곰 같은 애꾸눈 남자가 있었다. 눈에 핏발이 서고, 입에서 피거품이 흘러내렸다. 앞니가 여러 개 빠진 대신 팔다리에는 뜯겨 나간 밧줄이 붙어 있었다. 이빨로 밧줄을 물어뜯은 모양이었다.

부러졌다는 양팔은 축 늘어져 있었다. 오른팔에는 금속 막대기를 마구잡이로 묶어 놓았는데, 부목이라기보다는 무기에 가까웠다.

"죽여 버릴 거야…."

이 곰 같은 남자에게는 이제 통각조차 남아 있지 않은 것 같았다.

마오마오를 때린 손은 금속 막대기가 묶여 있지 않은 반대편 팔이었다. 그 행동에서는, 기절시키지 않고 시간을 들여 천천히 고통을 주겠다는 의도가 느껴졌다.

'이러다 죽겠어.'

옷을 겹겹이 겹쳐 입은 덕분에 충격이 많이 흡수되기는 했지만 그래도 아팠다. 일어서서 바로 도망쳐야만 했다.

곰 같은 남자가 다가왔다. 마오마오는 뒤로 물러나며 일어서려 했으나 일어설 수가 없었다. 떨어진 충격으로 몸이 마비된 모양이었다. 억지로 일어서서 다른 사람들이 있는 곳까지 뛰어가면 어떻게든 살아날 방법이 있을 것이다.

하지만 마오마오가 도망치는 것보다 곰 같은 놈이 두들겨 패는 쪽이 훨씬 빠르다.

어떻게든 머리는 지켜야겠다는 생각에 마오마오는 머리를 감싸고 눈을 감았다.

시간이 얼마나 흘렀을까. 한순간 같기도 했고, 사반각이 흐른 느낌도 들었다.

곰 같은 남자의 팔이 마오마오의 머리에 내리쳐지는 일은 없었다.

"죄송해요, 마오마오 씨."

취에의 목소리가 들렸다.

마오마오는 눈을 떴다.

불타오르는 마차를 배경으로 곰 같은 놈의 그림자와 그 위에 올라탄 취에의 그림자가 보였다. 남자의 목 주위에서 피보라가 솟았다.

"제가 잠깐 눈을 뗀 사이에…."

취에가 곰 같은 놈에게서 뛰어내림과 동시에 상대의 몸이 무너져 내렸다.

"지저분한 차림이라 죄송해요. 다친 덴 없나요?"

"…괜찮아요."

안심해야 좋을지, 놀라야 좋을지 알 수가 없었다. 취에의 얼굴이 상대의 피로 흠뻑 젖어 있었다.

같은 마차에 샤오훙이 타고 있지 않아 다행이었다. 삼촌 시쿄와 함께 있을 터였다.

"그러니까 빨리 해치워 버리자고 했잖아요."

"그래, 맞아."

분명치 않은 목소리가 들렸다. 취에는 바로 뒤를 돌아보고 내리쳐지는 주먹을 받아 냈다. 아니, 덜렁거리며 내려왔다고 해야 좋을까. 곰 같은 남자의 팔에는 움직임을 받쳐 줄 뼈가 이젠 남아 있지 않았으니.

부러진 팔에서 또다시 뼈가 빠지직거리며 부서지는 소리가 나고, 취에의 몸도 충격을 피하듯 뒤로 날아갔다.

곰 같은 남자는 이가 부러져 입에서 피가 흐르고 박살이 난

양팔을 힘없이 축 늘어뜨린 채, 목에서 피보라를 뿜어내고 있었다.

"……."

이미 죽어 있어도 이상하지 않은 상태인데 어떻게 살아 있는 걸까. 그야말로 모가지를 잘라 버렸는데도 계속 움직이는 뱀처럼 지독하고 끈질기기 때문일까.

그러나 취에는 바로 일어나 마오마오 앞을 막아섰다. 왼손에는 단도를 들고 있었다.

이를 악물더니 곰 같은 놈의 가슴팍에 파고들었다.

"이걸로 끝내죠."

취에는 남자에게 단도를 박아 넣었다.

'동작이 익숙해….'

마치 늑골 틈새를 찌르듯, 중심에서 살짝 왼쪽으로 기운 위치에 단도가 박혔다.

망설임 따위는 손톱만큼도 없이, 그저 작업이라도 하는 듯한 동작으로 단도가 뽑혔다.

그래도 남자는 서 있었다.

"나, 나는 아직 죽을 수…."

남자가 뿌리치는 바람에 취에가 뒤로 날아갔을 때였다.

남자의 남아 있던 눈에 화살이 푹 꽂혔다.

"진짜 끈질긴 놈이야."

조금은 안타까운 듯한 남자의 목소리. 시쿄였다. 시쿄가 손을 들자 부하들이 차례차례 활을 쏘았다.

귀청을 찢어 버릴 듯한, 곰 같은 놈의 비명이 울려 퍼졌다. 이젠 뭐라고 하는지 알아들을 수도 없었다.

하지만 그 목소리가 멎은 순간 독안룡이라 자칭하던 도적은 선 채 숨이 끊어지고 말았다.

"미안하다, 화재에 정신이 팔린 사이…."

시쿄가 마오마오에게 말을 걸었으나 마오마오의 시선은 취에에게 쏠려 있었다.

"마오마오 씨, 죄송해요."

취에는 평소와 다름없는 미소를 짓고 있었다. 하지만 신경이 쓰이는 부분은 단도를 왼손에 쥐고 있다는 점이었다.

"취에 씨."

마오마오가 취에의 어깨에 손을 짚었다. 오른쪽 어깨가 이상했다. 그리고 그 아래를 보았다.

어두워서 잘 보이지 않았지만 검게 변색된 듯했다. 취에의 오른팔을 잡아 보니 질척했다.

"아, 이것 참. 죄송해요. 취에 씨가 실수를 좀 해서~"

취에의 눈이 흐리멍덩해졌다. 대체 언제 이런 부상을 입었을까. 마오마오가 눈을 감은 것은 그야말로 한순간의 일이었는데, 그동안 몇 번의 공방이 오간 걸까.

배에서도 피가 흘렀다. 마오마오는 즉시 취에를 마차로 옮겼다.

그 곰 같은 놈도 어지간했지만 취에도 마찬가지다.

"물 좀 끓여 주세요! 그리고 치료 도구!"

"그, 그래."

상대가 시쿄든 누구든 상관없었다.

마오마오는 취에의 옷을 벗겼다.

부러진 팔이 반쯤 뜯겨져 나갔고 복부에도 타박상. 둘 다 심각한 부상이지만 내장을 진료하는 것이 우선이었다.

하지만 동시에 취에의 몸에는 자기 자신의 역사라고도 할 수 있는 무수한 흉터 자국이 남아 있었다. 이런 걸 보고 역전의 용사라고 하는 걸까 싶은 상처도 있는가 하면, 명백히 고문으로 보이는 자국도 있었다.

"마오마오 씨."

"말하지 마세요!"

"말하고 싶어요…."

취에가 왼손으로 마오마오의 뺨을 쓸었다.

"제 오른팔, 이젠 못 쓰는 거죠?"

"아직 몰라요."

"아뇨, 못 쓰게 될 거예요."

마오마오는 아무 말도 할 수 없었다. 실제로 반은 뜯겨 나갔다.

마오마오는 정곡을 찔리는 바람에 분한 기분이 들었다. 마오마오에게는 떨어져 나간 사지를 접합하는 기술이 없다. 여기서 열심히 꿰매 봤자 거의 기능할 수가 없거나, 또는 썩어서 떨어질 게 뻔했다.

"만일 쓸 수 있다면 배보다 팔을 우선해 주세요."

"안 돼요, 배가 먼저예요."

사지보다 내장이 목숨을 좌우한다. 먼저 배를 치료해야 한다.

"아뇨. 오른팔을 쓸 수 없다면 제겐 가치가 없어요. 못 쓰게 되면 끝장이에요~"

"그렇지 않아요."

마오마오는 늘 가지고 다니는 약을 꺼냈다. 지혈제, 기침약, 감기약, 쓸 만한 것이 없다.

"취에 씨가 없으면 곤란하니까 안 돼요. 무슨 일이 있어도 살아야 해요!"

마오마오는 빨리 치료 도구를, 더운물을, 불을 가져올 시쿄의 도착을 기다렸다. 밖에서는 불이 난 마차가 아직도 타오르고 있었다.

"후후후, 마오마오 씨… 제가 좋으세요~?"

"네, 좋아해요. 그러니까 아무 말 말아요."

이만큼 떠들어 댈 수 있다면 폐에는 이상이 없는 듯했다.

"좋은데요. 마오마오 씨에게 받은 사랑 고백. 달의 귀인한테 자랑해야지….'

취에의 얼굴이 묘하게 앳되어 보였다.

"잠깐이라 해도 누가 좋아해 주는 건 참 좋은 일이에요~ 내가 여기 있어도 되는구나, 하고 생각하게 되니까요~"

"……."

마오마오는 대꾸할 여유도 없었다. 취에의 배를 손가락으로 문질러 보니 늑골이 부러져 내장을 찌르고 있을 가능성이 높았다.

"마오마오 씨한테도 여러 가지 사정이 있으니까, 감정에 휩쓸리지 않는 건 중요한 일이죠~ 하지만….'

취에는 피로 젖은 왼손으로 마오마오의 뺨을 만졌다.

"그걸 변명으로 삼으면 못써요~'

후후후, 하고 웃는 취에. 차츰 눈이 감겼다.

마오마오는 움찔 놀랐다가 다급히 맥을 짚었다. 아직 쿵쿵 뛰고 있었다.

"이봐, 물하고 치료 도구 가져왔어."

마오마오는 시쿄에게서 치료 도구를 받아 들었다. 그리고 절개용 단도를 꽉 움켜쥐고, 소독용 주정을 꺼냈다.

'무슨 말을 하고 싶은 건지는 모르지만.'

마오마오는 입술을 꽉 깨물었다.

'쉽게 죽게 내버려 두진 않을 거야.'

마오마오는 주먹을 불끈 쥐고 수술을 시작했다.

약사의 혼잣말

2 5 화 ⋮ 추한 참새 새끼

어린 시절의 베그라嶰는 몹시도 행복한 아이였다.

아버지는 무역상이었고, 꽤 나이를 먹은 후에 결혼했다. 아름다운 어머니에게 나잇값도 못하고 한눈에 반했다고 한다.

늘씬한 키, 상아색 피부, 물 흐르는 듯한 곡선을 그리는 몸매의 미인. 아버지가 아니라 그 누구라도 시선을 빼앗길 수밖에 없었다.

아버지가 외국인인 어머니를 만난 것은 우연이었다고 한다. 근린의 샤오라는 나라 배에 타고 있다가 풍랑을 만나 난파되었는데, 그런 어머니를 아버지의 상선이 구조한 것이다. 처음에는 말이 통하지 않아 애를 먹었으나 아버지가 샤오 말을 잘했기에 여러 가지로 어머니를 돌봐 주었다. 할 일을 주고, 말을 가르쳐 주었다.

아버지는 바로 샤오에 돌려보내 주려 했지만 잘되지 않았다.

난파된 배에는 어머니의 남편과 아이도 타고 있었지만 죽고 말았다. 샤오에 다른 친지는 없어, 돌아가 봤자 갈 곳도 없었다.

아버지는 상인이었지만 무척 선량한 사람이었다. 장사를 인덕으로 하는 사람이었기에, 그런 아버지가 혈혈단신 어머니를 저버릴 리가 없었다. 게다가 마흔이 넘은 독신이었던 아버지는 나잇값도 못하고 사랑이라는 것을 하고 말았다.

어머니는 외국인이어서 말은 서툴렀지만 부지런한 사람이었다. 고용인들에게서 마님 소리를 듣는 데에는 그리 오랜 시간이 걸리지 않았다.

어머니는 마님이 된 후에도 아버지 일을 열심히 도왔다. 베그라는 그런 두 사람과 손을 잡고 함께 교회에 가는 것이 좋았다. 쉬는 날에는 셋이 함께 기도를 올린 뒤 외식을 하고 돌아오곤 했다.

"그냥 친척 아이라도 양자로 들일 생각이었는데 말이야."

결혼한 다음 해, 베그라가 태어났다. 여자아이였지만 자식을 볼 줄은 상상도 하지 못했던 아버지는 무척 기뻐했고, 베그라가 태어난 후 열흘간 가게 앞을 지나가는 사람들에게 계속 과자를 나누어 주었다고 한다.

베그라*라는 이름은 어머니가 지었다. 작은 새라는 뜻이라 귀

※베그라 : 참새.

여웠다고 아버지는 말했다. 베그라는 늘씬한 미인인 어머니를 닮지 않고 땅딸막한 아버지를 꼭 닮았다. 너무 크지 않은 눈, 찌부러진 듯 작은 코, 키도 그렇게 크지 않았다. 하지만 사랑하면 마맛자국도 보조개로 보인다고, 아버지는 온 친척들에게 베그라를 자랑하고 다녔다.

베그라의 용모는 빼어나다고 할 수 없었지만 머리는 나쁘지 않았다. 태어나서 1년이 채 되기 전에 걷기 시작하고, 2년이 지났을 무렵에는 벌써 나불나불 떠들어 댈 수 있었다. 여기서 3년이 흘렀을 무렵에는 대체 어떻게 성장할까, 하고 아버지는 싱글싱글 웃으며 지켜보았다.

정말로 베그라는 머리가 나쁘지 않았다.

세 살이 되기 전 어머니가 사라진 일도, 사라지기 전 어머니의 모습도 기억할 정도였으므로.

어느 날 갑자기 어머니가 사라졌다. 아버지는 어쩔 줄을 몰랐다. 종업원들도 놀라고, 당황하고, 대체 무슨 일이 일어났느냐며 큰 소동이 벌어졌다.

화가를 시켜 초상화를 여러 장 그리게 해서 찾아다니던 하루하루.

무슨 사건에 말려든 것은 아닐까. 아버지는 어머니를 열심히 찾아다녔지만 거기서부터 묘한 점이 조금씩 떠오르기 시작했다.

아버지의 거래처 정보가 새어 나간 모양이었다. 확실한 증거는 없지만 타국과의 수출 및 수입에서 묘한 흐름이 보였다.

아버지는 인망으로 장사를 했지만 그것만으로 장사가 성립되지는 않는다. 베그라의 빠른 머리 회전은 아버지 쪽 유전이었다.

아버지는 사소한 위화감을 무시하지 않고, 어머니가 온 후 몇 년간의 장부 흐름을 확인해 보았다.

그러자 어떤 나라와 연결되었다.

리국. 샤오 옆에 있는 나라였다. 국교는 없지만 샤오를 끼고 동쪽에 있는 나라다.

어머니는 샤오 사람이라고 했지만 용모는 리국 사람에 가까웠다. 샤오에는 혼혈이 많았기에 크게 신경 쓰지 않았었다.

"꼭, 꼭 엄마를 찾아 올게."

아버지는 베그라에게 그렇게 말하며 공부하라고 경전을 건네주었다. 딱히 할 일이 없었던 베그라는 고용인이 읽어 주는 경전을 들었다.

"엄마한테는 무슨 이유가 있을 거야. 어쩔 수 없는 상황이었겠지."

다정하게 말하는 아버지를, 베그라는 처음으로 어리석다고 생각했다.

몇 년 후 아버지가 어머니를 찾은 것 같다고 말했다. 초상화를 꼭 닮은 인물을 리국에서 본 사람이 있었던 모양이었다.

아버지는 기뻐하며 배를 타고 리국으로 향했다.

그때 베그라는 손을 내밀어 붙잡을 걸 그랬다고 후회했다. 어머니가 죽은 것이라고 생각하고, 아버지와 둘이서 사이좋게 살아갈 것을 그랬다고.

하지만 그 꿈은 이루어지지 않았다.

아버지는 돌아오지 않았다.

부모를 잃은 자식은 과연 어떻게 되는가. 베그라가 조금 더 나이를 먹었다면 이야기는 달라졌으리라. 하지만 열 살도 되지 않은 어린 소녀는 아무것도 할 수가 없었다.

한 달도 지나지 않아 아버지의 재산을 다 빼앗겼다. 부자가 죽으면 신기하게도 친척이 늘어난다. 아버지에게 은혜를 입었던 고용인들이 남겨 준 금화 몇 개만 간신히 베그라의 손에 남았다.

아버지가 제정신이었다면 베그라에게 멀쩡한 후견인을 골라주었으리라. 어머니가 워낙 아름답기는 했지만, 도대체 아버지는 얼마나 미쳐 있었던 걸까.

"무슨 일이 있으면 교회에 가렴."

베그라는 금화를 쥐고 교회로 향했다.

성직자는 비교적 멀쩡했으나 베그라를 가엾게 여겨 구빈원에 집어넣으려 했다. 그러나 그래선 안 된다는 사실을 베그라는 알고 있었다. 몇 개 남은 금화를 들키는 순간 바로 빼앗길 것이다.

베그라는 목표를 정했다.

교회에는 동쪽에 가르침을 전파하고 있다는 선생이 있었다. 그리고 이제 곧 여행을 떠날 예정이라고 했다.

"저도 데려가 주세요."

베그라는 까다로워 보이는 그 선생에게 말했다.

"애를 데려갈 수는 없어."

선생은 마흔쯤 되는 남자였다. 원래는 큰 교회 선생의 호위였기에 체격이 듬직한 사람이었다. 이교도들이 가득한 외국에 가는 사람이니 싸움 실력도 강해야 했다.

베그라는 어린애였다. 아무 힘도 없다. 있는 것은 단 하나.

'신이시여, 저희를 보고 계시나이까?'

베그라는 여러 번 들은 경전 내용을 기억하고 있었다. 고용인이 수도 없이 읽어 준, 그 한 구절 한 구절을 전부 소리 내어 읊었다.

"……."

"저도 데려가 주세요."

아무 가치가 없으면 아무도 돌아봐 주지 않는다.

아버지에게 베그라는 딸이었기에 가치가 있었다.

종업원들에게 베그라는 고용주의 딸이었기에 가치가 있었다.

그래서 베그라는 선생의 포교에 도움이 되는 장기짝이라는 가치를 내보였다. 무엇보다 베그라는 어머니의 딸이었기에, 동쪽에 가까운 생김새를 지니고 있었다. 말만 배우면 가는 길에 얼마든지 도움이 될 터였다.

그 후 선생은 한동안 망설였지만 결국 꺾여 주어서 다행이었다. 베그라에게 더는 돌아갈 곳이 없다는 사실을 알았기 때문인지도 모른다.

"죽어도 책임은 못 진다."

"알아요."

베그라는 선생과 함께 동쪽으로 향했다. 하지만 포교 활동을 하면서 이동하다 보니 속도는 느렸다. 샤오를 횡단하여 리국에 도착하기까지 1년이 걸렸다.

그러나 리국 안에서 이동하는 것은 더욱 힘들었다.

가는 도중, 선생이 여러 가지 언어로 적혀 있는 경전을 주었다.

"잘 들어. 언어를, 말을 배워야 해. 한 구절 한 글자도 틀리면 안 된다. 그걸로 생사가 갈리는 일도 있으니."

선생은 퉁명스러웠어도 베그라를 잘 돌봐 주었다. 다만 원래 성격이 급해서인지 이교도들에게 자꾸 쫓겨 다니는 바람에 늘 신경이 곤두서 있었다. 가끔은 감옥에 갇혀, 고문 비슷한 것까지 당하기도 했다.

"이교도 놈들, 개종할 때까지 절대 용서 못 해."

선생의 말버릇이었다.

어떤 경위 때문에 이교도들이 득실거리는 리국에 왔는지는 의문이지만 베그라와는 상관없는 일이었다.

교회 집단이라고는 하나 어린 고용인에 대한 처우가 그리 좋지는 않았다. 자금이 넉넉하지 않으니 어쩔 수 없는 일이었다. 그럴 때 베그라는 자신이 누구인지 떠올리곤 했다. 거상의 딸이 아니라, 그냥 어린애이고 고용인일 뿐이었다.

그래서 굶지 않기 위해 지혜를 짜냈다. 가끔 거리에서 마주치는, 상냥해 보이는 부인 앞에서 울면 더러는 무언가를 얻어먹을 수가 있었다. 광대 흉내로 웃음을 주면 간식을 나눠 주는 아이도 있었다. 때로 잔치가 있어 실컷 먹을 기회가 오면 평소 먹지 못하는 만큼 비축하듯 먹고, 오래 보존할 수 있는 음식은 몰래 챙겼다.

우연히 방랑 예인 집단과 함께 여행을 하면서 곡예를 배웠다. 연습하는 모습을 대놓고 훔쳐보았다가는 예인들이 자루에 넣고 방망이찜질을 하기 때문에 나무에 올라 숨어서 보았다. 이것을 부자들 앞에서 보여 주면 잔돈푼을 받을 수 있다는 사실을 알고 있었기 때문이었다.

선생님에게 들키면 야단을 맞지만, 제대로 밥을 먹여 주지 못

한다는 사실을 다소 안타깝게 여기는 마음은 있었는지 얻은 과자나 잔돈푼을 빼앗지는 않았다.

리국에 들어오고 나서 얼마 후 베그라는 마취에麻雀로 이름을 바꾸었다. 리국 사람인 척하는 편이 생존 확률을 올릴 수 있다는 선생님의 가르침 때문이었다.

"서도로 간다고 했지?"

"네."

선생님과 교회 집단은 리국 안에서도 가장 큰 교회가 있다는 마을에 체재한다고 했다. 그곳을 거점 삼아 가르침을 넓혀 가겠다는 이야기였다.

"서도까지 같이 갈까?"

선생님은 몇 년간 함께 지낸 취에를 자기 나름대로는 신경 써 주는 모양이었다.

"괜찮아요."

취에는 어느덧 열두 살이 되어 있었다. 리국에서는 슬슬 결혼 적령기의 처녀로 보는 나이였다. 보통은 위험하다고 생각할 터였다. 그러나 취에는 머리를 거의 박박 깎다시피 짧게 잘랐다. 작은 눈도, 납작한 코도 결코 아름답다고는 할 수 없었다. 서도로 가는 대상의 잔심부름꾼이 되어 따라가려는 의도였다.

서도에 도착하니 이미 해가 바뀌어 열세 살이 되었다. 대상과 헤어져 부랑아로서 살아가기로 했다.

취에는 광대가 적성에 맞는 모양이었다. 낮에는 우스꽝스러운 몸놀림으로 곡예를 보여 주어 용돈을 벌고, 밤에는 수로 안에서 추위를 달래며 잠들었다. 한동안 그런 생활을 하다 보니 어머니의 초상화를 닮은 인물이 있다는 이야기가 들려왔다.

"분명 제일 큰 저택에 있는 걸 봤어. 뭐, 딱 한 번이긴 했지만."

그 말을 믿고 취에는 저택으로 향했다.

서도에서 가장 큰 저택. 지저분한 차림의 취에는 도저히 들어갈 수가 없었다. 그래서 저택 앞에서 누가 나오기를 기다렸다.

"오라버니, 기다려 주세요."

목소리가 들렸다.

문에서 듬직한 체격의 남자가 나왔다. 남자라고는 하나 나이는 아직 관례를 치른 지 얼마 되지 않아 보였다. 하지만 취에보다 깔끔한 옷을 입고 있었다. 뚜렷한 눈썹이 젊은 아가씨들에게 인기가 많을 듯했다.

다음으로 나온 사람은 소녀였다. 아까의 목소리는 이 소녀였으리라. 적령기의 처녀로, 눈매가 날카롭지만 얼굴은 아름다웠다. 옷에 넉넉히 사용된 옷감은 옛날 아버지가 장사할 때 만져 보곤 했던 비단인 듯했다. 저 독특한 광택과 촉감을 벌써 몇 년은 만져 보지 못했다.

"자! 빨리 와! 오라버니가 네 호위를 해 주신다잖아. 감사해야지! 아아, 숙부님 부탁만 아니었으면 절대 안 할 텐데."

성격이 드세 보이는 소녀 뒤로 또 한 명의 소녀가 따라 나왔다. 아름다운 빨간 머리에 취옥* 같은 눈동자를 가진 소녀였다. 조금 전 나온 소녀와 달리 눈매가 곱다. 취에 나이 또래로 보이는데, 어떻게 이렇게나 차이가 날 수 있을까.

한쪽은 부랑아, 한쪽은 아름다운 아가씨.

"인銀, 말조심하렴."

목소리가 들렸다.

벌써 몇 년은 듣지 못했던 목소리였다. 신기하게도 이미 기억 저 바닥에 가라앉아 있었던 광경이 되살아났다.

"요蕊 님은 후궁에 들어가실 분이야. 입장을 생각해야지."

늘씬한 키, 상아색 피부, 물 흐르는 듯한 곡선을 그리는 몸매의 미녀가 거기에 있었다.

인이라 불린 소녀가 뚱한 표정을 지었다. 하지만 취에에게 그런 건 아무래도 좋았다. 그저 옛날엔 늘 곁에 있던 미녀가 왜 저 자리에 있는지가 의문이었다.

"알았어요, 어머님."

인이 말했다.

어머님. 취에는 반추했다. 몇 년 걸려 완전히 익힌 리국 말. '어머니'라는 의미가 분명한데, 왜 외국 소녀가 그렇게 부르는

※취옥 : 에메랄드.

지 알 수가 없었다.

아버지와 만나기 전 남편과 아이가 있었다는 이야기는 들었다. 그러나 배가 난파되어 죽었다고 하지 않았던가.

"어머님…."

또 한 명의 목소리가 늘어났다.

어린아이였다. 취에보다 어렸다. 열 살도 되지 않는 어린애.

"저도 데려가 주세요."

"안 돼. 너는 집에서 엄마랑 같이 공부하자꾸나. 가게 구경은 다음에 가고."

"에이…."

아이가 어머니의 다리에 매달렸다. 옛날 취에도 그렇게 어리광을 부린 적이 있었다.

자신이 무슨 광경을 보고 있는지 취에는 알 수 없었다. 그저 어머니 곁에 있는 아이들이 모두 취에보다 훨씬 깨끗하고 아름답다는 현실만 뼈저리게 다가왔다.

취에의 머리카락은 면도칼로 아무렇게나 마구 깎은 까까머리였고, 옷도 같은 옷을 벌써 몇 년째 입고 있는지 모른다. 여관에 묵을 수도 없어 한참이나 목욕도 하지 못한, 때투성이 지저분한 어린애.

취에는 저도 모르게 숨어 있는 벽 뒤에서 고개를 내밀었다. 그리고 한 걸음, 또 한 걸음 어머니에게 다가갔다.

"뭔가 더러운 게 있는데."

인이라는 소녀가 말했다. 노골적으로 오물을 보는 눈빛이었다. 가치가 없는 정도가 아니라 존재 자체를 용서할 수 없는 무언가를 보는 눈. 잡동사니를 선별하던 아버지의 눈빛이 떠올랐다.

"인. 그런 건 신경 쓰지 마."

남자가 말했다. 신경 쓰지 말라는 말 속에 어떤 의미가 포함되어 있는지 취에는 판단하기 어려웠다.

그저, 취에는 미녀를 바라보았다.

미녀는 인과 마찬가지로 취에를 흘끗 보더니 아무 일 없었다는 듯 아이를 데리고 저택 안으로 돌아갔다.

취에는 어떻게 해야 좋을지 알 수가 없었다.

지금껏 그저 어머니의 등을 쫓아오기만 했다. 어머니가 자신을 보면 무언가 알아차릴지도 모른다고 생각했다.

하지만 알아차려 주지도 않았다.

취에가 몇 년을 들여 어머니를 찾아온 것은, 대체 무엇 때문이었던가.

감동적인 모녀의 재회를 하고 싶었던 걸까. 아니, 그게 아니었다.

어머니에게 자신이 어떤 가치가 있는지, 그것이 알고 싶었다.

취에는 그날 밤 저택에 숨어들어 갔다.

무슨 일이 있어도 확인해야 할 일이 있었다. 자신이 어머니에게 대체 무엇이었는지.

이교도들에게 몇 년씩 쫓겨 다녔던 덕분에 저택에 숨어드는 일은 간단했다. 어머니가 어느 방에 있는지, 몸을 숨기고 이동하며 찾아다녔다.

"생쥐한테 악취가 나서 못 견디겠구만."

취에의 바로 뒤에서 목소리가 들렸다.

다급히 뒤를 돌아보았으나 그 전에 이미 제압당했다.

"부랑아나 좀도둑인가? 팔을 부러뜨려 버린다."

그렇게 말한 사람은 남자였다. 서른쯤 되었을까, 짓눌려 있어서 얼굴은 보이지 않았다.

"도둑이 아닙니다."

취에는 가능한 한 정중하게 말했다. 선생님의 가르침이었다. 그러나 그것은 역효과였다.

"너, 외국인이지? 발음이 특이한데."

취에의 얼굴이 지면에 꽉 눌렸다.

"아직 어린데 어느 나라야? 샤오인가? 아니면 그보다 더 서쪽? 목적이 뭐야?"

남자는 사람들 눈에 띄지 않는 곳으로 취에를 데려갔다.

"어, 어머니를, 만나러, 왔어요."

취에는 더듬더듬 말했다.

"어머니? 그렇게 지저분한 차림새의 자식을 둔 어머니가 이 저택에서 일하고 있다고?"

남자가 비웃었다. 어떻게 매도당하든 취에는 상관없었다. 그저, 품에서 너덜너덜해진 초상화를 꺼내 내밀 뿐이었다.

"…이게 뭐지?"

남자의 목소리가 변했다. 당혹스러워 보이는 얼굴이었다.

취에를 붙잡던 힘이 느슨해졌다.

"너, 그 녀석 애냐?"

그 녀석이 누구인지 알 수가 없었다. 하지만 취에가 할 수 있는 일이라고는 이 남자가 당황한 틈을 노리는 것뿐이었다. 하지만 도망치기는 어렵다. 그래서 어떻게 노렸느냐 하면….

"14년 전, 우리 아버지가 조난당한 어머니를 구해 줬어요. 나는 그 후 태어난 딸이고요."

정직하게 진실을 말했다.

"딸이라. 하하, 그래, 그랬군. 분명 있었지."

남자는 웃었다.

"그 여자가 필요 없다면서 버린 딸이었군."

필요 없다는 말이 취에의 머릿속에 울려 퍼졌다.

"필요 없다고?"

"그래, 필요 없었어. 이 저택에 돌아올 때는 필요 없는 지식이긴 하니까. 몇 년간 외국에 잠입해 있을 때 신분을 증명해 주는 것. 그게 네 존재 가치였지."

'존재 가치였지'라는 과거형. 이제 취에는 불필요하다는 뜻일까.

"데려올 수도 없고, 역할을 다하기 위해서는 아무래도 필요하지 않은 존재다."

"필요하지 않은 존재?"

머리를 쾅쾅 두들겨 맞은 듯한 충격.

알고 있었다. 아버지와 취에를 놓고 나갔을 때, 취에는 이미 알고 있었을 터였다.

"네 아버지는 어쩌고 있지? 씀씀이가 후한 상인이라면 후처라도 들였나?"

차라리 그런 아버지였다면 좋았을 것을. 아버지는 너무나 착하고 인정 많고, 그리고 어리석었다.

"어머니가 리국에 있다는 이야기를 듣고 떠났다가 죽었습니다. 집안은 무너졌고요. 저는 아무것도 물려받지 못했고, 어머니를 쫓아 여기까지 왔어요."

"그 초상화 하나만 들고?"

"네."

"흐음."

남자는 무슨 생각을 떠올린 모양인지, 취에를 훑어보며 값어

408

치를 따져 보는 눈빛을 지었다.

취에는 생각했다. 지금 여기서 자신의 가치가 막 정해지려 하고 있다. 아무것도 하지 않는다면, 아마도 필요 없는 존재로서 처분될 터였다.

"저는 모국어와 리국 말, 그리고 샤오 말을 할 줄 압니다. 그리고 몇 가지 언어를 더 구사할 수 있어요."

선생님에게 배운 경전을 떠올리며 외국어를 줄줄 읊었다.

"산수도 할 줄 알고, 일주일 동안 물만 마시고 공복을 버틴 적도 있어요. 맷집도 강하고, 그리고 손재주도 좋아요."

취에는 어깨 너머로 배운 곡예를 선보였다.

뭐든 다 할 것이다. 살아남기 위해, 존재 가치를 증명하기 위해.

"…멍청한 녀석이군. 이쪽이 훨씬 소양이 있는데."

남자가 나직이 중얼거렸다.

"알았다. 한동안 네가 얼마나 유능한지 보여 줘. 만일 가치가 있는 것 같다면…."

남자는 히죽 웃었다.

"내 후계자로 삼아 주지."

남자는 취에에게 스승이 되었다.

약사의 혼잣말

26화 ⋮ 부부

바료는 열여섯 살 때, 어머니 타오메이에게 부름을 받았다.

"이제부터 내가 하는 말을 전부 기억해 두려무나."

어머니는 '마 일족'을 지휘하는 여성이었다.

마 일족은 황족의 호위로 존재한다. 반대로 말해 남자는 몸을 던지다 죽을 때도 있다는 뜻이다. 따라서 유사시를 대비해 여자를 두뇌로 남겨 둔다.

본래는 일족 우두머리의 아내가 그 역할을 맡는다. 하지만 아버지 가오슌은 특수한 사정이 있어 우두머리가 될 수 없었다. 그러나 다른 적임자도 없었기 때문에 어머니가 맡은 역할이었다.

타오메이가 해 준 이야기는 이름이 있는 일족 중 하나, '미 일족'에 관한 이야기였다. 외부에서 보기에 황족을 지키는 것이 마 일족, 그리고 뒤에서 지키는 것이 미 일족이었다.

"미 일족이라고는 하지만, 그 일족 구성은 우리처럼 알아보기

편한 혈족 관계가 아니야."

미 일족은 첩보를 특기로 한다. 하지만 그 역할 때문에 겉으로 이름이 드러나지는 않는다.

"미 일족은 여럿 존재하는데, 각각이 세습제라고 생각하면 돼."

"세습제라뇨?"

"미 일족이, 보자, 예컨대 열 명 있다고 치자꾸나. 그 열 명이 각각 자신의 후계자를 한 명 선택하는 거야. 대부분은 혈연관계로 고르지만 괜찮은 자가 없을 경우에는 외부에서 양자를 들이기도 하지. 그것이 다음 대의 미 일족이 되는 거야. 또한 후계자 외에는 미 일족으로 인정해 주지 않고, 대부분의 경우 후계자로 결정한 자 외에는 기술을 전수해 주지도 않아. 심지어 자기 혈연이 미 일족이라는 사실을 모르는 경우도 많지."

"어머님, 질문해도 될까요?"

"뭐지?"

"즉, 미 일족은 이름이 있는 다른 일족 속에 잠입할 수도 있다는 얘기 아닌가요?"

타오메이가 빙긋 웃었다. 그 얼굴에 '정답'이라고 쓰여 있었다.

"그래. 가장 중요한 사항이지. 미는 마 일족의 대척점에 있는 집안이기 때문에 나를 비롯한 몇 명밖에 모르는 이야기야."

바료는 위장이 찌릿찌릿 아파 왔다. 첩보에 특화된 일족이라면 확실히 신하들의 속내를 캐내기에 적합하다 할 수 있다.

"하나만 더 질문해도 될까요?"

"뭐지?"

"제 아내가 될 사람도 미 일족인가요?"

며칠 전에 누나 마메이가 맞선을 보라는 이야기를 전했다. 어머니가 기회를 노렸다는 듯 이 이야기를 하는 데에는 이유가 있을 것 같았다.

"그건 모르지. 하지만 거절은 못 할 거라고 생각하려무나."

단호하게 잘라 말하는 어머니에게 심약한 아들은 아무 대꾸도 할 수 없었다.

며칠 후, 누나의 소개로 찾아온 여성은 통 영문 모를 사람이었다.

"안녕하세요, 마취에라고 합니다. 편하게 취에 씨라고 불러주세요!"

바료는 그 기운이 넘치는 사람을 쳐다보았다. 자신과는 정반대인 사람이었다.

"취에 씨란다. 거리감이 지나치게 가깝기는 하지만 뭐, 그런 사람이니 적응하렴. 자, 취에 씨, 내 동생 바료야. 가끔 기절하는 일도 있지만 무슨 일이 생기면 하인을 불러 침실로 옮기면 돼."

"알겠습니다!"

취에는 마메이에게 척, 하고 경례한 뒤 바료에게 다가왔다. 바료는 다급히 방 한구석에 숨었으나 취에는 어느샌가 자신의 등 뒤에 서 있었다.

"우후후, 도망치다니 참 순진하네요~ 취에 씨는 그런 사람 싫지 않아요~"

귓가에 숨결이 훅 들어왔다.

"으아아악!"

바료는 금세 기절하고 말았다.

취에의 첫인상은 거리가 너무 가까워서 도저히 견뎌 낼 수 없는 사람, 이었다.

"안녕하세요~ 취에 씨가 왔어요~ 솜옷을 가져왔으니 한번 입어 보세요~"

"자아~ 찐빵을 만들어 왔어요. 앗, 공부하는 중이었나요? 따뜻할 때 드세요~"

"대화하기 편하도록 발을 준비해 왔답니다~ 이걸 치면 이야기할 수 있지 않을까요~?"

온갖 핑계를 대며 취에는 바료를 찾아왔다. 소란스럽고 뻔뻔한 사람인가 했는데 과거 시험 공부 중이었다면 찐빵을 놓고 가고, 가까이 다가왔나 싶으면 거리를 두기도 했다.

취에라는 아가씨는 소란스럽고 유능했다.

찐빵을 여러 번 얻어먹는 사이 바료의 취향에 맞춰 크기와 맛이 변화해 갔다.

솜옷은 계절에 맞춰 몸 크기에 딱 맞게 만들어졌다.

발은 솔직히 편리하고 고마웠다.

"후후후. 취에 씨, 꽤 쓸 만하죠~?"

"보통 그런 걸 자기 입으로 말하나?"

발 너머로 이야기를 나누게 된 지 어느 정도 시간이 지났을 무렵이었을까. 얼굴이 보이지 않으니 훨씬 편하게 이야기를 할 수가 있었다.

"나랑 결혼해 봤자 아무 이득도 없을 텐데. 솔직히 말하면 집안은 동생이 이을 거야. 아이가 생기면 그 녀석의 양자가 될지도 모르지만, 그래 봤자 너한테는 아무 이득도 없지. 누님이 키우시려나?"

피붙이 외의 사람과 이렇게 길게 이야기한 건 몇 년 만일까.

"양자라~ 즉, 취에 씨는 육아를 안 해도 된다는 말이네요! 그건 최고잖아요~!"

"주목하는 게 그 점이야?"

바료는 어이가 없었다. 애당초 아이가 태어난다는 이야기를 하고 있지만, 그 이전에 아이를 만드는 것부터가 문제다. 상상해 본 바료는 얼굴이 살짝 붉어졌다.

"마메이 씨가 키워 주신다면 빈틈없이 잘해 주시겠죠. 제가 키우는 것보다 안전하고, 안심도 돼요. 취에 씨는 열심히 일하는 여성이 될 거예요."

허세를 부리는 것 같지는 않았다. 진심으로 하는 말이었다.

어머니의 말이 떠올랐다. 만일 취에가 미 일족이라면 자식은 후계자로 키워진다. 그렇다면 누나에게 맡겨서 교육시키는 것이 적절하다.

바료는 약한 인간이다. 누군가를 거부할 만큼 강하지 않다. 따라서 누가 정략결혼 상대가 되든 받아들일 수밖에 없다.

"바료 씨, 조금은 저도 도움이 되죠~?"

"어느 정도는."

조금은 이 이상한 여자에게 익숙해진 바료였다.

"불을 꺼도 될까요? 괜찮아요~ 실수는 안 할 테니까요."

신혼 첫날밤의 대사가 이래도 괜찮을까. 불 운운하는 부분은 순진해 보이기도 하지만, 그 뒤로는 아무리 봐도 입장이 반대다.

하지만 인간 불신에 가까운 바료가 첫날밤에 실수하지 않기 위해 다른 곳에서 연습하고 온다는 건 불가능하다. 심지어 상대에게 완전히 맡겨 버린다는, 남자로서는 매우 불명예스러운 형태까지 동반하면서.

"간지럽지 않아요?"

"…당연히 간지럽지."

이름 그대로 참새처럼 웃는 아내에게 바료는 늘 패배하기만 할 뿐이었다.

"매끈매끈하고 참 좋은 피부네요. 부러울 정도예요~"

취에의 목소리가 묘하게 촉촉해졌다.

바료는 그저 눈을 질끈 감는 수밖에 없었다.

아이를 낳아도 취에는 취에였다.

"진짜 원숭이 같네요. 아니, 다른 분들은 모두 바료 씨를 닮았다고 하는데, 구별이 되긴 하는 건가요~? 그보다 애 낳기 진짜 힘드네요~ 태어나서 겪은 것 중 세 번째 정도로 아팠어요~ 다음엔 바료 씨한테 부탁할게요."

"아니, 내가 어떻게?"

이쯤 되니 바료도 발 없이 대화를 할 수 있었다. 바료는 주름 투성이 얼굴의 갓난아기를 취에에게서 받아 들었다.

"자기 자식한테 낯가리진 말아 주세요~"

"너무하네."

하지만 뼈가 없는 것처럼 흐느적거리는 생물을 안기란 쉬운 일이 아니었다. 불안해져서 취에에게 돌려주려 했지만 거부당했다.

"이젠 필요 없어요. 이 이상 안고 있다긴 괜히 제 얼굴을 기억하기라도 하면 곤란하니까요."

"그게 어머니가 할 말이야? 게다가 아직 눈도 못 떴잖아."

"취에 씨가 키우진 않을 거예요. 처음부터 그러기로 했잖아요~"

얼마 후 취에는 일을 해야 한다며 집을 나갔다.

그 즈음이 되니 바료도 취에가 미 일족이라고 확신하고 있었다.

미 일족은 서로 누가 같은 일족인지도 모르는 일이 많을 터였다. 각자가 모시는 황족이 다르고, 서열이 정해져 있다. 보다 높은 서열을 획득하는 것이 미 일족으로서의 명예이며 그것은 후계자에게도 해당된다.

취에는 언젠가 후계자를 선택해야 한다. 아이를 멀리 하는 것은 취에 나름대로 부모로서의 애정이 아닐까, 하고 바료는 생각하기로 했다.

취에는 늘 소란스러웠다. 조용할 때는 밥을 먹거나 잠을 잘 때뿐이었다. 아니, 잘 때도 정말 자고 있기는 한 걸까.

그런 취에가 온몸이 붕대로 둘둘 감긴 채 침대 위에 누워 있다.

취에는 서도로 돌아오던 도중 도적 남자와 전투를 벌였고, 그 때 입은 부상이라고 들었다.

원래는 움직이지 않고 가만히 안정을 취하는 편이 좋겠지만 취에의 임무가 그것을 허락하지 않았다. 수술을 마치고 만신창이가 된 몸으로 마차에 흔들리며 운반되었다고 한다.

취에가 본 저택으로 돌아온 것은 회의 중의 일이었기에 바료는 다 끝나고 나서야 소식을 들었다. 방금 전의 일이었다.

침대 옆에는 약사 소녀가 앉아 있었다. 마오마오였다.

""앗.""

뭐라고 해야 좋을까. 제대로 얼굴을 마주친 적도 거의 없다. 대체로 장막이나 주렴 너머로 말을 걸었을 뿐이었다.

"…취에 씨가 중상을 입었어요. 너무 무리하지 않도록, 부탁드릴게요."

그러는 본인의 얼굴도 타박상투성이에 엉망진창이었다.

취에를 살리기 위해 필사적으로 치료했으리라.

"……."

바료는 그저 고개만 숙였다.

취에가 임무 때문에 이런 꼴이 되었다는 사실은 안다. 그게 도대체 무슨 임무인지 바료는 모른다. 하지만 아무것도 할 수가 없다.

무심코 무사한 왼손을 만져 보았다. 손끝이 차가웠다.

"…으음."

"?!"

취에의 눈꺼풀이 천천히 들어 올려졌다. 내내 잠들어 있었는 지 퉁퉁 부은 듯했다.

"아니, 서방님 아니세요~? 왜 그렇게 다 죽어 가는 얼굴이에 요~?"

"네가 할 말이야?"

"후후후, 작은 실수를 했어요. 역시 마무리가 허술한 건 좋지 않네요~"

취에의 목소리를 듣고 바료는 안심했다. 동시에 아직 목소리 가 작은 것이 마음에 걸렸다.

"물어봐도 될까요?"

"뭐지?"

"저, 앞으로는 전처럼 움직이지 못할 거예요. 어쩌죠?"

'취에 씨'가 아니라 '저'라고 했다.

"전 이제 볼일이 끝난 건가요? 이혼하는 편이 좋을까요~?"

갑작스러운 이혼 이야기에 바료는 경악했다.

"어쩌냐니, 뭐가?"

"오른손, 아마 못 쓸 거예요~"

오른손을 쓸 수가 없다. 그러면 앞으로 생활에 다양한 지장이 생긴다.

하지만….

"취에는 양손잡이잖아?"

바료는 알고 있다. 재주가 좋아서 양쪽 손으로 모두 젓가락질을 할 수 있다. 오른손이든 왼손이든, 어느 쪽이든 가리지 않고 깃발이나 꽃이나 비둘기가 튀어나온다.

"나보다 열 배 요령 좋은 사람이, 한쪽 손밖에 못 쓰게 돼서 다섯 배 좋아졌을 뿐이야."

취에는 바료가 찐빵을 하나 싸는 사이 열 개는 쌀 수 있는 인간이다.

"아니, 우후후후. 이거 취에 씨가 한 방 먹었네요~ 기껏해야 세 배가 한계거든요~ 우후후."

"웃지 마. 배의 상처가 터지잖아."

바료가 허둥댔다.

"후히히, 너무하네요."

"무엇보다 수다스러운 그 말수는 전혀 변함이 없잖아. 아니면 머리를 맞아서 기억하던 외국어를 전부 잊어버리기라도 한거야?"

"아뇨, 아마 안 잊어버렸을 거예요~"

취에가 묘하게 즐거운 표정으로 말했다.

"그럼, 신경 쓸 필요 없잖아."

"그러게요~ 그럼, 매우 쓸모가 있는 취에 씨가 부탁 하나만 해도 될까요?"

"뭔데?"

"배가 고파요."

취에의 배 속에서 꾸르륵, 하는 요란한 소리가 울려 퍼졌다.

"너, 진짜…."

이렇게 편한 말투로 대화를 나누게 된 게 언제부터였을까.

새로운 아내를 얻어, 또다시 처음부터 거리를 좁혀 나가는 것도 귀찮다.

그런 귀찮음은 한 명으로 족하다.

2 7 화 ⁝ 사제

"그럼, 무리해서 너무 많이 먹지 말라고."

바료는 취에가 식사를 마칠 때까지 지켜본 뒤 방을 나갔다. 식사 중, 뭔가 도와주고 싶은 눈치였지만 취에가 왼손으로도 젓가락을 잘 다루었기 때문에 할 일은 딱히 없어 보였다. 취에는 다소 걱정을 끼치게 되더라도 젓가락질을 좀 더 어설프게 할 것을 그랬나, 하고 생각했지만 고픈 배를 채우는 게 우선이었다.

밥을 먹고 잠을 잔다. 요양의 기본이지만, 방문자가 오면 어쩔 수가 없다.

취에는 천천히 눈꺼풀을 들어 올렸다. 팔이 뜯겨져 나가고, 배가 파여 나가다시피 할 정도로 얻어맞아도 감은 아직 둔해지지 않았다.

어렴풋한 어둠 속에 마흔쯤 되어 보이는 남자가 서 있었다.

루 시랑, 예부의 차관에 해당하는 남자였다.

"무슨 일이시죠? 병문안이라니, 별일이 다 있네요. 한심한 제자를 질타하러 오셨나요?"

"긴장이 풀렸나? 억양이 남아 있군."

"아니, 이런. 실례했네요~"

취에는 몸을 일으킬 수가 없었다. 늑골이 부러졌는지 단단하게 고정되어 있었다. 식사 때도 먹기 불편했지만 꾹 참았다.

"오른손은 더 이상 쓸 수가 없을 거예요. 왼손은 괜찮지만요~"

"어정쩡한 능력은 필요 없다."

"그럼, 전 이제 가치가 없는 건가요~?"

취에의 얼굴이 일그러졌다. 바료보다 세 배 요령이 좋아도 어정쩡하단 말인가.

"스승님 후계자, 새롭게 정하실 거예요~?"

"이제부터 찾아내서 키우려면 얼마나 시간이 걸릴 줄 알고?"

"그러게요~ 저 정도 인재라도 5년은 걸리겠죠~ 아무리 재능이 있어도 10년 이상은 걸릴 테니 큰일이네요~"

"원래 넌 육탄전에 쓰려고 키운 게 아니다. 네 통역은 누구보다 주상께서 높이 사고 계시지."

"그건 감사한 일이네요~ 하지만 잔재주 잡기술을 보여 드릴 수 없으니 참 곤란하게 됐네요~ 소설이라도 외워 볼까요~?"

그야말로 마오마오처럼 농담 구절이라도 긁어모아야 할지 모른다.

"저는 처분되지 않나요?"

"그럴 수가 없어서 곤란해진 참이다."

"죄송해요~"

"그럼, 너보다 우수한 후계자 후보라도 찾아내."

"우수한~?"

문득 취에는 샤오홍을 떠올렸다. 적성이 차고 넘치는 아이지만 이쪽으로 끌어내기는 어려우리라.

"뭐, 조만간에요."

취에가 히죽 웃었다.

루 시랑은 취에를 '미 일족'으로 끌고 들어온 인물이다. 외부적 신분은 예부 차관. 원래 미 일족은 그렇게까지 출세하지 않는다. 눈에 띄지 않고, 움직이기 쉬운 위치에 있다. 하지만 루 시랑의 형이 죽는 바람에 집안을 이을 수밖에 없었다.

취에는 루 시랑을 따라 중앙으로 왔다. 거기서 마메이를 알게 되고, 바료와 결혼했다. 그 결혼에 자유 따위는 없다. 루 시랑의 의도, 마 일족의 의도, 양쪽의 합의하에 치러진 결혼이었다.

취에는 자신에게 가치가 있다면 그 또한 나쁘지 않다고 생각했다. 바료도 나쁜 사람은 아니고, 오히려 취에는 좋은 남편이라고 생각한다.

원래는 태어난 나라가 아닌 다른 나라를 섬기는 일을 바람지

하게 여기지 않겠지만, 취에는 어머니 이상으로 미 일족으로서의 재능과 적성을 갖고 있었다. 자신의 가치가 올라가면, 인정받으면, 서열이라는 형태로 평가를 받게 된다.

어머니는 미 일족이었다.

서쪽 땅을 내다보는 주상의 눈으로 파견된 미 일족이며, 그 미모 덕분에 교쿠오의 아내가 되었다.

"하지만 그 여자는 거기까지였어."

옛날 숨어들었던 서도 최고의 저택에서 루 시랑, 즉 스승은 그렇게 말했다.

"그냥 귀여움이나 받는 장식일 뿐이다. 눈으로서 그리 대단한 역할을 하지 못했기에 미 일족 중에서 서열도 낮았지."

그래서 공을 세우려고 조급해했던 것이다. 일을 하겠다며 샤오로 향했지만 어설픈 능력의 소유자였기에 잘 풀릴 리가 없었다. 작전에 실패하고 샤오에 정체를 들킬 뻔한 상황에서 운 좋게 배 난파 사고가 일어났다. 그래서 상황이 잠잠해질 때까지 타국에 잠복해 있으려 했다.

그때 태어난 딸이 취에였다.

취에의 어머니는 사실 본성이 사기꾼에 가까웠다. 어디까지나 진심을 다해, 아내로서 남자를 사랑한다. 그러나 일이 끝나면 버린다.

취에도, 취에의 아버지도.

아버지 거래처의 정보는 리국으로 돌아가기 위한 거래 조건이 되었으리라.

그때 어머니의 탈출을 도운 사람이 루 시랑의 스승이었다.

어머니는 서도로 돌아온 후 취에와 아버지의 기억을 전부 없었던 것으로 해 버렸다. 원래 있던 남편과 세 아이와 재회한 뒤 아이를 하나 더 낳았다.

하지만 그 후 교쿠오가 '이 일족'을 멸망시킨 이유는 아마도 어머니의 능력 부족 때문이었으리라. 미 일족으로 내부에서 꿈틀꿈틀 뱀처럼 휘감아, 꼼짝도 못하게 만들지 못했다.

어머니는 미 일족으로서 너무 어정쩡했다.

어머니 자신도 그 사실을 알고 있었다. 그래서 우수한 후계자를 뽑으려 했다.

기존에 있던 세 아이 모두 어머니와 떨어져 있는 사이 교쿠오에게 물들어 버렸다. 그래서 아이를 하나 더 낳았던 것이다.

후랑, 교쿠오의 셋째 아들.

이름 그대로 자라난 후랑은 서도를 마음대로 바꾸려 했다.

그중 가장 쉬운 길이 허랑방탕한 큰형을 밀어내고, 다루기 쉬운 작은형의 보좌가 되는 방법이었다.

큰형을 장래에 당주 자리에 앉히면 어떻게 될까. 예상하기 어렵다. 그러나 작은형이라면 안정을 노릴 것이다.

또는 교쿠 일족이 아닌 다른 누군가를 앉혀, 서도를 안정시키려 꾀했을지도 모른다.

그런 생각이 머릿속에 떠올랐다.

하지만 큰형은 후랑의 비밀을, 그 꿍꿍이를 알아 버렸다.

"아니, 시쿄 님도 참 재미있는 분이시라니까요. 설마 자기가 먼저 미 일족이 되고 싶다는 말을 꺼낼 줄이야."

아무리 봐도 첩보에는 어울리지 않는 부류다.

시쿄라는 이름으로 자칭하는 것도 미 일족이 되기 위한 결의 때문일지도 모르지만, 취에 입장에서는 재미있을 정도로 어이가 없었다. 이름 따위는 입장이 바뀌면 얼마든지 만들었다가 버릴 수 있다. 그것이 미 일족이다.

시쿄에게까지 미 일족이라는 사실을 들켰으니, 능력 부족이었던 어머니의 서열은 여전히 낮을 수밖에 없었다.

"취에 씨의 서열은 어느 정도까지 떨어질까요~?"

"그 여자보다 낮아질 일은 없다."

"그렇군요~"

취에는 웃었다.

어머니는 취에를 가치가 없다고 평가했다. 그 가치 없는 자가 항상 자신의 위에 존재한다는 사실을 어떻게 생각할까.

취에에게는 이제 아무래도 상관없는 일이었다. 그러나 아버지는 아무것도 모른 채 죽었다.

그러니 이 정도는 용서받을 것이다.

아버지를, 자신을 잊을 수 없도록 취에는 항상 어머니보다 가치 있는 존재가 되지 않으면 안 된다.

취에는 그런 사소한 복수를 위해 리국이라는 나라에 충성을 맹세했다.

"스승님, 취에 씨가 할 일은 그럼, 달라지지 않는 건가요?"

"달라지진 않겠지."

"그거 다행이네요."

"굉장히 이해하기 힘든 일인데, 그 의미가 무엇인지 알겠느냐?"

스승이 얼굴을 흐렸다.

"네. 제게 내려진 최우선 명령은 '달의 귀인을 행복하게 하는 일'이죠."

"이해가 안 돼."

취에도 이해할 수 없다. 차라리 누군가를 찾아라, 없애라, 하는 편이 훨씬 이해하기 쉬울 텐데.

그러나 오른팔을 잃으면서도 마오마오를 지켜 낸 것은 정답이었다고 생각한다.

"아~ 마오마오 씨가 취에 씨의 충고를 들어 줘야 할 텐데 말이죠~"

스승이 의아한 표정으로 쳐다보았으나 취에는 모르는 척했다.

약사의 혼잣말

28화 ⦂ 숙면

마오마오는 휘청거리면서 취에의 침실을 나와 의무실로 돌아가려 했다.

'피, 피곤해….'

피로가 완전히 절정에 치달은 상태였다. 시교를 구한 후로 겪은 일이라고는 온통 수난뿐이었다.

감금당하고, 영문도 모르고 도망. 도적 떼에게 붙잡혀 강제노동을 한 뒤 돌아오는 길에 습격을 당했다.

취에를 수술하는 일은 정말 힘들었다. 늑골에 금이 갔으나 완전히 부러지지는 않아 정말 다행이었다. 내장에도 손상은 없었지만 타박상이 너무 심했으므로 단단히 고정시켜 놓았다. 몸통에 크게 부상을 입지만 않았다면 생명에 지장은 없다.

그러나 문제는 오른팔이었다.

상태가 아주 심각하다고밖에 표현할 길이 없었다. 간신히 필의 형태는 남아 있다. 그러나 팔꿈치 아래로는 뼈가 아주 복잡하게 부러지고, 살도 반은 파여 나갔다.

취에는 호위로서 실력이 좋은 편이라고 생각하지만 운이 나빴다. 그 곰 같은 놈은 분노로 통증도 느끼지 못하고 아무 생각도 없었으며, 그야말로 뱀처럼 끈질겨서 도무지 쓰러지질 않았다. 부상당한 짐승을 상대한 것이다.

마오마오는 뼈를 원래 형태대로 붙였다. 뜯겨져 나간 근육도 이어 붙이고 피부를 꿰맸다. 거의 실험에 가까운, 시행착오를 거듭한 어처구니없는 수술이었다.

마취도 없이, 취에의 입에 수건만 꽉 물렸다. 움직이지 못하도록 사람을 시켜 팔다리를 붙잡고 있게 했지만 취에는 도대체 얼마나 통증을 잘 견디는 건지 거의 꼼짝도 하지 않았다.

원래는 안정을 취해야 하지만 계속 야영을 할 수도 없는 처지였기에, 차라리 서둘러 서도로 돌아오기로 했다.

그것이 방금 전에 일어난 일이었다.

마오마오의 진료 결과로 볼 때 취에의 오른팔은 앞으로 쓸 수 없는 상태가 될 것이다. 적어도 팔꿈치 아래로는 감각을 거의 잃어버렸다 해도 좋다. 마오마오가 할 수 있는 일은, 자신이 꿰매 붙인 팔이 썩어서 떨어지지 않도록 앞으로 계속 경과를 지켜보는 정도였다.

'근육은 잘 붙을까?'

붙일 수 있는 만큼은 붙였다고 생각한다. 잘 붙였으니 취에의 손에도 감각이 돌아오리라 믿고 있지만 이것은 어디까지나 아버지 뤄먼이 하던 처치를 어깨 너머로 보고 배워 흉내 낸 데 불과하다. 의관들의 해부 실습 때도 그런 것은 배우지 않았다.

할 수 있는 일은 다 했다. 이젠 마오마오도 취에 곁에 붙어 있어 봤자 아무 소용이 없다. 남편 바료에게 맡겨 두기는 했지만, 무슨 일이 생기면 금세 자신을 부르러 올 터였다.

'아… 졸려, 힘들어.'

결국 한숨도 자지 못했다. 힘들었지만, 자신보다 더욱 힘든 사람이 있다고 생각하니 쉴 수가 없었다.

하지만 그렇다고 그 상태로 일을 한다는 것은 본말전도다.

'잘 거야! 무슨 일이 있어도 잘 거야!'

마오마오는 의무실로 향하려 했다. 그러나 어째서인지 다리는 반대 방향을 향했다.

대체 왜일까.

'취에 씨 때문이야.'

그런 유언 같은 말을 남기니까.

원래는 체력 보존을 최우선해야 하는데.

마오마오는 진시의 집무실로 향했다.

평소였다면 취에나 다른 심부름꾼이 부르러 오지 않는 한 살

일이 없는 방. 문을 두드리는 데 묘하게 용기가 필요했다.

스읍, 하고 숨을 들이마시고 토한 뒤 문을 두드렸다.

"……."

대답이 없다.

아무도 없는 걸까, 하고 마오마오는 고개를 갸웃거렸다. 동시에 허탕을 쳤다는 기분에, 의무실로 돌아가려 등을 돌렸을 때였다.

문이 난폭하게 열렸다. 마오마오가 놀라서 돌아보니 눈앞에 진시가 있었다.

퀭한 얼굴이었다. 또 자신의 체력을 과신하고 밤샘이라도 한 걸까. 며칠 밤을 새웠을까. 사람에 따라서는 수심 어린 얼굴로 보일 수도 있다. 하지만 마오마오의 눈에는 단순한 과로로밖에 보이지 않았다.

부은 눈. 까칠해진 피부. 머리카락에도 윤기가 없고 입술도 말라붙었다.

"대체 며칠이나 안 주무신 거죠?"

"그 말, 너한테 그대로 돌려주지."

진시는 하고 싶은 말이 있다는 표정으로 손을 내밀었다. 그리고 마오마오의 손을 잡더니 문 밖에 있던 마오마오를 집무실 안으로 끌어들였다. 기세가 너무 지나친 나머지 그대로 바닥에 쓰러질 뻔했으나, 그 전에 진시가 안아서 받쳐 주었다.

'앗.'

바닥에 둘이 나란히 누워 버린 꼴이었다. 마오마오가 위, 진시가 아래였다. 털이 긴 융단이 깔려 있었으나 바닥에 넘어졌으니 아플 텐데, 하고 마오마오는 생각했다.

"…제멋대로 굴지 마라."

"죄송합니다."

"생각 좀 하고 행동해."

"…생각한 결과가 이거였습니다."

한숨 같은 따스한 숨결이 마오마오의 머리에 스쳤다.

꼼짝도 할 수 없었다. 고개를 들고 싶어도 진시의 턱이 마오마오의 머리를 누르고 있는 모양이었다.

"안전하다고 생각하고 데려왔는데 왜 전부 역효과가 나는 걸까."

"세상 일이 다 마음처럼 잘되는 건 아니니까요. 중앙에 있어도 어차피 비슷하게 골치 아픈 일이 생겼을지도 모릅니다."

"그럴 수도 있겠지."

왜 둘이 바닥에 누워서 잡담을 나누고 있는 것일까.

'문을 닫아야 하는데.'

누가 보기라도 하면 곤란해진다.

'빨리 일어나야 해.'

언제까지 안고 있을 셈일까.

솔직히 이쪽은 벌써 한참이나 목욕도 못 한 몸이다. 옷도 제대로 갈아입지 못했다. 땀과 때로 범벅이 된, 지저분한 여자를 안고 있는데 냄새도 안 나는 걸까.

'그러기는커녕 킁킁 맡고 있잖아.'

"진시 님."

"뭐지?"

"슬슬 놓아주시면 안 될까요?"

"네가 뿌리치고 일어나면 될 것 아니냐?"

마오마오는 진시의 손을 잡았다. 묵직하지만 짓누르고 있는 것 같지는 않았다.

그러나….

'졸려.'

마오마오는 멍한 상태였다.

긴장이 풀렸는지 마오마오는 묘하게 안심이 되었다. 털이 긴 융단의 촉감이 편안해서일까. 아니면 밀착한 체온이 기분 좋아서일까.

"…그렇군요."

뿌리치고 싶어도 뿌리칠 수 없었다.

마오마오의 숨결이 차츰 규칙적으로 변했다. 진시의 숨결도 거기에 겹쳐졌다.

'뭘 어떻게 해야 좋을까….'

벌써 눈꺼풀이 내려오고 있었다. 하지만 뭔가 꼭 해야 할 말이 있었던 것 같았다.

'마오마오 씨한테도 여러 가지 사정이 있으니까, 감정에 휩쓸리지 않는 건 중요한 일이죠~'

'감정에 휩쓸린 게 아니야….'

마오마오는 눈앞에 있는 아름다운 남자의 얼굴을 바라보았다. 감긴 눈꺼풀, 길게 뻗은 눈매를 둘러싼 긴 속눈썹. 단정한 콧날과 얇지도 두껍지도 않은 입술. 오른뺨에는 세로로 긴 흉터가 나 있다.

얼굴에 비해 듬직한 체격. 옆구리에는 끔찍한 낙인의 흔적이 있다.

마오마오는 이해할 수 없었다. 목적을 위해 국가의 정점에 가까운 지위에서마저 내려오려 한다. 그 목적이 마오마오 자신이라니, 머리가 이상한 것 아닌가 하는 생각밖에 들지 않는다.

마치 불타는 쇠처럼 뜨거웠다.

마오마오는 그런 열량이 자신을 향한다 한들 난감할 뿐이었다. 같은 열량을 돌려줄 수 있느냐 하면, 기껏해야 미지근한 물 정도의 온도밖에 내줄 수 없다.

진시의 뺨에 천천히 손을 뻗어, 미지근한 물 같은 체온을 들이밀었다. 진시의 뺨이 조금 더 서늘했다. 진시는 눈꺼풀이 완전히 감긴 채, 마치 쓰다듬을 받은 새끼 고양이처럼 뺨을 손에 비벼 댄다. 안심하고 잠든 모양이었다.

'나는 그 무엇으로도 보답할 수가 없는데.'

마오마오는 진시에게로 얼굴을 가까이 가져갔다. 진시의 잠든 숨결과 마오마오의 숨이 겹쳐졌다. 진시의 입술은 뺨보다도 더욱 서늘했다.

잠시 후 마오마오의 호흡도 고른 숨소리로 변하고, 며칠 만인지 모를 숙면이 찾아왔다.

29화 ⋮ 절충안

며칠 만에 찾아온 깊은 잠은 진시의 기력을 회복시키는 데 큰 공헌을 했다.

침대 위를 조심스레 돌아보았다. 먼지와 피 얼룩으로 지저분하게 더럽혀진 마오마오가 몸을 웅크린 채 자고 있었다. 어지간히 피곤했던 모양인지, 진시가 안아 들고 침대로 옮기는데도 깰 생각을 하지 않았다.

진시는 자신이 먼저 잠든 것이 분했다. 마오마오가 몇 배는 더 힘든 일을 겪었을 텐데. 더 빨리 침대로 옮기고 부드러운 이불을 덮어 주면 좋았겠다고 반성할 정도였다.

며칠 만의 숙면은 도저히 거부할 수가 없었고, 마치 미지근한 물에 몸을 담근 것처럼 편안했다.

마오마오의 뺨에는 얻어맞은 상처, 몸에는 찰과상, 목에는 칼로 베인 자국이 남아 있었다. 옷까지 피투성이가 된 이유는 중상의 취에를 돌보느라 그랬던 모양이었다.

"완전히 만신창이가 다 됐군."

요 며칠간 무슨 일이 있었느냐고 진시가 물어봤자 마오마오는 마치 업무 연락처럼 사무적으로 설명할 뿐이리라. 거기에는 걱정과 관심을 바라는 뜨겁고 열렬한 정념은 깃들어 있지 않다. 옛날 후궁 여자들이 자신에게 향하던, 희번덕거리는 눈빛과 감정도 없다.

진시에게 눌리지 않겠다는 생각 때문인지, 아니면 감정을 호소해 봤자 의미가 없다고 생각해서인지.

만일 전자라면 진시는 이 얄미운 고양이 같은 생물을 어떻게든 하지 않으면 속이 풀리지 않을 것 같았다.

환관인 척하기 위해 복용하던 약을 끊은 진시는 이제 남자로서 충분한 기능을 가지고 있었다. 이성이라는 쇠사슬만 없으면 단순한 짐승일 뿐이라는 사실을 알고는 있을까.

"도련님."

시녀 스이렌이 불렀다. 손에는 갈아입을 옷이 들려 있었다.

"슬슬 시간이 되었습니다. 식사를 하소서."

"알고 있다."

"목욕은 어떻게 하시겠습니까?"

"…그만두지. 시간이 없다."

"원래는 피투성이인 채 계속 계시는 것은 위생상 좋지 않습니다만."

스이렌은 잔소리를 하면서도 평소 이상으로 생글생글 웃고 있었다.

"더운물만이라도 준비해 드릴까요?"

스이렌의 시선은 침대에 꽂혀 있었다. 진시에게는 필요치 않아도, 마오마오는 목욕을 할 필요가 있을 터였다.

"갈아입을 옷도 준비해 줘."

눈치 빠른 시녀라면 진시가 '누구의 옷'을 가리키는지도 알아들을 터였다.

"알겠습니다."

스이렌이 공손히 고개를 숙였다.

진시는 크게 기지개를 켠 뒤, 다시 한번 침대 앞으로 가서 섰다.

푹 잠들어 있는 마오마오를 깨우지 않도록 조심하며 얼굴을 가까이 했다.

"이 정도 보충은 허락해 주어야 하지 않겠느냐?"

스스로를 설득하듯 그렇게 말한 뒤, 살며시 입술을 마오마오의 이마에 눌렀다.

옷을 갈아입고 식사를 하고 나서 향한 곳은 본 저택의 어느 넓은 방이었다. 사랑채에 있으며 연회에 자주 사용되는 장소리고 하는데, 오늘은 호위를 포함하여 최소한의 인원밖에 모이지 않았다. 그 외에는 아무도 이야기를 듣지 못하도록 배려한 결과였다. 진시를 곁에서 모시는 자는 가오슌과 타오메이였다. 오늘 타오메이는 시녀가 아니라 부관 역할로 따라왔다. 부부를 좌우로 거느리니 묘한 기분이 들었으나 이 두 사람이 곁에 있어 준다면 안심할 수 있었다.

넓은 방에는 이미 먼저 온 손님이 있었다. 각자 긴 탁자의 의자에 앉아 있었다.

한 명은 무뢰한 같은 남자. 진시를 호되게 배신했던 교쿠오를 꼭 닮은 남자였다. 하지만 수염은 없었다. 무표정하지만 미간에 주름이 잡혀 있었다. 교쿠오의 큰아들 시쿄였다. 진시는 이 남자와 대화를 나눠 본 적은 거의 없지만, 유산 상속으로 입씨름을 벌일 때 계속 상태를 지켜보았다. 부친 교쿠오를 닮은 것 같으면서도 닮지 않았다.

시쿄의 맞은편에는 아직 관례를 올린 지 얼마 안 되는 듯한 청년이 앉아 있었다. 한동안 진시 밑에서 일을 배우던 후랑이었다. 얼굴은 큰형 시쿄와 전혀 닮지 않았다. 예의가 바르고, 아직 성장하는 중으로 보이는 체격의 소유자였으나 지금의 모습은 기묘했다. 전신 이곳저곳에 붕대가 감겨 있었다. 타오르는 불꽃 속에 제 발로 들어간 행동의 결과였다. 바로 물을 끼얹어 불을 껐기 때문에 큰 화상을 입지는 않았으나 안쓰러운 모습이었다.

그리고 또 한 명.

원래는 큰아들, 셋째 아들이 있으니 둘째 아들이 있을 법했지만 그렇지 않았다. 삼각건을 두르고 생글생글 웃고 있는 여자. 취에였다.

얼굴에는 찰과상이 있고, 몸에도 무슨 처치를 받았는지 뻣뻣한 옷을 꽉 끼게 입었다. 어깨에는 춥지 않도록 솜옷을 걸쳤다. 이 자리에는 없지만 바료가 자주 입던 솜옷이었다.

"달의 귀인이시여, 오랜만에 뵙습니다~"

평소와 다름없는 목소리였기에 진시는 정말로 부상을 입은 게 맞나 싶었지만, 취에의 피가 잔뜩 묻은 마오마오를 볼 때 엄청난 중상이며 피가 부족할 것이 틀림없었다. 익살맞은 태도였으나 인내력이 엄청난 듯했다.

"죄송합니다만, 저는 그냥 앉아 있어도 괜찮을까요~?"

취에가 흘끔흘끔 타오메이의 눈치를 보았다. 진시가 아니라 시어머니의 안색을 살피고 있었다. 타오메이도 저렇게 큰 부상을 입은 며느리에게는 엄하게 대하지 못할 터였다.

"문제없다."

진시가 시어머니 대신 대답했다.

시쿄와 후랑은 이미 자리에서 일어나 진시에게 공손히 고개를 숙이고 있었다.

"번번이 나오시게 해서 정말 죄송합니다."

먼저 시쿄가 입을 열었다. 지난번 유산 상속 다툼 때는 볼 수 없었던 공손한 태도였다.

시쿄도 뭔가 생각하는 바가 있는 모양이었다.

그에 반해 셋째 아들 후랑은 빙긋 웃었다.

"달의 귀인이시여, 안색이 좋으시군요. 저 같은 죄인에게 관대한 처분을 내려 주셔서 감사합니다."

이번 사건에서 가장 골치 아팠던 존재가 후랑이었다. 뻔뻔한 얼굴로 이 자리에 나온 것도 용서할 수 없지만, 그 이상으로 자신의 신념을 위해서라면 웃으면서 할복도 할 수 있을 것 같아 무섭다.

"아무도 널 용서한다고 말한 적은 없다."

진시는 언성을 높이지 않고 말했다. 그 말에도 후랑은 미소를 지우지 않았고, 대신 시쿄의 표정이 굳어졌다.

이제부터 이 방에서 이야기할 안건은 후랑의 처분이었다. 후랑이 무슨 생각으로 무슨 짓을 했는지, 그것을 규탄하기 위해 모였다.

그리고 본래 있어야 할 둘째 아들 페이롱은 여기에 없다. 페이롱에게 알리고 싶지 않았기 때문이었다.

진시가 손으로 앉으라고 손짓했다. 시쿄와 후랑은 진시가 의자에 앉는 것을 확인한 후 따라 앉았다.

취에는 여전히 의자에 앉아 있었고, 손에는 마실 것을 들고 있었다. 유백색이며 김을 피우는 그것은 아마 염소젖이나 그것을 넣은 탕인 듯했다. 피가 부족하니 어쩔 수가 없다.

진시는 신경 쓰지 않고 이야기하기로 했다.

"후랑, 너는 왜 친형인 시쿄를 죽이려 했지?"

서두 따위는 필요 없다. 진시는 확인하듯 질문했다.

후랑은 안색도 바꾸지 않고, 미소를 지우지도 않았다.

"제가 제 나름대로 서도를, 술서주를 위해 고민한 결과였습니다."

"그것이 친형을 죽일 이유가 되는가?"

진시가 담담하게 계속 물었다.

시쿄가 후랑을 물끄러미 쳐다보았다. 형으로서는 복잡한 심경이리라.

"너는 시쿄와 사이가 좋았을 텐데? 유산 상속에 형이 끼어 있다고 곤란하지도 않았을 테고."

"네. 큰형은 분명 유산은 필요 없으니 알아서 나눠 가지라고 했죠."

"그래. 난 아무것도 필요치 않아. 아버지 유산은 너희끼리 알아서 나눠 가져. 서도를 다스릴 생각도 없고, 페이롱이랑 후랑 둘이서 마음대로 얘기해서 결정하면 돼. 무엇보다 내 이름은 시쿄다. 더는 '교쿠'라는 이름을 쓰지 않아."

시쿄의 이야기는 세상의 다른 둘째, 셋째 아들들에게는 너무나 달콤한 제안으로 들릴 것이다. 하지만 술서주를 다스리는 집안으로서는 그리 간단한 문제가 아니었다.

"그래서 저랑 페이롱 형님 둘이서 다스리라고요? 참 편한 말씀을 하시는군요. 큰형님이 유산과 일을 물려받지 않는 것만으로 모든 게 다 잘 풀릴 거라 생각하십니까?"

"잘 풀리겠지. 페이롱은 야무진 녀석이야. 나보다 머리도 좋고. 잘 정리해 줄 거야. 네가 보좌해 주면 돼. 금방은 아버지 대신이 될 수 없겠지만, 몇 년 후에는 잘해 나갈 거다."

"몇 년 후? 지금부터 몇 년 동안이 제일 힘든 시기인데요?"

후랑은 어이가 없다는 듯 목소리를 높였다. 평소의 저자세 청년은 어디로 갔을까.

"물론 페이롱 형님은 야무진 분입니다. 중앙에서 그냥 관리나 했다면 시쿄 형님보다 훨씬 빠르게 출세했겠죠. 하지만 서도의 머리로, 또 얼굴로 삼아야 한다면 어떻겠습니까?"

후랑은 시쿄가 아니라 진시에게 묻는 듯했다.

"황해 뒤처리, 치안 악화, 식량 부족에 타국의 침략도 앞으로는 염두에 두어야 합니다. 페이롱 형님에게 그것을 다 처리할 힘이 있어 보이십니까?"

"할아버지나 숙부들한테도 부탁하면 되잖아?"

"할아버님은 고령이시죠. 이젠 중앙에서 돌아오시지 않을 거라 생각합니다. 또 숙부님들과 고모님들도 어디까지 의지할 수 있을까요? 아무리 이러니저러니 해도 할아버님이 아버님께 서도를 맡기신 건, 그 의도야 어찌 되었든 다스릴 힘이 있는 분이셨기 때문입니다."

진시는 후랑의 말에 고개를 끄덕일 수밖에 없었다. 어떤 의도가 있었든, 교쿠오에게는 힘이 있었다. 그 사기꾼 같은 선동력은 어떤 의미에서는 진시도 보고 배워야 할 부분이었다.

"할아버님이 살아 계시는 동안에는 그래도 아직 괜찮을지 모릅니다. 또, 황해가 일어나기 전 상황이었다면 다들 얌전히 있어 줬겠죠. 하지만 아버님이 돌아가신 지금, 숙부님들과 고모님들은 앞으로 거리낌 없이 본가의 일에 참견하게 될 겁니다. 그리고 큰아들이 아닌 페이롱 형님이나 저는 술서주의 여러 분야에서 힘을 갖고 있는 숙부님들과 고모님들을 제어할 힘이 없습니다. 그래서 페이롱 형님은 쭉 시쿄 형님이 돌아오기를 기다리셨던 겁니다. 시쿄 형님은 요우다幼達 숙부님과 주먹질을 해서라도 입 다물게 할 수 있는 힘을 갖고 계시니까요."

요우다. 막내라는 뜻을 가진 별명이다. 교쿠엔의 자식들 중 막내는 교쿠요 황후지만, 남자 형제들 중에서는 분명 목축을 맡은 일곱째 아들이 제일 어리다고 들었다. 이전에 시쿄와 칼부림을 벌일 만큼 심한 싸움을 했다고 한다.

"우리 형제 중에서 제대로 서도를 다스릴 수 있는 사람은 이

마 시쿄 형님 하나뿐일 겁니다. 그걸 알고 있기 때문에 페이롱 형님도 저도 계속 보좌로서 지지해 드리겠다는 생각밖에 안 했고요."

"말이 모순되지 않나? 아까부터 계속 시쿄를 칭찬하고 있다만, 나는 왜 시쿄의 목숨을 노렸느냐고 물었는데."

"모순되지 않아요~"

그때 취에가 입을 열었다. 손에는 부드러워 보이는 튀김빵 같은 것을 들고 있었다.

"시쿄 씨가 살아 있으면 시쿄 씨를 떠받드는 사람들이 자꾸 생겨나잖아요? 그게 방해가 되는 거예요~"

"맞습니다."

취에의 대답을 후랑이 긍정했다.

"하지만 시쿄를 없앤 후엔 어쩌려는 것이지? 페이롱도 후랑도 역부족이라고 방금 말하지 않았던가?"

진시의 물음에 취에와 후랑이 싱긋 웃었다. 묘하게 꼭 닮은 웃음이었다.

"네. 하지만 후랑 씨는 찾아내고 만 거예요~ 의욕 없는 큰형보다 훨씬 서도에 있어 줬으면 하는 사람을."

"네, 그 말이 맞습니다."

후랑이 진시를 물끄러미 바라보았다. 불길한 예감이 들었다.

"교쿠오 님의 세 아들들 중 서도를 다스리는 데 가장 적합한 사람은 시쿄 씨지만, 후랑 씨 입장에서는 다른 인재만 있으면 굳이 새로운 요우 씨에 연연할 필요는 없었던 거죠~ 후랑 씨의 목적은 '서도를 발전시키는 일'이었으니까요~ 정치적으로 서쪽의 우두머리 자리에 있어도 이상하지 않고, 또 실력도 갖춘 인물이라면….〞

취에도 진시를 바라보았다.

"시쿄 형님이 사라져 주셨다면 분명 잘 풀렸을 겁니다. 달의 귀인 아래에서는 페이롱 형님도 저도 보좌로서 확실히 제 역할을 다할 수 있었겠지요."

그렇게 말한 후랑은 의자에서 일어나 바닥에 무릎을 꿇고 고개를 숙였다.

"무리한 부탁이라는 것은 잘 알지만, 그래도 부탁드립니다. 달의 귀인이시여, 부디 서도에 남아 술서주의 백성들을 이끌어주실 수 없을까요? 제 목이라면 얼마든지 바치겠습니다."

바닥에 이마를 찧어 가며 말하는 후랑의 눈빛은 섬뜩할 정도로 빛났다. 전신의 화상을 보면 그 말은 거짓이 아니라는 사실을 알 수 있었다.

진시는 저도 모르게 몸을 뒤로 젖히고, 뒤에 대기하고 있던 가오슌과 타오메이를 돌아보았다.

"…'미 일족'은 주인의 명령에 따르는 것이 가장 큰 기쁨이라는 가르침을 받는다고 들은 적이 있습니다."

가오슌이 작은 목소리로 말했다.

"가장 큰 기쁨이라니…."

"여기서 달의 귀인이 서도에 남겠다고 말씀해 주시면 저는 기꺼이 제 목을 잘라 바치겠습니다."

"목을 내놓아 봤자 난처할 뿐이거늘…."

도대체 누가 그것을 치운단 말인가.

"그만해! 그런 짓은 안 해도 된다."

바닥에 무릎을 꿇은 후랑 옆에 시쿄도 무릎을 꿇었다. 그리고 후랑과 마찬가지로 바닥에 이마를 찧었다.

"제발 부탁드립니다. 제 동생은 그저 서도를 위해 행동했을 뿐이니, 목을 베지는 말아 주십시오."

진시는 딱히 후랑의 목을 베겠다고 말한 적도 없었다. 후랑이 제멋대로 그렇게 해 달라고 빌고 있을 뿐.

"시쿄 형님, 저는 아무렇지도 않습니다. 이렇게 해서 서도가 잘 돌아갈 수만 있다면 그걸로 충분하지 않은가요?"

후랑의 눈에는 아무런 망설임도 없었다. 오히려 후랑은 시쿄가 자신을 감싸는 데 의문을 품은 모양이었다.

취에는 앉아서 그 모습을 지켜보며 눈을 가늘게 떴다.

"무슨 말을 해도 소용없어요~ 태어날 때부터 그렇게 키워졌으니까요~ 근본적인 사고방식 자체가 달라도 너무 다르답니다~ 고양이에게 쥐를 잡지 말라고 해 봤자, 안 잡을 리가 있겠어

450

요?"

"그럴 리가 있겠어? 애당초 왜 그런 일 때문에 목숨을 내던지는 건데?"

시쿄가 취에를 노려보았다. 하지만 취에는 태평하게 염소젖만 마셨다.

"그런 일? 그런 일이라고 말씀하시다니, 정말 후계자가 되긴 무리겠네요~ 아무리 동생이 귀엽기로서니 동생 대신 자기가 그 역할을 맡겠다고 생각하는 건 이기적인 일이잖아요~ 하지만 시쿄 씨, 당신은 후계자로서의 재능이 전혀 없어요. 아무리 '교쿠'라는 이름을 버리고 더러운 이름으로 자칭하고, 못된 척하면서 뒷세계 인맥을 늘린다 해도 전혀 안 어울리죠~ 존재만으로도 거치적거리니까 그냥 얌전히 무대에 나서서 꼭두각시 노릇이나 해 주세요. 그게 당신의 동생을 지키는 가장 멀쩡한 방법이랍니다~"

취에는 단숨에 말해 버린 뒤 염소젖을 한 잔 더 마셨다.

멍한 표정의 시쿄와 달리 후랑은 아직도 반짝반짝 빛나는 눈으로 진시를 바라보았다.

"후랑 씨도 포기하세요. 당신에게 지령이 내려온 건 알겠지만, 취에 씨가 받은 지령이랑 겹치면 취에 씨는 무슨 수를 써서라도 그걸 쳐부숴야만 하거든요~? 당신의 존재는 달의 귀인에게 방해만 될 뿐이에요."

"취에 님이야말로 그렇게 큰 부상을 입고 뭘 하실 수 있다는 거죠? 후유증도 남을 테고, 서열도 뚝 떨어질 텐데요?"

"그래도 후랑 씨보다는 위랍니다~ 취에 씨는 재주가 좋아서 왼팔 하나만 있으면 못 할 일이 거의 없거든요~ 하지만 취에 씨는 상냥하니까 후랑 씨 같은 풋내기에게도 절충안을 제시해 줄게요. 굳이 달의 귀인께서 다스리지 않으셔도, 대신할 얼굴이 있으면 된다는 거죠?"

취에는 진시를 바라보며 싱긋 웃었다.

"시쿄 씨에게도 재능은 있어요~ 아버님인 교쿠오 님이 갖고 싶어 어쩔 줄 몰라 했던, 그걸 갖고 있죠~ 닭의 부리 말고, 용의 머리가 되어 줘야겠어요."

그리고 취에는 여전히 씨익 웃으며 시쿄를 쳐다보았다.

"분명 훌륭한 꼭두각시 인형이 돼서 서도에 군림해 줄 거예요."

진시는 타오메이를 흘끔 쳐다보았다. 타오메이는 며느리의 업무를 이해하고 있는지 아무 말도 하지 않았다. 그저 먹다 남은 음식 찌꺼기가 탁자 위에 흩어져 있는 것이 거슬리는 듯했다. 미 일족의 생각에 깊이 파고들지 않는 주의일까.

이럴 줄 알았다면 방에서 보충이나 더 하고 올 것을 그랬다고 진시는 후회했다.

30화 ፧ 성장

휘몰아치는 바람은 싸늘함을 넘어 아플 정도였다.

시간의 흐름은 너무나 빠르다. 서도로 돌아온 후 마치 아무 일도 없었던 듯한 일상이 흘러갔다.

정신을 차리고 보니 해가 넘어가고, 마오마오는 스물한 살이 되었다.

마오마오의 서도 생활은 변함이 없었다. 의무실에서 돌팔이 의관과 약을 짓고, 온실에서 생약을 키우고, 가끔은 진시를 진료하러 찾아갔다.

조금 달라진 점이 있다면.

"아버님~! 놀아 줘~!"

"이 녀석, 아빠는 지금 일하러 가야 해. 나중에 보자, 교쿠쥰."

서도의 본 저택에 시쿄가 있었다.

표사 차림이 아닌, 제대로 된 옷을 차려입으니 정말로 교쿠오를 꼭 닮았다. 이만큼이나 닮았다면 지금까지 교쿠오를 따르던 민중들도 시쿄를 지지할지 모른다. 세상일은 내면보다 외면으로 판단하기가 더 쉽다.

'도대체 무슨 심경의 변화지?'

마오마오는 한낱 약사이기 때문에 잘 모른다. 분명 진시나 다른 사람들과 여러 가지 이야기를 나누었으리라.

의무실에는 커다란 긴 의자 하나가 추가되었다. 이야기를 듣자하니 마오마오가 없을 때 괴짜 군사가 드문드문 의무실에 놀러왔다고 한다. 그때 가져온 물건이 그대로 남아 있는 모양이었다.

'대체 어떻게 설득했을까.'

마오마오가 없을 때 돌팔이 의관이 내내 상대해 주었다고 들었다. 돌팔이 의관의 대인관계 구축 능력은 리국에서도 실로 최고봉이라고 할 수 있을 듯했다. 괴짜 군사를 구워삶을 수 있는 사람은, 마오마오 입장에서는 아버지 뤄먼밖에 떠올릴 수가 없다.

"아~ 실례합니다~ 거기 막대기 좀 집어 주실 수 없을까요~? 등이 좀 가려워서~"

그 긴 의자에 취에가 누워서 말했다. 고정시켜 두었던 몸통도 자유로워지고, 오른팔 붕대도 풀었다. 하지만 팔꿈치는 지금까지의 반 정도 각도로밖에 구부리지 못하게 되고, 손도 새끼손가락이나 겨우 움직이는 정도였다.

썩지 않고, 손가락이라도 간신히 움직일 수 있는 만큼 마오마오로서는 잘한 축이라 할 수 있으리라.

취에의 부상은 심각했다. 한동안 일도 하지 못하고 회복 훈련을 하러 의무실에 와 있었지만….

'아주 눌러앉았잖아!'

"그래요. 그래. 이거면 되나? 등이 가려우면 가려움증 연고라도 발라 줄까?"

돌팔이 의관이 딱 좋은 막대기를 취에에게 건넸다.

"아~ 감사하죠~ 그런데 슬슬 간식 시간이 된 것 같다고 생각하지 않으세요~?"

"그러게. 오늘은 찐고구마를 꿀이랑 섞어서 구운 게 있어. 숨겨진 맛으로 염소젖도 넣었으니까 혀에 닿는 매끄러운 감촉이 아주 일품일 거야."

돌팔이 의관의 요리 솜씨만 쓸데없이 좋아졌다. 그것은 취에가 의무실에 눌러앉은 이유 중 하나이기도 했다. 약 조제 기술이 전혀 늘지 않는 것은 큰 문제지만.

"돌팔이 씨, 실력이 좋아졌네요~! 리국 고구마 요리에 혁명을 일으킬 수도 있겠어요~!"

취에는 접시에 담긴 고구마 간식을 정신없이 먹어 치웠다. 왼손만으로도 얼마든지 먹을 수 있다.

"취에 씨, 좀 남겨 주세요. 다른 사람들을 불러올 테니까요."

"네에에~"

간식을 입 안 가득 우물거리는 취에의 대답을 믿을 수가 없어, 마오마오는 접시에 남아 있던 간식을 다른 접시로 옮겨 담았다. 돌팔이 의관이 차를 준비해 주었는데 향이 매우 강하다. 중앙에서 온 찻잎인 듯했다. 민들레 뿌리만 달여 마시던 입장이라, 오랜만에 마시는 멀쩡한 차였다.

"많이 안정됐네요."

의무실 약에도 여유가 생겼다. 아직 식량 문제 등의 불안 요소는 있으나, 약간은 미래 전망을 할 수 있게 된 듯했다.

"앗, 그러고 보니 이제 곧 중앙으로 돌아갈 수 있어요~"

"네?"

"말하는 걸 깜박했네요~ 서방님이 마오마오 씨한테 말하라고 그러셨는데에."

취에가 왼쪽 주먹으로 자기 뺨을 툭 쳤다. 한쪽 눈을 감고 혀를 내민 모습이 묘하게 짜증을 돋우는 동작이었다.

"진시 님도 돌아가시는 건가요?"

"그럼요. 이 이상 머무르는 건 어려울 테고, 인수인계도 거의 끝나 가잖아요~ 모양상으로는 시쿄 씨를 중심으로 삼고 주위 기반을 철저하게 다져 나가는 형태가 될 거예요~"

"그게 가능한가요?"

솔직히 불안하다. 물론 멋진 부분을 혼자 다 가져가 버리는, 무생 같은 부분은 매우 뛰어나다. 따라서 둘째나 셋째에 비하면 매력은 훨씬 높지만 문제는 방탕한 아들 노릇을 몇 년이나 해 왔다는 점이다. 표사라는 독특한 정보망과 무력이 있는 것은 강점일 수도 있으나 그래도 부족한 부분이 많다.

"용두사미가 되지 않을까요?"

교쿠오를 닮았으니 처음에는 지지율이 높을지도 모른다. 하지만 그 도금한 금칠이 벗겨지면 민중들은 손바닥 뒤집듯 얼마든지 태도를 바꿀 수 있다.

"아무리 흐느적거리는 뱀이라 해도, 역할을 다해 주지 않으면 곤란해요~ 시쿄 씨는 반드시 서도의 무생이 되어 주어야만 한답니다."

'무생이라.'

지금 생각해 보면 교쿠오가 자식들 중에서 시쿄에게만 제왕학을 가르쳤던 이유는, 교쿠오가 이상적으로 생각하는 무생상을 이 큰아들에게서 보았기 때문인지도 모른다. 자신이 되고 싶었던 것, 되려 했던 것을 처음부터 가지고 태어난 아들에게 지위를 물려주고 싶었던 게 아닐까.

"시쿄 씨도 머리는 나쁘지 않아요~ 원래 서쪽의 우두머리가 되기 위한 교육도 받았고, 표국 경영도 어떤 의미에서는 사람을 다루는 훈련이 된 셈이죠~"

"하지만 뭔가 다소 허술하달까, 뒷심이 부족하달까…."

시쿄라는 이름과는 정반대의 성격이다. 아무리 불량한 척해도 어딘가 모르게 무른 부분이 있다.

"그렇군요. 그 점은 주변에서 기반을 잘 다져 줄 예정이에요~"

"주위를 신용할 수 없는데요?"

마오마오의 물음에 취에는 생글생글 웃으며 차를 마셨다.

"둘째 페이롱 씨는 형님을 보좌하는 데 문제없을 테고, 리쿠손 씨도 있잖아요~ 그리고 의외일지도 모르지만 시쿄 씨는 숙부들한테도 인기가 많아요."

"숙부들한테? 동갑인 숙부와 싸웠다고 하지 않았어요?"

"싸울 정도로 사이가 좋은 거죠~ 아마 둘째나 셋째가 후계자가 됐다면 아무 말 없이 하극상을 노렸을지도 모르는 야심가이긴 해요, 요우다 숙부님은."

참 골치 아픈 남자끼리의 관계성이다.

"그리고 한동안 뒤처리를 하기 위해 루 시랑님도 여기 남으신대요~"

"예부 소속이신 분 맞죠? 제사를 모시는 사람이 남아서 뭘 하신다는 건데요?"

"루 시랑은 여러 부서를 두루 돌아다닌 경험이 있는 사람이라, 좋은 의미로 요령이 좋죠. 나쁜 의미로는 '열두 가지 재주에 저녁 굶는다'라고 할까요. 뭐든 다 할 수 있으니 잘 처신해 줄 거예요."

"꼭 라한네 형 같은 인재네요."

하지만 뭐든 잘만 해 준다면 안심이 된다고 마오마오는 생각했다.

"중앙으로 돌아갈 수 있는 건가….."

여차하면 이러다 서쪽 대지에 뼈를 묻을 수도 있는 것 아닐까 생각했던 만큼 마오마오는 커다란 안도의 한숨을 내쉬었다.

"리하쿠 씨는 알고 있을 거예요~ 라한네 형은 모르겠죠~ 여러 가지 준비를 해야 할 테니 가르쳐 주세요."

"알겠습니다."

라한네 형은 본 저택의 정원을 개간해서 만든 밭에 있었다. 황해 당시 목숨만 간신히 건져서 돌아왔을 때 가져온 밀과 보리를 심는 중이었다.

마오마오는 의무실을 나와 라한네 형을 찾아다녔다.

라한네 형은 밭을 산책하는 중이었다. 보리밟기를 하는 듯했다.

"라한네 혀…."

말을 걸려던 순간 마오마오의 시야 한구석에 어린아이들이 비쳤다.

누구인가 했더니 교쿠쥰과 샤오홍이었다,

'또 괴롭히나?'

교쿠준은 얼마 전 여행을 겪고 조금은 얌전해진 줄 알았는데 그렇지도 않은 듯했다.

'대체 뭣 때문에 내가 구해 준 줄 알고!'

마오마오는 상당히 샤오훙의 역성을 들게 되었다. 따라서 남을 괴롭히는 건방진 꼬마에게 주먹을 날려 주려 했지만.

왠지 상태가 이상했다.

교쿠준이 잔뜩 으스대며 허세를 부리는 가운데 샤오훙은 실눈을 뜨고 어이없어하는 표정을 짓고 있었다. 어디서 많이 본 것 같은 표정이었다.

"야, 내 말 듣고 있어?"

교쿠준이 샤오훙의 옷자락을 잡았다. 그러나….

찰싹, 하는 시원스러운 소리가 울려 퍼졌다.

무슨 일이 일어났느냐… 샤오훙의 손바닥이 교쿠준의 따귀에 작렬했다. 깜짝 놀랐는지 교쿠준은 자세가 무너져서 엉덩방아를 찧었다.

"뭐, 뭐 하는, 거야, 너! 내가 무섭지 않아? 난 널 서도에서 쫓아낼 수도 있어!"

교쿠준은 혼란에 빠진 채 맞은 뺨을 어루만졌다.

"안 무서워."

샤오훙은 표정 하나 바뀌지 않은 채 교쿠준을 내려다보았다.

"너, 알기나 해? 우리 아버님은 서도의 우두머리가 되실 거야!"

"시쿄 삼촌이 우두머리가 된다고, 그게 뭐 어쨌는데? 삼촌은 그 정도 일을 일러바친다고 날 내쫓으실 분이 아니야. 그런 건 교쿠쥰 네가 제일 잘 알고 있잖아?"

"아버님 다음엔 내가 우두머리가 될 거야. 너 따윈 내쫓아 버릴 거야!"

"후훗."

무표정했던 샤오홍이 웃었다.

"뭐가 웃긴데!"

"글쎄, 너 따위가 우두머리가 된다면 난 중앙에 가서 더 높은 사람이 될 수 있겠다는 생각이 들었거든. 아버지 뒤에 숨는 것 말고 할 줄 아는 게 아무것도 없는 잔챙이가 뭘 하겠다고? 콧물이나 질질 흘리면서 도망쳤던 주제에!"

샤오홍은 아무 일 없었다는 듯 교쿠쥰의 앞에서 사라졌다.

"으, 으아아앙!"

교쿠쥰은 자기보다 어린 소녀의 말 몇 마디에 엉엉 울며, 콧물을 흘리면서 땅바닥에 주저앉은 채 발버둥을 쳐 댔다.

'시선이 느껴지는데.'

마오마오가 슬그머니 뒤를 돌아보니 라한네 형이 서 있었다.

"너, 쟤한테 뭘 가르쳤냐?"

라한네 형이 의심의 눈길로 쳐다보았다.

"아니, 전 아무것도⋯."

"아무것도 안 가르쳤을 리가 있어? 저 표정, 너랑 똑같잖아! 난 더 심약하고 귀여운 애인 줄 알았는데!"

"오해예요!"

마오마오가 아무리 변명해도 라한네 형은 믿어 주지 않았다. 덕분에 뭔가 중요한 이야기를 깜박하고 말았다.

종　장

　바닷바람이 기분 좋게 느껴졌다.

　마오마오는 바닷바람을 맞으며 갑판을 걸었다.

　술서주를 벗어나, 느긋한 항해가 시작되었다. 올 때 탔던 배와 비슷하지만 미묘하게 다른 형태였다. 이번에는 대형 선박이 세 척인 건 같지만, 교역선은 하나도 따라오지 않는 모양이었다.

　요 몇 개월 사이 서도는 일변했다. 한때는 왕제가 교쿠오를 암살하고 서도를 탈취하려 한다는 음모론도 횡행했다. 그러나 교쿠오의 큰아들인 시쿄가 정치에 손을 대면서 주위의 인상도 달라졌다.

　방탕한 아들놈이라던 소문과는 달리 시쿄의 인상은 나쁘지 않았다. 무엇보다 인기가 있었던 이유는 아버지를 꼭 닮은 용모에 있으리라.

　묘하게 사람들로부터 반응이 좋은 것도, 교쿠오는 어딘가 무

르게 무생을 연기하는 느낌이 있었다면 시쿄의 경우 위화감이
느껴지지 않기 때문인지도 모른다.

식량 위기 문제는 아직까지 남아 있지만 왕제 진시가 계속 지
방에 눌러앉아 있을 수도 없었기 때문에 돌아가게 되었다. 남
겨진 루 시랑은 고생스럽겠지만 노력해 주기를 바라는 수밖에
없다.

'솔직히 진시가 중앙에 있는 게 움직이기는 더 편해.'

지원 물자를 보내는 데 망설이던 자들도 진시가 바로 눈앞에
서 재촉하면 거절할 수 없을 것이다. 본래 왕족이 할 일은 아니
지만, 진시라면 충분히 할 수 있을 거라고 마오마오는 생각했
다.

'돌아가기까지 거의 1년이 걸렸네.'

중앙은 얼마나 달라졌을까. 다들 건강하게 잘 지내고 있을까.

'선물 사는 건 잊어버렸지만, 포기해 주겠지.'

그럴 틈은 없었다. 갖고 있는 것이 있다면 용연향 정도였다.
제일 귀찮은 상대인 녹청관 할멈에게 줄 선물만은 그나마 수중
에 있어서 살았다. 그렇지 않았다면 어떤 변명을 하더라도 벌
을 받았을 테니 말이다.

한숨 돌리고 싶었지만, 돌아가는 배 안에는 자신을 한숨 돌리
게 내버려 두지 않는 인간들이 바글바글했다.

"취에 씨, 취에 씨."

"네, 네. 왜 그러세요, 마오마오 씨?"

취에는 서도의 흔적이라 할 수 있는 건포도를 먹고 있었다. 왼손만으로 포도송이에서 알을 재주 좋게 따서 입에 넣는 중이었다.

"저 아저씨가 왜 여기 있는 거죠?"

마오마오는 실눈을 뜨고서 몸을 웅크린 아저씨, 즉 괴짜 군사를 쳐다보았다.

"마오마오 씨랑 마찬가지로 중앙으로 돌아가기 위해서죠~ 그리고 방금 전까지는 기운이 넘쳤는데, 배가 출발한 순간부터 저 모양이어서 측간에도 가지 못하고 결국 위장에 든 내용물을 전부 바닷바람에 실어 반짝반짝 내보내고 있는 중이에요."

"자세히 설명하지 않아도 알아요."

토사물이 반짝반짝 물보라를 일으키며 흩어져, 곁에 있는 부관이 불쌍하게 느껴졌다. 통을 가져온 시동도 있었다. 쥔지에라는 소년으로, 서도에서는 마오마오의 시중을 들어 주었다.

"라칸 님은 본래 다른 배에 타실 예정이었지만 이번만큼은 꼭 마오마오 씨와 같이 타고 싶다고 떼를 쓰시더라고요. 잘못하면 화약을 가져올 기세였기에 어쩔 수가 없었어요~ 하지만 배에 타고 있는 동안에는 얌전할 테니 괜찮아요~"

"화약을 대체 어디서 가져온다는 거예요?"

마오마오는 어이가 없었다. 배 위에서 폭발이라도 일으켰다가는 큰일이다.

"쥔지에도 따라올 줄은 생각 못 했는데요."

아직 나이도 어린데, 가족을 위해 돈을 벌러 가겠다니 정말이지 그런 효자가 또 없다.

"네, 도성으로 돌아가는 인원 중에 쥔지에 씨의 이름도 있어서 본인이 제일 크게 놀라더라고요~ 한동안 라칸 님 곁에 붙어 있게 될 거예요~ 라칸 님은 어린애들과는 비교적 잘 지내시는 편이니까요."

자, 이것이 한숨 돌릴 수 없게 하는 인원 그 첫 번째.

그리고 한숨 돌릴 수 없게 하는 인원 그 두 번째로 말하자면.

"짐 정리는 끝났습니다. 다음에는 무슨 일을 할까요?"

저자세의 청년 한 명이 양손에 짐을 들고 있었다. 맨살이 드러난 손에는 화상 흉터로 보이는 붉은 무늬가 점점이 보였다.

마오마오는 실눈을 뜨고 노려보았다.

"아~ 그럼, 객실 앞 청소 좀 부탁드릴게요. 라칸 님이 갑판에 올라오기 전에 토하는 바람에 더러워졌거든요~ 마오마오 씨랑 제 방이에요. 착각하지 마세요."

"알겠습니다. 다 끝나면 달의 귀인께 가 봐도 되겠지요?"

정중하게 인사하는 청년의 이름은 후랑.

"무슨 말이에요? 할 일은 아직 많아요~ 객실 청소가 끝나면 이번에는 갑판이거든요~"

취에는 계속 토하는 괴짜 군사를 가리켰다.

"이 사람은 왜 있는 거예요?"

마오마오는 노골적으로 싫은 목소리를 냈다.

"이 사람이라니, 너무하시네요. 편하게 후랑이라고 불러 주세요."

평소와 다름없는 태도로 청년이 싱긋 웃었다.

마오마오가 술서주에서 지겹도록 도망쳐 다니는 꼴이 되었던 이유는 독화살에 맞은 시쿄를 치료했기 때문이다. 하지만 그런 시쿄에게 마오마오를 이끈 것이 샤오홍. 그리고 샤오홍은 후랑에게 유도당했다.

후계자 싸움 때문에 시쿄를 함정에 빠뜨리려 했던 사람이 이 후랑이었다. 마오마오도 말려들었던 터라 이 남자를 한 대는 때려 주고 싶었지만, 어째서인지 전신 화상을 입은 상태였기 때문에 아직 때리지 못했다.

"마오마오 씨, 마오마오 씨."

"취에 씨, 아무리 저라도 이것만큼은 도저히 평정심을 유지할 수가 없는데요."

"이것만은 포기해 주세요."

취에가 씩 웃으며 일부러 불편한 오른손을 들어 보였다. 이번에 커다란 부상을 입고 제일 심한 꼴을 당했던 사람은 취에다. 취에가 말하니 아무 대꾸도 할 수가 없다.

"보시다시피 저는 이제 서도에 있을 곳이 없습니다. 무엇보다 제가 다해야 할 사명은 여전하고요."

"있을 곳이 없다는 건 알겠어요. 사명이란 건 뭐죠?"

마오마오가 불쾌한 얼굴로 후랑에게 물었다.

후랑은 얼굴을 살짝 붉히며 눈을 내리깔았다.

"모셔야 할 주인을 위해 제 한 몸을 바치는 일입니다."

"무슨 소린지 모르겠네요."

마오마오는 오싹오싹 기분이 불쾌해졌다. 주판 안경 라한이 가끔 진시를 볼 때 내비치는 표정과 비슷했다.

"마오마오 님은 제가 마음에 들지 않으시겠지만, 믿어 주십시오. 저는 사명을 다하기 위해 같이 가는 겁니다. 이 한 몸, 달의 귀인을 위해서라면 얼마든지 바치겠습니다. 그분을 위해 저는 살아 있는 것입니다."

'이상한 추종자가 생겼네.'

마오마오는 어이없어하며 취에를 쳐다보았다.

"이 녀석하고 샤오홍을 교환하면 안 될까요?"

"저도 그 생각은 했는데, 일단 미성년자라 안 되더라고요. 인싱 씨의 허가가 떨어지질 않았어요."

이미 교섭을 해 본 모양이었다.

"샤오홍! 눈이 높으시군요. 그 아이는 전부터 쓸 만한 아이라고 생각했습니다, 저도."

"그 쓸 만한 아이를 왜 끌어들인 거죠?"

"저보다 적성이 있다고 하니까 신경이 쓰여서 집적거려 보고 싶지 않겠습니까? 그랬더니 설마 마오마오 님을 데려올 줄이야, 정말 큰 공을 세웠죠. 끌어들일 생각은 없었습니다. 정말입니다. 정말이니까 믿어 주세요."

후랑의 태도가 묘하게 가벼워졌다. 머릿속 나사가 느슨해진 것 같았다.

"아~ 그랬군요."

취에는 묘하게 납득했다.

뭘 납득했는지는 모르겠지만 마오마오는 확인할 일이 한 가지 더 있었다.

"그럼, 후랑 님, 혹시 서도에 있을 때 저를 계속 시험해 보셨던 건가요?"

양조장 식중독 사건이나 외국 귀인의 병 문제 등을 물고 온 건 후랑이었다.

"시험하다니, 누가 들으면 오해하겠습니다. 전 혹시 마오마오 님이 푸실 수 있지 않을까 싶어서 모셔 갔던 것뿐인데요."

"양조장 식중독 때도요?"

마오마오가 확인하듯 물었다.

후랑은 대답 없이 웃기만 했다.

"그러고 보니 양조장, 그 후로 난리가 났대요~"

취에가 화제를 바꿨다. 후랑을 추궁하고 싶었지만, 너무 깊이 캐묻지는 말라는 의미라는 사실을 마오마오는 알아차렸다.

"시식에는 문제가 없었지만 최고급 술 재고가 텅텅 비어 버렸다는 게 들통이 났나 봐요. 아무리 그래도 너무 많이 마시다 출하할 몫까지 다 꺼내 마셔 버렸는지, 글쎄 물을 타서 질이 낮아진 술을 섞어서 내놓은 적도 있다고 하더라고요~"

"질 낮은 술?"

어디서 들어 본 이야기였다.

"네. 마침 밀조주 소동이 있을 때 벌어진 일이어서 교묘히 얼버무렸던 모양인데 식중독 사건 때문에 들키고 말았나 봐요~"

취에와 후랑은 서로 얼굴을 마주 보며 히죽히죽 웃었다. 두 사람은 얼굴은 전혀 닮지 않았는데 웃는 모습이 꼭 닮아 보였다.

"글러 먹은 건 아닌데, 늘 일이 너무 어설퍼요~ 그 부분을 단단히 가르쳐야겠어요~"

"취에 씨의 부하가 되는 건가요?"

"네, 잔뜩 부려 먹을 예정이니 마오마오 씨도 아무렇게나 마구 다뤄 주셔도 돼요~"

"잘 부탁드리겠습니다."

집에서 쫓겨난 것이나 다름없는데 후랑은 묘하게 명랑한 태도였다.

마오마오는 휴우, 하고 한숨을 내쉬고 등을 돌렸다.

위장 속 내용물을 다 쏟아 내며 무지개를 만드는 괴짜 군사에, 무슨 짓을 저지를지 모르는 후랑.

이 두 사람이 시야에 들어오는 것조차 싫었기에 어디 다른 장소가 없을까 생각해 보았다.

결국 어디가 좋을까 했더니, 돛대에 붙은 망대가 보였다.

"죄송한데 저기 올라가도 될까요?"

가까이 있던 선원에게 물었다.

"올라가서 뭐하게? 아가씨한텐 위험해."

"그냥요."

"그냥이라니. 중앙 사람들은 다들 높은 델 좋아하나?"

상대가 어이없다는 표정을 짓는 것도 당연한 일이었다. 위험하면 올라가지 말까, 하고 생각했지만 선원은 마오마오에게 밧줄을 건네주었다.

"자, 이게 생명줄이야. 위험하니까 몸에 단단히 묶어야 해."

"가, 감사합니다."

너무 쉽게 허락해 주는 바람에 마오마오는 당황했다. 배에 밧줄을 꽉 묶은 뒤 열심히 기어 올라가, 돛대 중간에 있는 망대로 들어갔다.

"……."

발을 디디려 했더니 먼저 온 손님이 있었다.

"왜 마오마오가 여기에 오는 거지?"

"그 말씀, 그대로 똑같이 돌려드릴게요. 진시 님."

진시가 망대에 앉아 있었다.

"나는, 뭐. 왠지 귀찮아져서 도망쳤다."

"바센 님…이 아니군요. 후랑 님에게서 도망친 건가요?"

진시의 표정이 어두워졌다. 정곡인 모양이었다.

"…너는 왜지?"

"날씨가 좋아서 밖에 있고 싶은데, 괴짜 군사가 토사물을 뿌려 대서 어디 좋은 곳이 없을까 찾아보다 왔어요."

둘 다 비슷한 이유였다.

"뭐, 앉아라."

"좁네요."

"참아."

마오마오는 어깨가 거의 닿을 정도의 위치에 앉았다. 좁지만 어쩔 수 없었다.

어쩌면 망대에 오르는 일을 허락해 준 건 먼저 올라간 손님이 있어서일지도 모른다.

"겨우 돌아가게 됐군."

"집에 도착할 때까지가 소풍이랬어요."

"그런 말 마라. 겨우 기분이 좀 풀렸는데."

진시가 하늘을 올려다보았다. 푸른 하늘에 하얀 구름이 보인다. 아무 일도 일어나지 않을 듯, 평화로운 광경이었다.

"중앙에 돌아가도 할 일이 많아요."

"그렇겠지. 중앙 일도 쌓여 있을 테고, 무엇보다 멀리서 술서주를 지원하는 건 힘든 일일 거다."

하지만 안 할 수는 없는 일이라고, 진시의 얼굴에 쓰여 있었다. 단정한 옆얼굴에는 상처 자국이 한 줄기 나 있었다. 이젠 사라질 일 없는 흉터지만, 묘하게 진시가 그것을 마음에 들어 하던 일이 떠올랐다.

''시 일족' 때의 일이 생각나네.'

진시 또한 거울을 볼 때마다, 또 흉터를 만질 때마다 시 일족을 늘 떠올리리라.

진시라는 인간은 책임감이 강하다는 사실을 마오마오는 알고 있었다. 할 일이 있다는 말은 굳이 마오마오가 할 필요도 없는데, 왜 그런 눈치 없는 말을 했을까.

"진시 님은 중앙으로 돌아가면 뭘 하고 싶으세요?"

딱히 화제가 생각나지 않았기에 물어보았다.

"…하고 싶은 일?"

진시는 고민했다. 끙끙거리며 고개를 뒤틀어 댔다.

'아니, 그렇게까지 고민하란 건 아니었는데.'

물어본 마오마오에게 깊은 의도는 없었다.

"그렇게까지 고민할 일인가요?"

마오마오라면 약초 채집을 하고 싶다거나, 약을 만들고 싶다거나, 새로운 약의 효능을 시험하고 싶다거나 등 얼마든지 떠오르는데 말이다.

"아니, 어차피 가 봤자 하기 싫은 일만 잔뜩 준비되어 있을 테니까 그 대응을 생각하고 있었다만."

"아… 비 후보가 온다는 얘기도 있었죠, 참."

교쿠오의 양녀였던가. 교쿠오가 죽은 지금, 중앙으로 보내진 소녀가 조금은 가엾게 느껴진다.

"그 부분은 교쿠요 황후께서 잘해 주고 계실 거다. 아마 완전히 구워삶았겠지."

"구워삶다니…."

"몰랐나? 교쿠요 황후가 사람을 구워삶는 솜씨는 아주 유명해. 후궁 안의 세력도가 계속해서 바뀌고 있을 정도이니까."

마오마오는 후궁 시절을 떠올렸다. 그러고 보니 중급 비, 하급 비와 자주 차를 마시며 자기 파벌로 끌어들였던 것 같다.

"교쿠요 황후 전하의 입장은 여전하신 것 같네요."

마오마오는 중앙에 편지를 보낸 적은 있었지만, 아무리 그래도 황후씩이나 되는 분에게 보내기는 저어되었기에 도대체 지금 어떤 상황인지는 전혀 알 길이 없었다.

"동궁도 공주도 건강히 잘 지낸다는군."

"그건 다행이네요."

마오마오 입장에서는 동궁보다 공주가 더 친근하다. 호기심이 왕성하던 공주도 꽤 많이 컸을 것이다.

"돌아가면 한차례 인사라도 가지 않겠나?"

"가도 될까요? 교쿠요 황후 전하께서 자꾸 저를 궁으로 데려가려 하시는데요."

"아니, 역시 가지 마라."

진시가 즉시 대답했다.

"하고 싶은 일이라…. 그러고 보니 있었군."

"어떤 일인가요?"

진시는 오른손으로 마오마오의 왼손을 잡았다.

손바닥과 손바닥이 닿아, 크기 차이가 명확하게 드러났다.

"이게 하고 싶은 일이었나요?"

"그 외에도 있지."

"그렇군요."

"하지만 할 수 없어."

진시의 시선은 갑판에서 토사물을 내뿜고 있는 인물에게 슬그머니 가 닿았다.

"엄청나게 참고 있다. 나도 좀 힘들어."

마오마오도 이젠 진시의 감정을 잘 알고 있고, 무엇보다 더는 환관 흉내를 낼 필요도 없다는 사실도 안다.

그래서 이렇게 진시의 옆에 밀착해 있는 상황이 묘하게 불편하게 느껴졌다.

하지만 동시에 그렇게까지 불쾌하지는 않았다.

'마오마오 씨한테도 여러 가지 사정이 있으니까, 감정에 휩쓸리지 않는 건 중요한 일이죠~ 하지만….'

'그걸 변명으로 삼으면 못써요~'

진시가 앞에 있으면 취에의 말이 자꾸만 떠올랐다.

아마 진시를 향한 마오마오의 마음은, 불타오르듯 뜨거운 열정은 아니리라. 진시가 마오마오에게 보내는 마음에 그대로 응해 줄 수는 없지만, 그래도 동시에 이렇게까지 안심할 수 있는 인물도 그리 많지 않으리라는 생각도 든다.

마오마오는 자신의 감정이 어떤 것인지 조금씩 파악해 나가고 있었다.

그리고 제대로 받아들여야 한다고 생각하게 되었다.

참 난감하게도, 그 장난기 넘치는 시녀에게 그런 말을 들을 줄은 상상도 못 했지만.

'그나저나, 이제 어떻게 하나.'

마오마오의 왼손은 진시의 오른손에 맞닿아 있다. 아무 일도 일어나지 않으면 좋겠지만, 언제 떼어야 할지 알 수가 없다.

"마오마오."

"왜 그러시죠?"

마오마오가 진시의 얼굴을 올려다보자, 진시의 얼굴이 코앞으로 내려왔다.

가볍게 맞닿듯 입술이 다가왔다. 너무나 자연스럽게 스쳤기에 한순간 무슨 일인지 알 수가 없었다.

"……."

"뭘 쑥스러워하세요?"

가벼운 입맞춤을 나눈 정도인데 얼굴을 붉히는 진시를 보고, 저도 모르게 마오마오가 그렇게 말했다.

"아니, 나는, 참을 생각이었는데."

"참는다니. 전에는 더한 행동도 냅다 하셨잖아요."

마오마오는 무심코 내뱉었다.

"더한 행동을 냅다…."

진시는 무언가를 떠올린 듯, 우울한 표정을 지었다.

전에 진시에게 억지로 입맞춤을 당했을 때, 저도 모르게 조건반사적으로 그걸 갚아 준 적이 있었다. 그 사실을 떠올린 모양이었다.

"네, 이번에는 앙갚음 안 할 테니까 안심하세요."

"아니, 그런 게 아니고."

"앙갚음하는 게 나은가요?"

진시는 입을 꾹 다물고 마오마오를 바라보았다.

"싫지 않았나?"

"……."

마오마오는 슬그머니 시선을 피했다.

'아마, 싫지는 않았을 거야.'

그렇지 않고서야 자신이 먼저 나서서 하지는 않았으리라. 하지만 그 말을 입 밖에 낼 만큼, 취에의 말을 곧이곧대로 믿어서는 안 된다.

"이봐."

"네, 네."

"얼버무리지 말고!"

"너무 큰 소리로 말씀하시지 마세요. 괴짜 군사한테 들키면 어쩌려고요? 토사물을 흩뿌리면서 여기까지 기어 올라올걸요?"

"윽, 그건···."

진시가 입을 다물었다.

마오마오도 아무 말 없이 멍하니 아래를 내려다보았다. 하지만 손은 아직도 잡고 있었다.

'올 때랑은 다르게 인원이 많이 타고 있네.'

괴짜 군사도 그렇지만, 라한네 형이 데려온 농민들도 있었다. 그들에게는 몹쓸 짓을 했다는 생각에 마오마오는 미안해졌다.

그러다 문득 깨달았다.

"그리고 보니 라한네 형 못 보셨어요?"

"라한네 형? 이번에 농업 관련 인원은 이 배에 타라고 지정했는데."

마오마오는 떠올렸다.

라한네 형한테 중앙으로 돌아간다는 이야기를 했던가.

'샤오훙의 격변에 놀라서 말하는 걸 잊어버렸는데.'

아니, 이상하다. 마오마오가 잊어버렸어도 다른 누군가가 전달했을 터였다.

"하지만 라한네 형, 며칠 전에 '농촌부의 밭을 둘러보고 올게'라고 하지 않았어요?"

"아니, 돌아왔겠지. 애당초 승선원은 전부 명부를 보고 확인했는데."

"그렇겠죠. 아무리 그래도 놔두고 오진 않았을 거예요. 만일을 대비해서 명부를 확인해 봐야겠네요."

"그렇군. 그런데 라한네 형의 이름이 뭐였지?"

"……."

마오마오는 자신의 손뿐만 아니라 진시의 손에서도 스멀스멀 땀이 배어나는 것을 느꼈다.

마오마오와 진시는 꽤나 멀어진 육지를 바라보았다. 이젠 배를 돌릴 수도 없고, 괭이갈매기 우는 소리만 희미하게 들려왔다.

파란 하늘에 라한네 형이 희미하게 보인 것 같은 느낌이 들었다.

그 후, 라한네 형이 배에 타지 않았음과 동시에 라한네 형의 본명이 밝혀졌으나 머나먼 서쪽 땅에 있는 라한네 형은 아직 자신이 혼자 남겨졌다는 사실조차 알지 못했다.

약사의 혼잣말 12권 마침

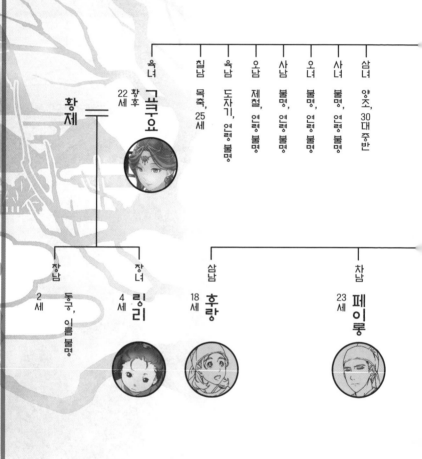

황제 ── 교쿠요 / 육녀 / 22세 / 황후

칠남 / 목죽, 25세

육남 / 도자기, 연령 불명

오남 / 제철, 연령 불명

사남 / 불명, 연령 불명

오녀 / 불명, 연령 불명

사녀 / 불명, 연령 불명

삼녀 / 양초, 30대 중반

장남 / 2세 / 동궁, 이름 불명

장녀 / 4세 / 링리

삼남 / 18세 / 후랑

차남 / 23세 / 페이룽

일러스트 : 시노 토우코

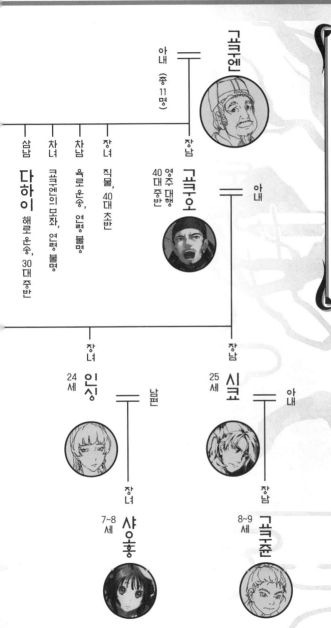

가계도 **야우 가문 고쿠 일족**

고쿠엔

아내
(종 11명)

장남 **고쿠오**
영주 대행
40대 중반

아내

장녀 직물, 40대 초반

차남 옥로운송, 연령 불명

차녀 고쿠엔의 모좌, 연령 불명

삼남 **다하이**
해로운송, 30대 중반

장녀 24세 **인싱**

남편

장남 25세 **시코**

아내

장녀 7~8세 **샤오홍**

장남 8~9세 **고쿠쥰**

약사의 혼잣말 [12]

2023년 7월 10일 초판 발행

저자	휴우가 나츠
일러스트	시노 토우코
옮긴이	김예진

발행인	정동훈
편집인	여영아
편집 팀장	황정아 김은실
편집	노혜림

발행처	(주)학산문화사
등록	1995년 7월 1일
등록번호	제3-632호
주소	서울특별시 동작구 상도로 282 학산빌딩
편집부	02-828-8838
영업부	02-828-8986

ISBN 979-11-411-0051-3 04830
ISBN 979-11-348-1428-1 (세트)

값 9,000원

※이 책에는 수량 한정 특별부록이 들어 있지 않습니다.